Chinz

Die Brücke

Kommissar Kittys erster Fall

Buch

Kommissar Kittel, von den Kollegen Kitty genannt, Mitglied einer Mordkommission in Köln, ist nach einer Reihe von beruflichen und persönlichen Misserfolgen schwer deprimiert. Er steht auf der Deutzer Brücke und will sich durch einen Sprung in den Rhein das Leben nehmen.

Nachdem auch dieses Vorhaben gründlich misslingt, kommt ihm eine bessere Idee:

Er wird seinen Selbstmord so konstruieren, dass es so aussieht, als habe ihn der Verbrecher, welchen er nicht überführen konnte, ermordet.

Wenn er ihm die anderen Morde schon nicht nachweisen konnte, dann hängt er ihm halt seinen eigenen Selbstmord an...

Autor

Chinz, 1968 in Köln geboren, hat dort auch oft auf der Deutzer Brücke gestanden, aber deutlich häufiger in Kölner Kneipen gesessen. Das Bier kommt da einfach schneller...

Er arbeitet als Krankenpfleger, lebt als Musiker und Schriftsteller und bezeichnet sich selbst als gut gelaunten Melancholiker.

Bisher erschienen:
- „Alzagra", Roman

Chinz

Die Brücke

Kommissar Kittys erster Fall

Roman

Tiff & Toff Taschenbuch 002

Die Deutsche Nationalbibliothek verzeichnet diese Publikation in der Deutschen Nationalbibliografie; detaillierte bibliografische Daten sind im Internet über http://dnb.dnb.de abrufbar.

Erstauflage 2013
© dieser überarbeiteten Ausgabe:
2016 by Chinz und Tiff & Toff – Verlag
Hullenwiesenstraße 8
26316 Varel
www.TiffundToff-Verlag.de

Herstellung und Verlag:
BoD – Books on Demand, Norderstedt
ISBN: 978-3-7412-7144-1

für Koala, Löwin und Waage

*Alle Menschen suchen glücklich zu sein,
selbst diejenigen, die hingehen und sich aufhängen.*
Blaise Pascal

Prolog:

„Im Namen des Volkes ergeht folgendes Urteil: Der Angeklagte, Walter Prinke, wird in allen Anklagepunkten freigesprochen. Das Gericht sieht es als erwiesen an, dass..."

Prinke schaute triumphierend zu Kommissar Kittel; doch der sah nicht zurück, sondern nur starr auf den Boden vor sich.

Prinke grinste. Es war einfacher gewesen, als er gedacht hatte. Den einzigen Beweis hatte Kittels Kollege gleich am Anfang wertlos gemacht und dann noch seine selbsterfundene Taktik, auf die er besonders stolz war:

Sich selbst verdächtig machen, für einen Mord, den er nicht begangen hatte, die Anklage sich hauptsächlich darauf richten lassen und dann den Gegenbeweis für diesen Mord im letzten Moment präsentieren.

Nicht einfach freigesprochen aus Mangel an Beweisen, nein, wegen erwiesener Unschuld! Zwar nur für diesen einen Fall, aber die anderen hatten jetzt niemand mehr interessiert. Die Zeitungen hatten es geschrieben, alle hatten es geglaubt: Offensichtlich hatte die Polizei ihm diesen Mord unterschieben wollen, dann waren ja wohl auch alle anderen Morde...

Da saß er nun, der arme Kommissar. Kitty wurde er von seinen Kollegen genannt. Ein alberner Spitzname. Aber in Wirklichkeit war er ein harter Brocken gewesen, das musste Prinke anerkennen. Prinke grinste noch breiter:

So macht Gewinnen am meisten Spaß!

Wenn der Kommissar doch nur einmal gucken würde!

Aber Kommissar Kitty starrte mit leerem Blick auf den Boden...

- 1 -
(Kitty)

Der linke Fuß auf der Fußleiste, die Hände auf dem Handlauf, die Arme bereit, den Rumpf über das Geländer zu ziehen, jetzt nur noch ein kurzer kräftiger Schwung mit dem rechten Bein, vielleicht fünf Sekunden freier Fall, der Aufprall auf das Wasser, die winzige Lebenszeit, die dann noch blieb, zu kurz, um Schmerz zu fühlen und dann:

Endlich Ruhe!

Kein Gedanke, kein Grübeln, keine Verzweiflung mehr über diese brutale, verlogene und hässliche Welt.

Abgeschlossen. Der Fall Kitty könnte endlich abgeheftet werden.

Leichter Nieselregen. Seine Kleidung war feucht und klamm. Nun gut, gleich würde sie ganz nass sein.

Kitty atmete tief ein, seine Muskeln spannten sich, doch schon wieder kam ein Pulk Autos auf die Deutzer Brücke gefahren. Scheiße! Zu lange gewartet. Bis jetzt wieder alles frei war, das konnte dauern.

Er wollte nicht, dass jemand ihn sah, womöglich noch versuchte, ihn zu retten. Wiederbelebungsversuche... Er hatte sie immer nur als grandiosen Frevel empfunden, als Störung der Totenruhe. Er wollte keinen Lärm um sich, kein Gezerre, keine Stromschläge, nichts, was die Stille, seinen lang ersehnten Frieden, störte.

Auf der Hohenzollernbrücke gegenüber fuhren zwei Züge aneinander vorbei, ohne sich zu grüßen. Eine Gruppe Fußgänger kam laut grölend auf die Deutzer Brücke.

Es war einfach zu früh. Um zweiundzwanzig Uhr waren noch zu viele Leute unterwegs.

Kitty stellte wieder beide Füße auf den Boden, lehnte sich an das Geländer und starrte auf den Rhein unter sich, auf die Spiegelung des Domes, das bunte Lichterspiel, so wie er es schon so viele Male getan hatte, so wie es unzählige Menschen hier oft taten...

Ob viele dabei an Selbstmord dachten?

Alle?

Keiner außer ihm?

Kitty wusste es nicht. Er hatte zwar eine seltene und für die Polizeiarbeit sehr nützliche Begabung: Er konnte oft spüren, ob ein Mensch log oder die Wahrheit sprach; aber warum jemand etwas Bestimmtes tat, das hatte er oft nicht verstanden, manchmal ja auch bei sich selbst nicht.

Weshalb er hier stand und springen wollte, das wusste er:

Vor zwei Tagen war Herr Prinke aus Mangel an Beweisen vom Vorwurf der Vergewaltigung und des Mordes in vier Fällen freigesprochen worden.

Dabei hatte es einen Beweis gegeben, aber sein blöder Kollege, Herr Pauer... Ach Scheiße! Kitty wollte es nicht noch einmal, zum hundertsiebenunddreißigsten Mal, durchdenken, was gewesen wäre, wenn..., besser natürlich, wenn nicht.

Nein, jetzt, zum Schluss, wollte er etwas Schönes, etwas Leichtes denken, aber es fiel ihm nichts ein. All das, was mal schön gewesen war, fühlte sich vergangen und schwer an. Also an nichts denken, auf das Wasser starren und warten...

Schon oft, seit er mit vierzehn nach Köln gezogen war, hatte Kitty hier gestanden, immer an der gleichen Stelle, ziemlich mittig auf der Deutzer Brücke und fast jedes Mal hatte er an Selbstmord gedacht.

Das erste Mal mit der ganzen Familie einen Tag nach dem Umzug. Die Eltern hatten von Köln geschwärmt und wie schön der Dom von hier aussähe und wie toll es auch für die Kinder in einer Großstadt sein würde. Hier sei doch viel mehr los als in Friesland. Alles Sätze, die nicht zu widerlegen waren, die aber trotzdem nicht halfen.

Kitty hatte auf den Fluss gestarrt und gedacht:

Wenn schon umziehen, dann gleich richtig, in eine andere Welt.

Einen Grund für diesen Gedanken hätte er damals nicht nennen können. Nichts, was er wirklich vermisste in Friesland; keine zurückgelassene Freundin, auch in ihrer alten Wohnung hatte er sich nicht wohl gefühlt, kein Misserfolg, keine Verletzung...

Doch selbst als später ernsthafte Gründe vorlagen, etwa nach dem Tod seines Bruders oder nach dem tödlichen Schuss aus seiner Dienstwaffe; es blieb immer nur bei dem Gedanken.

Irgendwie war es beruhigend zu wissen, dass es diese Möglichkeit gab. Das auf der Brücke stehen, als Überprüfung des Notausgangs...

Sogar nach dem Verschwinden seiner Verlobten, zwei Wochen vor der geplanten Hochzeit, war Kitty nicht wirklich kurz davor gewesen, zu springen.

Damals Verzweiflung, Wut und Ratlosigkeit. Alles große Gefühle, alles Leben, ...dennoch leben.

Seit vorgestern: Nichts.

Völlige Leere.

Leeres Starren auf belanglose Gegenstände in seiner Wohnung. Mit Mühe aufstehen, um zur Toilette zu gehen.

Seit zwei Tagen kein Tee. Die Zubereitung eines Tees zu mühsam, aufwendig und kompliziert in seinem Zustand.

Er konnte sich sonst an keine zwei zusammenhängende Tage ohne Tee in seinem achtundzwanzigjährigen Leben erinnern.

Endlich war die Brücke wieder frei. Jetzt schnell, bevor es wieder zu spät war! Kitty fasste entschlossen den Handlauf, holte mit dem rechten Fuß Schwung, zog kräftig mit den Armen und stieß sich mit dem linken Fuß vom Boden ab.

Abgehoben, losgelöst, nicht mehr auf dieser Welt.

Dabei nicht das Gefühl, jetzt das Gleichgewicht, den festen Stand verloren zu haben und gleich ins Nichts zu fallen, eigentlich genau umgekehrt: Er sprang aus dem Nichts, das ihn umgab, spürte, in der Luft fliegend, eine Sicherheit, wie er sie auf dem Boden stehend schon seit Monaten nicht mehr gefühlt hatte. Gleich würde er sein inneres Gleichgewicht, die Ruhe für immer gefunden haben...

Kitty wollte, im Schwung mit dem Oberkörper schon über dem Geländer, die Augen gerade schließen, da sah er das Schiff direkt unter sich. Er riss das linke Bein im Reflex nach unten und knallte damit gegen den Handlauf, höllischer Schmerz im Sprunggelenk, der Schwung nach vorne wurde abgebremst, die Hände konnten noch gerade das Gitter greifen, er schlug mit einem dumpfen Geräusch gegen die Brücke, jetzt auch Schmerzen in den Schultern und Knien.

Kitty baumelte über dem Rhein und warf einen Blick nach unten. Ein Passagierschiff der *Köln-Düsseldorfer*. Super! Da jetzt auf dem Deck landen und wahrscheinlich war auch noch ein Arzt und vielleicht sogar jemand von der Presse an Bord... Mit der Kraft der aufkommenden Panik, zog sich Kitty mühsam hoch und stand gerade wieder auf festem Boden, als eine Straßenbahn kam.

Scheiße!!! So schwer kann das doch nicht sein! Beim nächsten Mal stoße ich wahrscheinlich mit einem Paraglider zusammen...

Dieser Selbstmord stand unter einem schlechten Stern.

Natürlich hätte Kitty sich einfach mit seiner Dienstwaffe erschießen können; es gab genügend schnell wirkende Gifte in der Asservatenkammer, die er benutzen könnte...

Aber das ging alles nicht. Er war sozusagen mit der Brücke verlobt. Seinen Tod hatte er ihr versprochen.

Sein Leben hatte er Marie versprochen... Dann war sie verschwunden, zwei Wochen vor der Hochzeit, womöglich sogar schwanger. Gleichzeitig verschwand sein Trauzeuge Carsten. Dass er die Braut entführen wollte, war kein Geheimnis gewesen, aber vor der Hochzeit?

Drei Jahre war das jetzt her. Kein konkreter Anhalt für ein Gewaltverbrechen. Nur ein Anruf kurz danach bei der Polizeidienststelle Ost, der nach den Worten: „Wir haben sie hier...", von einem Schrei und einem Knall beendet wurde. Doch Entführer? Es kamen keine weiteren Anrufe mehr, keine weitere Spur, wenn denn diese erste überhaupt etwas damit zu tun gehabt hatte.

Mehrere Monate lang hatte Kitty intensiv gesucht, nächtelang recherchiert, Kollegen und Familie der Braut mit ständigen Nachfragen an den Rand eines Nervenzusammenbruchs gebracht. Dann war er selbst zusammengebrochen.

Das Leben seither gedämpft und gefühlsarm. Arbeiten, um nicht zu viel denken zu müssen.

Tatsächlich war es ja der Fall Krinke gewesen, der das erste Mal wieder Emotionen in Kitty erweckt hatte, leider durchgehend negative.

Hass auf Krinke und kurz darauf auf Pauer, weil der gleich zu Anfang das wichtigste Beweisstück wertlos gemacht hatte.

Später kam Hass auf den Chef und den Staatsanwalt dazu, weil diese dauernd Kittys Ermittlungen unterbinden wollten: *Herr Prinke? Niemals! Ehrbarer Bürger, spendet viel, guter Lehrer, seit acht Jahren im Stadtrat, kümmert sich um seine kranke Mutter, geht regelmäßig zur Kirche. So jemand kann nicht vier Frauen brutal vergewaltigt und umgebracht haben!*

Kitty hatte trotzdem weiter ermittelt und genügend Indizien gefunden, damit es zur Anklage kam. Ob es zu einer Verurteilung reichen würde, war unklar und dann kam völlig überraschend Pauer und hatte auf einmal Beweise und Zeugen für einen weiteren Mord Prinkes.

Kitty schüttelte den Kopf. Er hätte stutzig werden sollen, er hätte es nachprüfen sollen!

Jetzt lief Prinke wieder frei rum und feierte schon seit Tagen mit seinen Freunden in der *Heumarktschänke*.

Die Zeitungen hatten sich am Anfang des Prozesses noch sensationslüstern auf Prinke gestürzt, inzwischen begannen sie sich auf Kitty einzuschießen: *Übereifriger Polizist verleumdet ehrbaren und verdienten Bürger der Stadt Köln.*

Vielleicht wenigstens schon mal den Mageninhalt von der Brücke stürzen?

Seit dem Freispruch war da kein Hass mehr in Kitty, nur noch Leere.

Wieder ein Fußgänger auf Kittys Seite. Es war der Türke mit den Rosen, den Kitty schon öfter in der *Heumarktschänke* gesehen hatte, als er Prinke dort observierte. Gleich würde, wie jeden Abend, auch der *Express-Mann* in der Kneipe auftauchen und Prinke würde ihn rufen hören:

„Express! Nachtausgabe! Kommissar Kittel Selbstmord! Zerfraß ihn die Schuld seiner Verleumdung? Express! Kölns schnellste Zeitung!"

Nein! Diese Genugtuung, diesen Triumph, durfte er Prinke nicht bereiten.

Ach, Scheiße! Kann man sich denn nicht einfach ganz in Ruhe und nur für sich persönlich umbringen?!?

Also frühestens um Mitternacht, dann kam keine neue Express mehr durch die Kneipen. Aber wäre es denn in der Morgenzeitung so viel besser? Abends säße Prinke doch wieder mit seinen Kumpanen da, würde feiern und eine Lokalrunde nach der anderen schmeißen, wie nach seinem Freispruch.

Also weiterleben? Wie?!

Die Hoffnung auf das Ende, auf die Ruhe, hatte ihm die Kraft gegeben, bis auf die Brücke zu gehen. Woher sollte er die Kraft für den Rückweg nehmen? Bestimmt nicht aus der Aussicht auf den Dienst morgen früh! Hier sitzen bleiben auf der Brücke?

Kitty setzte sich tatsächlich auf den nassen Boden und lehnte sich an das Geländer.

...

Vielleicht war er längst tot? Viel Gehirntätigkeit war da jedenfalls nicht mehr. Gemüt, Seele, Lebensfreude, alle schon lange verwest. Was genau lebte denn noch in ihm?

...

Mehrere Menschen gingen an ihm vorbei. Keiner sagte etwas, einer trat ihm fast auf die Füße, die anderen machten einen Bogen.

...

Autos fuhren vorbei, immer wieder im großen Pulk, dann Pause, wieder ein Schwall.

Saßen da glückliche Menschen in den Autos?

Hatte deren Leben einen Sinn?

Hatten die noch ein Ziel, ein wirklich konkretes?

Die meisten, die er kennengelernt hatte, eigentlich nicht. Irgendwer zufrieden mit Weltlage, Kontostand, Beziehung, Biographieentwicklung?

Warum hielten nicht alle an und sprangen?

Auf der anderen Seite der Brücke ging ein Fußgänger Richtung Deutz. Größe und Haltung hätten zu Prinke gepasst, aber der hatte ein völlig anderes Gangbild.

Wenn Kitty noch lange hier säße, käme Prinke womöglich tatsächlich irgendwann dort drüben lang, und dann?

Seine Dienstwaffe hatte Kitty nicht mitgenommen, sonst hätte er Prinke erschossen, ihn in den Rhein geschmissen, nein, ihn auf der Brücke liegen lassen. Zusammen mit Prinke im Rhein, welch eklige Vorstellung! Also alleine gesprungen und dann könnte die Zeitung schreiben was sie wollte, Prinke hätte nichts mehr davon gehabt!

Kittys Sprunggelenk schmerzte immer noch stark und erst jetzt fiel ihm auf, dass sein Hosenbein und ein Ärmel zerrissen waren. Ein langer Kratzer am Arm, auch im Gesicht Blut. Wahrscheinlich mehrere ordentliche blaue Flecken. Bei der Obduktion würde man annehmen, dass Kitty einem Gewaltverbrechen zum Opfer gefallen sei und von der Brücke geschmissen wurde...

Kitty setzte sich plötzlich wieder sehr lebendig und gerade hin.

Ja!

Also: Wenn Prinke auf die Brücke kommen sollte und Kitty gerade dann springen würde..., wenn das jemand sehen würde und Kitty schreien würde: „Hilfe! Er will mich umbringen!" und dann, wie von Prinke geschlagen, gegen das Geländer stolpern und hinüber stürzen? Würde das reichen? Wohl nicht. Aber der Gedanke ging in die richtige Richtung.

Kitty spürte wieder Energie. Er stand auf, schaute auf den Rhein, auf das Geländer. Ja. Hier könnte man im Kampf rüber gestoßen werden. Aber wie es glaubwürdig aussehen lassen, wenn der Andere gar nicht kämpft?

Musste Prinke denn kämpfen, musste es jemand sehen? Kitty hatte doch genug Material von Prinke, Schriftproben, Fingerabdrücke. Irgendwas musste sich damit machen lassen.

Wenn er Prinke hierher bestellte oder ihn das nächste Mal auf der anderen Seite abpasste, sich so mit ihm prügelte, dass seine „Abwehrspuren" an Prinke waren und er dann sprang...

Wie genau die richtigen Zeugen besorgen, die anderen Indizien verteilen?

Die Einzelheiten waren Kitty noch nicht ganz klar, aber das Ziel schon.

Wenn er diesen Verbrecher schon nicht wegen seiner abscheulichen Taten in den Knast bringen konnte, dann würde er ihm halt seinen eigenen Selbstmord anhängen!

Kitty humpelte langsam nach Hause, vor seinem geistigen Auge schon Prinke in Handschellen, von Britta abgeführt, verurteilt und lebenslänglich hinter Gittern, für das einzige Verbrechen, das er nicht begangen hatte: Den Mord an Kommissar Kitty!

- 2 -
(Teddy)

„Hallo Kitty!"

„Moin."

„Wir haben ein Problem. Nico kann den Toten nicht untersuchen. Der bekloppte Hund neben der Leiche knurrt jeden an, der näher kommt, und schnappt, wenn man versucht sein Herrchen zu berühren. Selbst Britta hat keine Chance."

Kitty schaute Pauer müde an und ging an ihm vorbei in das große Wohnzimmer.

Nico saß in einem Schaukelstuhl am Fenster und spielte mit Georg Karten. Beide nickten Kitty kurz zu und spielten weiter.

Auf dem Boden lag ein älterer Mann im Schlafanzug, offensichtlich tot; daneben saß ein Hund, genau wie sein Herrchen mit wirren, langen, grauen Haaren.

Kittys erster Gedanke: Ein faltiges, grauhaariges Kind, dem im Schlaf sein Teddy aus dem Arm gefallen war...

Kitty hätte jetzt auch gerne geschlafen. Bis kurz vor vier Uhr hatte er gegrübelt, wie er seinen Selbstmord so perfektionieren könnte, dass er gegen Prinke gerichtsfest sein würde. Dann war er doch noch kurz eingeschlafen und im Traum hatte alles problemlos funktioniert und Prinke saß lebenslänglich hinter Gittern als Kitty aufwachte. Daran konnte er sich erinnern, leider nicht daran, wie er das genau geschafft hatte...

Britta stand hinter der Leiche, schaute Kitty interessiert an und dann wieder auf den Hund.

„Ey Nico! Der Hund knurrt Kitty nicht an!"

Jetzt schaute Nico richtig hoch und legte die Karten beiseite.

„Oha! Kitty, du wandelndes Valium. Versuch doch mal, den Hund da weg zu bekommen."

„Wieso ich?"

„So nah hat er keinen von uns ran gelassen. Vielleicht darfst du den fehlenden Puls fühlen, besser gesagt nicht fühlen, damit wir ihn endlich offiziell für tot erklären dürfen. Du weißt: Ohne Pulskontrolle kein Totenschein. Und ohne Totenschein ist man in Deutschland nur illegal tot."

„Aber ich mag keine Hunde!"

Das war, aus Sicht der Wahrheit, nur ein Streifschuss. Kitty hatte höllischen Respekt vor Hunden, seitdem er als Dreizehnjähriger von einem deutlich kleineren, als diesem hier, gebissen worden war. Normalerweise spürten die meisten Hunde seine unterschwellige Angst und knurrten oder rempelten bei ihm öfter als bei anderen.

„Bitte versuch's mal. Ich habe schließlich noch andere Leichen im Keller, die ich eigentlich untersuchen wollte, bevor sie verwest sind..."

„...Und dann könnten wir alle mal wieder etwas Sinnvolles tun, anstatt neben einem alten Mann zu sitzen, der höchstwahrscheinlich eines natürlichen Todes gestorben ist", ergänzte Georg.

Pauer sah Georg entrüstet an und begann mit einem längeren Vortrag darüber, warum es sinnvoll sei, dass sie neuerdings zu so vielen Leuten zu jedem einfachen Fall gerufen wurden.

Kitty gab sich einen Ruck. Er würde lieber vom Hund gebissen werden, als sich diesen Unsinn schon wieder anhören zu müssen.

Kitty ging langsam auf die beiden Grauhaare zu. Der Hund bewegte sich nicht, war aber deutlich angespannt und ließ Kitty nicht aus den Augen. Nur noch ein halber Meter zwischen ihnen, da hob der Hund seine rechte Pfote. Kitty hatte sofort die Assoziation eines roten Stopp-Schildes in der Pfote, aber Britta sagte beeindruckt:

„Meine Güte, Kitty! Du bist ein Hundeflüsterer. Er gibt Pfötchen."

Auch Britta kam nun einen Schritt näher, blieb aber sofort stehen, als der Hund seinen Kopf wandte.

Der Hund (Kitty dachte: Teddy) schaute wieder auf den Kommissar und hob erneut die Pfote.

„Moin", sagte Kitty, während er in die Knie ging und die Pfote nahm.

Statt des befürchteten Zuschnappens der Schnauze, beantwortete Teddy die Begrüßung mit einem zaghaften Wedeln. Eine winzige Bewegung mit der Schwanzspitze, die, genauso wie sein linkes Ohr, strahlend weiß aus dem Grau hervorstach. Ein Zwinkern mit dem Schwanz sozusagen. Kitty hatte weiche Knie. Das war das Netteste gewesen, was ihm seit langem gesagt worden war.

Teddys rechte Pfote immer noch in seiner rechten Hand, streichelte Kitty nun mit der linken über Teddys Kopf, der unter dem weichen Fell erstaunlich hart war. Ein Wedeln mit dem ganzen Schwanz und mit einem langen, tiefen Seufzen ließ sich der Hund auf den Boden nieder und legte seinen schweren Kopf auf Kittys Fuß.

Britta schüttelte den Kopf: „Wahnsinn!"

Nico ging zur Leiche. Teddy beachtete ihn nicht, er hatte nur noch Augen für sein neues Herrchen.

„Oh mein Gott. Er ist tot! Ruft die Polizei!", sagte Nico, das Handgelenk des Toten hochhaltend.

„Wir sind die Polizei!", sagte Pauer entrüstet.

Kitty war es ein völliges Rätsel, wieso Pauer Nicos Unfug immer ernst nahm. Wie konnte jemand, der so eine plumpe Veräppelung nicht durchschaute, Polizist sein?

Nun gut, wie kann jemand, der weder Ahnung von Medizin noch von der Pflege hat, Gesundheitsminister werden? Wieso kann jemand Lehrer werden, der... Ach ne, Kitty hatte keine Lust, das weiter zu denken. Er hatte es schon zu oft gedacht.

Teddy lag trotz des Lärms immer noch friedlich auf Kittys Fuß und ließ jetzt auch Britta in seine Nähe. Sie hockte sich neben den Hund und streichelte vorsichtig sein Fell.

„Ist der süß. Ach Gott, der ist bestimmt völlig erschöpft vom Wache halten bei seinem Herrchen. Bei seinem ehemaligen Herrchen..."

Britta schaute Kitty interessiert an.

Nico stand auf, nachdem er den Mann kurz untersucht hatte:

„Tja, liebe Mordkommission, ihr seid umsonst gekommen. Keine Fremdeinwirkung. Die Pumpe defekt, sonst nichts. Am besten tut ihr so, als wärt ihr gar nicht hier gewesen. Dann braucht ihr auch keinen Bericht zu schreiben."

„Natürlich müssen wir einen Bericht schreiben! Ich habe dir doch eben erklärt, dass wir diese schnell gelösten Fälle für unsere Statistik brauchen!" Pauer war entrüstet. Nico sah ihn kopfschüttelnd an, sagte dann aber nickend:

„Ja. Schreib ruhig einen langen Bericht. Dabei kannst du wenigstens keine wirklich verhängnisvollen Fehler machen..."

Pauer starrte Nico mit offenem Mund an, seine Augen funkelten. Bisher war in diesem Raum noch kein Mord geschehen, aber es bahnte sich gerade einer an.

Übrigens auch äußerlich ein interessanter Kontrast, die beiden: Pauer mit gebügeltem modischem Anzug, kerzengerade

Haltung, das kurze dunkle Haar nach hinten gelegt, als Gesamterscheinung nicht ganz tauglich für den Laufsteg, aber sicherlich ausreichend für den Quelle-Katalog. Nico mit ausgewaschenem T-Shirt, langen, wilden, blonden Haaren, die ihm vorne dauernd vor die Augen fielen und hinten fast für einen Zopf reichten, meist in gebeugter Haltung, wodurch kaum auffiel, dass er größer war als Pauer.

„Was machen wir jetzt mit dem Hund?"

Britta stellte die Frage laut, die Kitty nur still gedacht hatte. Hoffentlich sprach auch jemand die Antwort laut aus, die Kitty auch still noch nicht gefunden hatte.

„Ins Tierheim natürlich. Angehörige hatte er ja wohl nicht."

Pauers Antwort war zwar laut, aber nicht richtig. Das war Kitty sofort klar. Nicht so klar war ihm, weswegen nicht.

Er hatte selbst schon Hunde und Katzen ins Tierheim geschickt, weil keiner mehr für sie da war, weil das Frauchen oder Herrchen eines mehr oder weniger natürlichen Todes gestorben war oder in den Knast musste.

Aber Teddy hatte jemanden. ...Auch wenn der sich noch etwas halbherzig gegen die Antwort, die er längst gefunden hatte, wehrte.

„Ich fass dann mal zusammen: Einen Leichenwagen, einmal die Tierfänger und eine Pizza Quattro stagioni. Habe ich das so richtig, oder möchte noch jemand etwas essen?", fragte Nico, das Telefon schon in der Hand.

„Lass mal den Tierfänger! Ich nehme den Zeugen hier mit nach Hause."

Kitty vernahm erstaunt, was er gerade gesagt hatte,

Britta strahlte ihn an,

Pauer schaute verwirrt und

Nico sagte, mehr als Kitty selbst, verstehend:

„Okay. Also auch kein Insalata Capriciosa für dich heute. Dann bestell ich auch nichts. Vielleicht lass ich sogar den Leichenwagen weg. Helft ihr mir, ihn in den Kofferraum zu legen? Ich wollte schon immer mal eine Leiche verschwinden lassen."

Pauer war entsetzt,

Britta verdrehte die Augen und

Kitty stand endlich wieder auf; die Knie knackten.

„Komm, Teddy!"

Etwas mühsam stand der Hund tatsächlich sofort auf und schaute sein Herrchen erwartungsvoll an.

„Oh weh. Der hat einen riesigen Durst! Siehst du seine Zunge?", Britta klang besorgt.

Ja, Kitty sah seine Zunge, aber das sagte ihm nichts. Ihn überkam leichte Panik. Er hatte keine Ahnung von Hunden. Würde Teddy bei ihm überhaupt mehr als zwei Tage überleben? Andererseits: Wem würde auffallen wenn nicht? *Ich kann sagen, ich hätte ihn schließlich doch noch ins Heim...*

Kitty konnte sich nicht erinnern, wie lange es her war, dass er sich verboten hatte, einen Gedanken zu Ende zu denken.

Große, braune Hundeaugen sahen ihn vertrauensvoll an.

Also hatte er recht gehabt. Ja, natürlich hatte er recht! Er war die Polizei. Egal. Nein. Seit Marie verschwunden war, hatte er oft gedacht, dass er nie wieder lieben könnte. Nun also doch..., einen Hund? Quatsch! Eigentlich. Aber so verquer der Gedanke war, war er doch der erste heute, der sich richtig anfühlte.

Vielleicht ja auch nur das: Nach ziemlich, nein, genaugenommen enorm beschissenen sechsunddreißig Stunden, eigentlich nach siebenunddreißig beschissenen Monaten, war dieser Hund halt das erste Positive in seinem Leben. Vielleicht deswegen so völlig überzeichnet? Vielleicht morgen früh, wenn beim Aufwachen ein langhaariger Hund neben ihm im Bett lag, wieder dieses Gefühl, wie nach seinem ersten und einzigen One-Night-Stand: *Oh Gott, wie konnte dir das bloß passieren?*

Britta brachte eine Schüssel mit Wasser und als Kitty sie Teddy hin hielt, wieder ein dezentes Wedeln im hinteren Schwanzdrittel.

Das Trinken gestaltete sich als sehr laut und sehr nass. Mit tropfendem Fell ließ sich Teddy auf Kittys Schuhen nieder.

„Nein, Teddy! Komm!"

Wieder stand Teddy sofort auf, aber nicht ohne dabei wie zufällig seinen nassen Bart an Kittys Hose abzutrocknen. Britta fand das süß, Kitty fand das nass.

Der Leichenwagen kam und nahm den Verstorbenen mit.

Nico schlug Kitty zum Abschied auf die Schulter:

„Und denk dran: Solange ihr euch noch nicht so gut kennt, immer mit Kondom!", und dann verschwand er Richtung Gyros-Teller, den er sich doch noch bestellt hatte.

Britta, wunderbar praktisch veranlagt, hatte bereits alles was zum Hund gehörte zusammengesammelt: Halsband, Leine, einen Sack mit Trockenfutter, einen großen Korb mit mehreren Decken und diverses Spielzeug.

„Kitty, mach doch einfach schon Feierabend. Dann können der Hund und du sich aneinander gewöhnen. Du hast sowieso zu viele Überstunden und bist ja noch Rekonvaleszent. Komm, ich helf dir tragen!"

„Danke."

„Wenn du noch Fragen hast, ruf mich ruhig an!"

Dann war auch Britta weg. Nur noch Pauer war da, also Zeit zu gehen.

In das Auto hüpfte Teddy noch fröhlich rein, raus musste Kitty ihn fast tragen.

„Komm Teddy! Zweiundzwanzig Stufen musst du schaffen. Ich wohne leider in der ersten Etage. Immerhin hab ich ein Stück Garten mit Birnbaum. Das ist jetzt deine Toilette."

Toilette? War Teddy überhaupt stubenrein? Auf was hatte er sich da eingelassen? Wie viel Ausgang brauchte so ein Hund? So ein Hund. Was für ein Hund war das eigentlich?

Sein Hund. Das stand fest. Warum auch immer.

- 3 -
(Nadine)

Auf der Treppe begegneten Kitty und Teddy Frau Geißler, der Vorsitzenden des Tratschvereins im Häuserblock. Teddy knurrte sie leise an, Kitty widersprach ihm nicht. Er konnte sie auch nicht leiden. Frau Geißler schaute erst Teddy und dann Kitty böse an:

„Sie wissen, was über Hunde in der Hausordnung steht?"

„Ja. Sie dürfen Mitbewohnerinnen nach zweiundzwanzig Uhr nicht mehr beißen. Wie spät ist es denn?"

Kitty schob den Ärmel seiner Jacke zurück und schaute auf seinen Unterarm. Eine Uhr trug er nie. Frau Geißler war bereits verächtlich schnaubend weiter gegangen. Eigentlich hatte auch Kitty sie in den letzten Monaten immer angeknurrt, wenn sie sich begegnet waren, allerdings nicht hörbar, mehr so auf Lunge...

Frau Geißler war eine kleine, gedrungene Frau mit langen grauen Haaren, die immer zu einem Dutt zusammengefasst waren. Gesicht und Charakter eines Kampfhundes. Einige wenige Male hatte Kitty auch schon ihren Mann getroffen. Körperlich deutlich größer als sie, wirkte er doch klein, verletzlich und verschüchtert. Er grüßte mit kaum hörbarer Stimme.

Anfangs war Frau Geißler begeistert gewesen, einen Polizisten im Haus zu haben und erwartete viele exklusive Informationen über Vorstrafen und Verbrechen der Nachbarschaft. Aber nicht nur, dass sie die nicht bekam..., Kitty erwies sich überhaupt als äußerst einsilbig und an Tratsch nicht interessiert. Ein fast unentschuldbarer Charakterzug.

Seit inzwischen drei Monaten grüßte sie Kitty gar nicht mehr. Damals hatte sie mal wieder über seine Etagenmitbewohnerin, Frau Reichelt, hergezogen.

„Diese kleine Schlampe! Hab ich sie doch neulich wieder erwischt, wie sie im Müll wühlte, hat noch immer keine ordentliche Arbeit und lebt auf Kosten der Steuerzahler. Aber was soll man auch von einer Sechsundzwanzigjährigen halten, die Kinder hat im Alter von dreizehn und elf Jahren?!"

Frau Geißler schaute Kitty gespannt an, bereit ihm beim Rechnen zu helfen, falls er nicht von selber drauf kam, dass dieses unchristliche Gör dann ja wohl erst zwölf Jahre alt gewesen war, als...

„Viel?"

„Wie bitte? Nein! Sie wissen doch..."

„Stimmt. Sie haben recht. Ich weiß zu wenig von ihr. Da sollte man sowas nicht beurteilen."

„Aber es ist doch mehr als deutlich..."

„Lassen Sie es mich so sagen, Frau Geissler: Ich habe mal eine Vierzehnjährige verhaftet, die ihren Vater erschossen hat, der sie und die Mutter regelmäßig verprügelt hatte. Von der hielt ich sehr viel. Die Leute im Haus, die Bescheid gewusst, aber nie geholfen hatten, und sich nun über eine mordende Vierzehnjährige das Maul zerrissen, hielt ich eher für asozialen Abschaum."

So viel hatte Kitty noch nie auf einmal zu Frau Geißler gesagt. Sie war zwar in keiner Weise zufrieden gewesen, aber wenigstens ließ sie ihn seither zufrieden.

Was Kitty von Frau Reichelt halten sollte, wusste er übrigens wirklich nicht. Sie war ihm auf den ersten Blick sehr sympathisch gewesen. Wahrscheinlich weil sie ihn ein wenig an Marie erinnerte, mit ihren langen, lockigen Haaren. Die von Marie waren allerdings hellbraun gewesen, genau wie ihre melancholischen Augen. Frau Reichelt hatte kupferrote Haare und grüne Augen, denen er noch kein Adjektiv zuordnen konnte, da sie ihn noch nie länger angesehen hatten. Sie grüßte immer sehr kurz angebunden und doch, wie sie ihn dabei ansah, dafür fiel ihm sofort ein Adjektiv ein: verächtlich.

Trotzdem war sie die mit Abstand sympathischste Person im Haus. Vielleicht weil sie, wie Kitty, offensichtlich einfach nur ihre Ruhe haben wollte, weil sie, so wie Kitty es von sich auch annahm, oft sehr traurig aussah, weil auch sie diese Welt zu hassen schien, in der nichts so lief, wie es angenehm gewesen wäre, ach, oft ja nicht mal, wie es erträglich wäre.

Ihre Kinder waren ganz das Gegenteil: Fröhlich, laut, agil und bemerkenswert höflich und hilfsbereit, obwohl Frau Geißler hartnäckig das Gegenteil behauptete.

Kitty schloss die Tür auf und Teddy trottete hinter ihm in die Wohnung.

„So, Teddy, das ist jetzt dein neues Zuhause. Wohin sollen wir dein Körbchen platzieren?"

Kitty legte Teddys Körbchen auf den Boden, zusammen mit den Spielsachen und den Decken. Teddy schnappte sich eine sehr abgenutzte, runde, schwarz-weiße Decke mit aufgedruckten Fußbällen und lief mit ihr durch die Wohnung.

Zuerst legte er sie in der Küche, setzte sich probeweise darauf und starrte den weißen Kühlschrank erwartungsvoll an. Kitty holte sich ein Bier und lies Teddy dabei in den Kühlschrank schauen: Milch, Butter, Käse und Bier. Kein Hundefutter, keine Leckerchen. Teddy schnappte sich seine Decke und trug sie nun Richtung Schlafzimmer. Weder dort noch später im Bad war er zufrieden, auch nicht unter dem Esstisch, vor dem Fernseher und bei der Heizung im Wohnzimmer. Etwas länger harrte er neben dem Klavier aus, merkte dann aber, dass Kitty nicht gewillt war, Klavier zu spielen und zog weiter.

Nein, Kitty würde kein Klavier spielen, genauso wenig wie mit dem großen verstaubten Schachspiel aus Holz, das auf dem Klavier stand. Marie hatte Klavier gespielt, er hatte es geliebt, und sie hatten Schach gespielt, bis einmal die weiße Dame runtergefallen und in zwei Teile zerbrochen war. Nicht, dass das Kleben ein großer Akt gewesen wäre, sie hatten es sich immer wieder vorgenommen, aber dann war stattdessen Kittys braunhaarige Dame auf einmal verschwunden...

Nach zehn Minuten Schnuppern landete Teddys Decke schließlich genau vor dem Bücherregal. Nachdem er noch aufmerksam die Buchrücken betrachtet und beschnüffelt hatte, besonders lange den großen Garfield-Band, ließ Teddy sich mit einem zufriedenen Seufzer nieder.

Kitty hatte sich inzwischen die Fütterungsempfehlungen auf dem Trockenfutter durchgelesen. Wie viel mochte dieser Hund wiegen? Kitty hatte keine Waage. Teddy hatte schon gemerkt, dass es jetzt ans Fressen ging und stand wieder wedelnd neben ihm. Kitty packte ihn vor die Vorderbeine und hinter die Hinterbeine und hob ihn hoch. Teddy zappelte überrascht und Kitty ließ ihn, ebenfalls überrascht, schnell wieder runter.

Das zog im Rücken! Der Hund sah eigentlich nach leichter Wolle aus, musste aber irgendwo integrierte Bleiplatten haben.

Ungefähr ein Zementsack, sagte sich Kitty und gab Teddy die Portion für einen 40kg-Hund.

Teddy fraß sehr laut und sehr schnell und lief dann eilig Richtung Tür. Auf dem Flur schon wieder Frau Geißler, die versuchte, betont unschuldig und desinteressiert zu gucken, aber wahrscheinlich die ganze Zeit an der Tür gelauscht hatte.

Teddy schaute sie kurz an. Kitty wartete auf ein Knurren, stattdessen ließ Teddy einen imposanten Rülpser in einer tiefen Basslage los. Frau Geißler erstarrte mit entsetztem Gesicht. Erst als Kitty und Teddy schon fast am Ausgang zum Garten waren, rief sie hinterher:

„Ich werde das nicht dulden! Wenn dieser Köter ins Haus oder in meinen Garten macht, dann werde ich..."

Die Tür schlug zu und Kitty zeigte Teddy seinen Gartenabschnitt. Knapp zwanzig Quadratmeter, hauptsächlich Gras, eine Holzbank, ein sehr schief gewachsener Birnbaum, ein paar Bartnelken und ein kleines Beet mit wild wucherndem Pfefferminz.

Teddy schnupperte an allem und pinkelte dann gegen den Baum. Ein großes Geschäft schien noch nicht anzustehen. Vielleicht nachher im Dunkeln, dann konnte Kitty Teddy auch mal Frau Geißlers Garten zeigen...

Kitty nahm drei Blätter Pfefferminz mit und Teddy lief ihm voraus die Treppe hoch. Oben ein überraschter Ausruf. Zu spät war Kitty auf die Idee gekommen, dass Frau Geißler immer noch auf dem Flur stehen könnte. Er lief nach oben.

Zu seiner Erleichterung war Frau Geißler nirgends zu sehen. Stattdessen hockten Nadine und ihre beiden Kinder bei Teddy, der sich begeistert wedelnd von allen abwechselnd streicheln ließ.

„Oh, ist der süß!"

„Ihh, ist die Nase nass!"

„Was ist das für ein Hund?"

„Ein Bobtail, Schatz."

„Ich will auch so einen!"

„Tja..., hätte ich auch gern."

„Hallo, Herr Kommissar! Ist das Ihr Hund?"

Kitty ging wie die anderen in die Knie: „Ja. Das ist mein neuer alter Hund. Er heißt Teddy."

„So sieht der auch aus."

„Dürfen wir ihn noch ein bisschen streicheln, Herr Kommissar?"

„Ja klar, scheint sich sehr wohl zu fühlen bei euch." Kitty lächelte. „Und darauf könnt ihr euch was einbilden. Bisher hat er sonst jeden ignoriert oder angeknurrt."

Die Kinder strahlten. Auch die grünen Augen sahen ihn freundlich an. Freundlich... - das erste Mal länger und dann freundlich. Kitty war einen Moment verwirrt.

„Danke", sagte Frau Reichelt.

„Herr Kommissar?", das Mädchen schaute Kitty mit großen Augen und nicht unterdrückbarer Aufregung an.

„Ja?"

„Pssst! Du musst erst Mama fragen!"

„Aber..."

„Ich hör mal grade weg", sagte Kitty und hielt sich die Ohren zu. Hastig sprachen beide Kinder auf ihre Mutter ein. Diese kniff kurz die Augen zusammen und nickte dann. Kitty nahm die Hände von den Ohren.

„Herr Kommissar, dürfen wir mal bei Ihnen vorbeikommen und mit Teddy spielen?"

„Klar, ihr beiden. Ich bin allerdings meistens erst am Abend zuhause. Manchmal auch erst in der Nacht. Ich sag euch einfach Bescheid, wenn es mal passt."

Frau Reichelt nahm Teddys Gesicht zwischen beide Hände und schaute ihm in die Augen:

„Dann wirst du Armer wohl viel alleine sein, was? Bist du dir auch im Klaren, auf wen du dich da eingelassen hast? Weißt du, was Frau Geißler über dein Herrchen erzählt?"

„Ach, die blöde Kuh erzählt doch nur Mist!"

„Ähem!" Frau Reichelt räusperte sich und ihre Tochter korrigierte sich: „Entschuldigung Teddy, so sagt man das nicht. Also, unsere moralisch minderbegabte Mitbewohnerin ist im Umgang mit der Wahrheit eher suboptimal..."

Teddy wedelte.

Ja, in der Tat. Teddy wusste nicht, auf wen er sich da eingelassen hatte, und er würde viel alleine sein. Nicht nur tagsüber, noch mehr, nachdem sich sein Herrchen irgendwann demnächst umgebracht haben würde... Auch das hatte Kitty noch nicht so recht zu denken gewagt, aber nun schien hier tatsächlich die Lösung neben ihm zu hocken.

„Frau Reichelt?"

„Ja?"

„Haben Sie vielleicht Zeit und Lust, sich tagsüber um Teddy zu kümmern? Vielleicht auch einen Ausgang mit ihm zu machen, zusammen mit den Kindern?"

Die Kinder hüpften jubelnd über den Flur, Teddy wedelnd und bellend hinterher und Frau Reichelt nickte strahlend. Ja, das würde eine gute Familie für Teddy sein. Die Kinder fielen ihm um den Hals.

„Herr Kommissar, Sie sind der Beste!"

„Ihr könnt gerne Kitty zu mir sagen. Das gilt natürlich auch für Sie, Frau Reichelt."

„Danke, Kitty. Ich heiße Nadine."

Sie schüttelten einmal die Hand. Peinlich förmlich, aber irgendwie doch angenehm.

Auch die Kinder stellten sich nun vor ihn und gaben ihm die Hand.

„Ich heiße Katrin." Sie machte einen perfekten Knicks.

„Und ich bin Ben." Eine angedeutete Verbeugung. Dann knieten sich beide wieder kichernd zu Teddy.

Kitty zeigte Nadine, wo die Leine für Teddy hing und gab ihr den Zweitschlüssel für seine Wohnung.

„Ich hol ihn dann mittags rüber, nachdem ich die Kinder abgeholt habe und bring ihn gegen Abend zurück."

„Ja. Das wär prima."

Kitty fiel plötzlich auf, wie unaufgeräumt seine Wohnung war. Dunkel und wenig einladend.

„Vielen Dank", sagte Kitty, als er mit Nadine wieder auf den Hausflur trat.

„Ich habe zu danken. Das ist eine Riesenfreude für die Kinder. Und für mich eigentlich noch mehr. Ich habe mir immer einen Hund gewünscht. Ich... Danke!", sagte sie mit belegter Stimme und ging schnell zu ihrer Tür.

„Tschüss Teddy, Wiedersehn Herr Ko..., Herr Kitty!", rief Katrin. Kitty lächelte:

„Tschau ihr drei und viel Spaß morgen mit Teddy."

Kitty ging in seine Wohnung, lüftete ausgiebig, räumte den gröbsten Schmutz weg und spülte den Abwasch von fünf Tagen. Hätte er zufällig eine helle Raufaser im Schrank gehabt, hätte er wahrscheinlich auch noch tapeziert.

- 4 -
(c2,c4)

„"...und somit kommt eigentlich nur Torge als Mörder in Frage. Tja, wenn jeder Fall so einfach wäre!"

„Pauer, vielleicht erzählen Sie es für den neu dazugekommenen Kollegen noch mal, aber nur kurz das Wichtigste?"

Der Chef schaute missbilligend zu Kitty, der mit fast zehn Minuten Verspätung im Besprechungsraum Platz nahm.

„Gerne, Chef. Also, ich mache gestern Nachmittag einen Spaziergang durch die Thumbstraße. Kurz vor der Dieselstraße höre ich aus einem Fenster in der ersten Etage einen Schuss. Ich laufe ins Haus und finde Herrn Kaup erschossen vor dem Kinderbett, sein Sohn liegt im Bett und weint, die noch warme Pistole liegt auf der Bettdecke. Ich habe sofort die ganze Wohnung durchsucht - kein Mensch zu finden, kein Fluchtweg, nur die Tür, durch die ich selber gekommen bin. Der einzig mögliche Täter: Kaups Sohn Torge." Pauer schaute sehr zufrieden und steckte sich eine Zigarre an.

Der Chef ergänzte deutlich unzufriedener: „Leider ist Torge erst vierzehn Monate alt und hat Finger, mit denen er grade mal eine Wasserpistole zum Spritzen bringen kann. Ganz zu schweigen von dem Rückstoß... Jemand eine Idee?"

„Was ist denn mit den Fingerabdrücken auf der Waffe? Also außer die vom Kind?", fragte Britta.

„Vielleicht möchten Sie das selber sagen?"

Der Chef sah ziemlich angesäuert zu Pauer hin. Wirklich zusammenscheißen konnte er ihn nicht. Pauer kam aus einer der ältesten Kölner Familien, Kölscher Adel sozusagen, und sein Vater war der beste Freund des Polizeipräsidenten.

„Ja, also, nach jetzigem Erkenntnisstand hat die Spurensicherung nur Torges und meine Fingerabdrücke sicher identifizieren können. Sie versuchen noch ein paar Teilabdrücke zu vervollständigen, das benötigt aber noch unbestimmte Zeit."

„Dann ist Pauer also der Hauptverdächtige", fasste Kitty zusammen.

Irgendwas stimmte mit ihm momentan nicht, das spürte Kitty deutlich. Was hatte er da gerade gesagt?

Pauer war so empört, dass er nicht sprechen konnte.

„Das klingt plausibel. Ich habe schon oft mitbekommen, wie du jemand bedroht hast", sagte Nico, dem Kittys Einschwenken auf den Pfad neben der Vernunft offensichtlich gefiel, zu Pauer. „Was hatte Kaup denn gemacht? Deinen Porsche zugeparkt oder dich beim Golf geschlagen?"

„Mich hat noch nie jemand beim Golf geschlagen!", entrüstete sich Pauer. „Ich habe..."

„Hat hier irgendjemand auch mal etwas Konstruktives zu sagen?!" Der Chef unterbrach Pauer und warf Nico und Kitty einen zweifelnden Blick zu.

„Was ist mit Frau Kaup?"

„Sie erschien ungefähr fünf Minuten später am Tatort. Sie gab an, sie habe eingekauft und Kuchen für das Kaffeetrinken geholt, ist dann zusammengebrochen und war nicht mehr vernehmungsfähig. Sie ist mit ihrem Sohn zusammen im Krankenhaus, sollte aber heute Nachmittag wieder zuhause sein."

„Vielleicht ein Einbrecher, den Kaup überraschte und der ihn erschoss? Wurde was gestohlen?"

„Das wissen wir noch nicht. Die Wohnung war aufgeräumt, nicht durchwühlt. Kaups Brieftasche war in einer Jacke, die im Kinderzimmer lag, völlig unberührt."

„Vielleicht wurde er, bevor er was mitnehmen konnte, von Kaup überrascht, erschoss den, hörte dann Pauer kommen und flüchtete..."

Hätte er nicht auch gleich noch Pauer erschießen können?, dachte Kitty, *dann wär mir der Rauch der Zigarre erspart geblieben.*

„Kaup war übrigens für die Uhrzeit schon ganz ordentlich betankt; fast ein Promille", sagte Nico.

Kitty bekam nicht mehr alles mit. Er fing an, in seiner Hose nach einem Taschentuch zu suchen. Dieser verdammte Pauer mit seinen Zigarren hatte seinen Heuschnupfen geweckt, und nun wurde es immer schwerer, dem Gespräch zu folgen. Das einzige Fenster im Raum, direkt hinter dem Chef, war geschlossen.

Kitty hätte im Bett bleiben sollen. Es war heute der dritte Tag hintereinander, wo er morgens im Bett lag und aufstehen wollte, es aber nicht konnte. Ein beunruhigendes Gefühl, das er immer schnell zu verdrängen suchte. Es erschien ihm völlig albern. Sein Körper hörte in diesen Minuten einfach nicht auf ihn. Jedes Mal hatte er ein konkretes Ziel benötigt, um dann doch noch die Beine mühsam aus dem Bett zu bekommen. Erst war es die Vorfreude auf die Ruhe nach dem Selbstmord gewesen (Im Haus hatte Frau Geißler gerade angefangen, über ihm zu staubsaugen), am nächsten Tag die Vorfreude auf Prinkes Verhaftung und heute Morgen war es der winselnde Teddy, der dringend zum Birnbaum musste.

Irgendwas stimmte ganz gewaltig nicht mit ihm. Dass er sich umbringen wollte, schien Kitty ganz normal. Das machten jeden Tag dreißig Menschen in Deutschland, das war schon in Ordnung und angebracht, aber dass sein Körper nicht mehr machte, was er wollte, dass er manchmal nicht mehr kontrollieren konnte, was er sagte, das beunruhigte ihn wirklich. Umso besser, wenn er den Plan bald fertig hätte.

Der Chef sagte irgendwas zu Pauer; wahrscheinlich würde er ihn auf diesen Fall ansetzen. Hauptsache er kam nicht auf die Idee, sie beide wieder als Team einzusetzen, dann wäre der Sommer gelaufen und zwar aus Kittys vom Zigarrenqualm gequälter Nase!

Wenn er bei Pauer im Verhör säße, würde er sofort alles gestehen, nur um den Gestank seiner Zigarren in dem engen Raum nicht länger ertragen zu müssen..., vielleicht war das das Geheimnis seines Erfolges?

Kitty versuchte, den Gedanken so umzuformulieren, dass drei „das" hintereinander kamen, aber er wurde unterbrochen:

„Kitty!"

„Ja? Hier!"

Wieder dieser zweifelnde Blick; wahrscheinlich hatte der Chef schon länger mit ihm gesprochen... Kitty fühlte sich so elend, dass er mit dem Gedanken spielte, Pauer zu erschießen und auf Notwehr zu plädieren.

„Es wird Sie vielleicht überraschen, aber ich möchte, dass Sie noch einmal mit Pauer zusammen arbeiten. Das Ganze klingt so verrückt, dass ich meine beiden verrücktesten Leute darauf ansetze", sagte der Chef spöttisch lächelnd. Wahrscheinlich dachte er, dass Pauer hier am wenigsten Unheil anrichten könnte. Britta und Georg übernahmen den, zumindest für den Chef, deutlich wichtigeren Mord im Rotlichtmilieu.

„Ich denke, Sie sollten gleich zu Frau Kaup fahren. Dann mal los!" Der Chef stand auf und öffnete das Fenster hinter sich.

Warum erst jetzt, warum erst jetzt?!

Kitty und Pauer sahen sich am Tatort um und befragten die aus dem Krankenhaus zurückgekehrte Frau Kaup. Trauernd wirkte sie nicht, immerhin sehr besorgt um ihren Sohn. Blonde, glatte Haare, graublaue Augen und ein entwaffnendes Lächeln, das sie allerdings nur ihrem Sohn schenkte. Kitty rechnete es ihr hoch an, mit welch verächtlichem und kalten Blick sie Pauer Antwort gab.

Torge selber war nach Aussage der Ärzte völlig traumatisiert und ohne Erinnerung an den Tathergang. Ob er die Erinnerung jemals wiederfinden würde, sei völlig offen. Das hätte man selbst bei einem Erwachsenen nicht sagen können.

Von dem Inhalt des Verhörs bekam Kitty nicht sehr viel mit, da er dauernd niesen musste. Pauer rauchte Zigarre und Frau Kaup Lucky Strike.

Kitty verließ das Zimmer, um sich ausgiebig die Nase zu putzen. Anschließend ging er noch mal durch die anderen Räume und in den Hausflur.

Er stellte sich vor, wie Pauer hier rein gestürmt sein musste. Hätte er jemanden direkt hinter der Tür oder im Treppenhaus bemerkt? Wahrscheinlich nicht. Besonders gut beobachten konnte er nicht, besonders gut denken oder kombinieren auch nicht. Keine Einfühlsamkeit, keine Menschenkenntnis, kein Instinkt. Er konnte sich halt gut ausdrücken, darstellen und frisieren. Deswegen war er der Liebling der Presse und damit der wichtigste Polizist in ihrem Revier, mit den größten Aufstiegschancen...

So wenig Kitty vom Verhör mitbekommen hatte, er glaubte nicht, dass es Frau Kaup gewesen war. Sie log bei vielen Sätzen, aber sie schien keine Frau zu sein, die auf die Idee kommen könnte, ihren Mann ausgerechnet vor den Augen des Kindes zu erschießen und ihm dann auch noch die Waffe in die Hand zu drücken. Nein, sie liebte ihren Sohn. Um das zu bemerken, brauchte man noch nicht einmal eine besondere Begabung. Genauso wenig um zu erkennen, dass sie ihren Mann gehasst hatte und über den Tod eher erleichtert als betrübt war.

Kitty ging bis an die Haustür, stellte sich einen Schuss vor und lief die Treppe hoch bis in die Wohnung. Hier musste er sofort wieder niesen. Nein, das hatte keinen Zweck. Mit den verquollenen Augen konnte er auch nicht mehr die Nachbarn befragen. Das sollte ruhig Pauer machen. Kitty fuhr mit der Bahn zurück zum Büro. Niesen musste er hier nicht mehr, aber Augen und Gedanken waren immer noch verquollen.

Kitty trank einen Tee und schmiss zerknüllte Notizzettel in den fünf Meter entfernten Papierkorb. Nach einer halben Stunde ging es ihm besser und er versuchte die vorhandenen Unterlagen zu sortieren.

Kitty schloss die Akte und legte sie in die Schublade. Dreimal war er jetzt auf der dritten Seite angekommen und jedes Mal wusste er nicht mehr, was auf den ersten beiden Seiten gestanden hatte. Ach ja. Es waren DNA-Spuren an der Hand des Jungen gefunden worden, wahrscheinlich vom Täter, als der ihm die Waffe in die Hand gedrückt hatte.

Kitty wusste, dass er momentan nicht gut arbeitete. Nicht gut? Das hörte sich ja an wie zwei minus. Nein, was er zurzeit ablieferte war höchstens mangelhaft. Also kein großer Verlust, dass er heute wieder vor der Zeit nach Hause fuhr. Er hatte so viele Überstunden, dass er die bis zu seinem Selbstmord nicht mehr alle abfeiern konnte.

Als Kitty auf das Autobahnkreuz zusteuerte, sah er in einiger Entfernung vor sich einen weißen Mazda, der langsam immer weiter nach rechts abdriftete, über den Standstreifen und schließlich im Graben landete. Ach ne, Scheiße! Er hatte doch Feierabend.

Ein Ford, der zwischen Kitty und dem Mazda gefahren war, fuhr einfach dran vorbei. *So ein Arsch!*

Kitty wurde langsamer. Eine Frau stieg aus dem Mazda und besah sich kopfschüttelnd ihr Auto. Sie sah nicht verletzt aus, stand gerade, hatte aber offensichtlich einen Schock. Kitty schaute beim Vorbeifahren sehr konzentriert nach links, als hätte er das Industriegelände dort noch nie gesehen.

Was war mit ihm los? Er hatte keine Ahnung; aber den leisen Verdacht, dass er auch nicht angehalten hätte, wenn die Frau geblutet und regungslos hinter dem Steuer gehangen hätte.

Kitty schaute in den Rückspiegel. Die Frau stand noch immer neben dem Wagen. Er könnte noch anhalten. Er könnte, aber er konnte nicht. Kein wirkliches Drama. Die Dame würde überleben, irgendjemand würde sich kümmern und Kittys Karma war sowieso auf einem sicheren Abstiegsplatz, da hätte es eine gute Tat kurz vorm Ende auch nicht mehr gerichtet...

Trotzdem war er beunruhigt. Wo und wann war seine soziale Ader versiegt, wegen der er Polizist geworden war? Er hatte immer *Oskar, der freundliche Polizist* sein wollen. Der wäre nicht vorbeigefahren!

Kitty war leer und ausgebrannt. Innerlich längst gesprungen, abgeschlossen, alles schon mit Laken abgedeckt. Nur äußerlich war noch eine Sache zu erledigen. Mehr war nicht mehr. *Tut mir leid, Leben, ich habe schon geschlossen, wenn du noch was willst, frag meine Kollegen!*

Nach vielen roten Ampeln und grauen Gedanken kam Kitty zuhause an. Inzwischen tat er sich selbst mehr leid, als die Mazdafahrerin. Sie würde noch lange weiterleben, vielleicht nicht mehr so müde Auto fahren, sich vielleicht noch mal verlieben, oder im Lotto gewinnen, oder in einem Preisausschreiben einen neuen Mazda... Kitty würde nichts mehr.

Als er die Wohnungstür aufschloss, hörte er hinter der Tür ein aufgeregtes Fiepen. Den Neuen in seinem Leben hatte Kitty vor lauter dunklen Gedanken ganz vergessen. Teddy umkreiste ihn mehrmals, lief dann aufgeregt zu seinem Körbchen, holte seine Fußballdecke und hielt sie Kitty hin. Als der sie ihm abnehmen wollte, zog Teddy kräftig in die andere Richtung. Beide zogen, bis die Decke deutliche Reißgeräusche von sich gab und Kitty los ließ. Teddy lief stolz wedelnd zu seinem Korb, legte die Decke ab und sich selber darauf. Wer hier das Alphatier war, sollte damit geklärt sein.

„Na, waren die Nachbarn da und sind mit dir ausgegangen?"

Teddy bejahte mit einem Schwanzwedeln. Auch die Indizien sprachen dafür: Die Leine hing jetzt an einem anderen Haken und Teddys Futterschüssel war zwar schon vorhin leer gewesen, aber noch nicht feucht wie jetzt.

Das geübte Tatort-Auge bemerkte noch andere Veränderungen in der Wohnung. Zuerst nur ein unbestimmtes Gefühl: *Vorhin sah es hier anders aus.*

Nach kurzem Suchen fand Kitty auch die Details:

Das Schachbrett war entstaubt, die Königin wieder zusammen geklebt und ein weißer Bauer hatte das Spiel eröffnet:

c2,c4.

- 5 -
(d7,d5)

Kitty war ratlos. Es gibt ja Momente, wo man deutlich spürt, dass gerade etwas Besonderes passiert ist, dass sich womöglich das Leben geändert hat, dass ein langjähriges Tabu gebrochen wurde, dass man jetzt ergriffen oder verzweifelt oder himmelhochjauchzend sein müsste. Nichts war da in ihm. Das einzige Gefühl: Beunruhigung, dass da nichts in ihm war. Und selbst das nur als harmloser Hauch.

Natürlich wusste er Gefühle, die jetzt angebracht gewesen wären, erinnerte sie von früher. Doch auch mit Anstrengung schaffte er es nicht, sich zu ärgern - was er für das angebrachte Gefühl hielt. Niemand hatte jemals dieses Schachspiel mehr berühren sollen, außer Marie. Ein Satz, den er als richtig wusste, der ihm aber nichts sagte, der nichts in ihm auslöste.

Er war tot, das war nicht mehr zu leugnen. Gut, auf der Arbeit hatte er oft keine Lust gehabt, und das Aufstehen am Morgen war auch noch nie seine Lieblingsbeschäftigung gewesen, genauso wenig wie Helfen auf der Autobahn. Es hätte alles einfach ein Extrem einer bekannten Lustlosigkeit gewesen sein können, doch jetzt, das hier. Das hätte doch... Da müsste er eigentlich..., aber da war kein Er mehr. Kitty war längst verschwunden. Da lief noch eine ausgebrannte Hülle mit äußerlicher Ähnlichkeit mit dem einstigen Kommissar Kitty, mit dem einstigen Verlobten von Marie herum.

Teddy stupste ihn mit seiner Nase an und lief dann zur Tür. Es war längst dunkel geworden. Kitty wusste nicht, wie lange er da gestanden hatte. Wann war es zuletzt hell gewesen in seinem Leben?

Kitty öffnete die Wohnungstür. Teddy lief direkt zu Nadines Tür und setzte sich davor.

„Ich dachte, du musst raus?"

Teddy schaute Kitty einen Moment verwirrt an, dann fiel ihm seine Blase auch wieder ein und zusammen gingen sie in den Garten. Kitty pflückte drei Blätter Pfefferminz und kickte den blauen Plastikbecher, der auf seinem Rasen lag, wieder in Frau Geißlers akkuraten kleinen Gartenabschnitt zurück. Das ging schon ein paar Wochen so. Frau Geißler war sich irgendwie sicher, dass dieser Becher von Kitty in ihren Garten geworfen worden war und schmiss ihn immer von ihrem Garten in seinen. Die einzig verbliebene Kommunikation zwischen den beiden.

Wieder in der Wohnung stellte Kitty den Wasserkocher an, gab Teddy einen Kauknochen, ging zum Klavier und schaute sich das Schachspiel an. Die Dame war perfekt geklebt, der Bruchrand nur zu erahnen, wenn man ihn wusste.

Der Wasserkessel pfoff, nein pfiffte, pfiff, was auch immer. Deutsch war nicht seine Stärke. Also Kittys. Andererseits, des Wasserkochers Stärke auch nicht. Das immerhin ein vorbildlicher Genitiv. Kann heutzutage auch nicht mehr jeder.

Kitty übergoss die drei Blätter mit dem heißen Wasser, tat einen großen Kluntje in die Tasse und später einen Teelöffel Sahne auf die Teeoberfläche. Ein zünftiger Ostfriesentee, nur dass ihn jeder wahre Ostfriese vom Hof gejagt hätte. Ostfriesenpfefferminztee? Undenkbar! Schwarzer Tee! *Grünpack* von Bünting!

Kitty kam gebürtig aus dem Norden, genau auf der Grenze von Ostfriesland und Friesland. Dass Ostfriesland westlich von Friesland liegt, hatte ihn damals so durcheinandergebracht, dass er noch bis zur neunten Klasse glaubte, die DDR liege westlich von der BRD.

Kitty stellte sich mit seinem Tee an das Klavier und starrte auf das Schachbrett. Ob es das heiße Getränk war oder das Schachspiel, das ihn schon früher immer in eine andere Welt entführt hatte..., er wurde ruhiger.

Seltsam. Vorher war nichts in ihm, und jetzt wurde es ruhiger? Absurd, aber wahr.

Kitty nahm den schwarzen Bauern: d7,d5.

- 6 -
(d1,a4 – Schach!)

Wie jeden ersten Mittwoch im Monat präsentierte der Chef ihnen die neuesten Statistiken anhand eines selbstgefertigten Kuchendiagramms.

Das grüne Stück stand für die gelösten Fälle, das gelbe für die ungelösten Fälle aus diesem Jahr und das rote für die ungelösten Altfälle. Wie immer war das rote Stück zu groß und das grüne zu klein und der Polizeipräsident sei nicht zufrieden und die anderen Bezirke seien viel besser und Kitty hätte jetzt nicht einmal richtiger Kuchen interessiert, obwohl er sonst einem gepflegten Stück Gebäck zum Tee nicht abgeneigt war.

Die Statistik war bis vor kurzem sogar noch schlechter gewesen. Seitdem sie aber bei jedem Selbstmord und bei jedem eigentlich offensichtlich natürlichen Tod, der auch nur einen Hauch von einer Chance hatte, ein Gewaltverbrechen zu sein, direkt als ganzes Team rausgeschickt wurden, hatte sich die Farbverteilung schon gebessert... Das war fast immer schnell aufzuklären und der Chef hatte irgendeinen Kniff gefunden, dass in die Statistik einfließen zu lassen.

Kittys persönliches Kuchendiagramm war nur noch grün, die Vorbereitungen waren fast abgeschlossen. Er schrieb, während Pauer zwei Stühle weiter tatsächlich die Statistiken notierte, an einem kleinen Testament, einem kleinen weiteren Indiz und an Teddys Zukunft.

Sollte mir etwas zustoßen, so möge mein Hund Teddy von Frau Nadine Reichelt nebenan übernommen werden. Dort ist er in wunderbaren Händen. Ihr vermache ich auch mein Schachspiel. Alles andere vermache ich meiner lieben Schwester Sandra in Varel.

Das würde in die gleiche Schublade kommen, wie Prinkes Drohbrief, den Kitty gestern geschrieben hatte. Handschriften fälschen war eine der wenigen nützlichen Fähigkeiten, die er während der Schulzeit gelernt hatte.

Nach der Besprechung waren der Chef und Pauer auf einer Pressekonferenz und Britta und Nico aßen Käsekuchen bei einer Tasse Kaffee, während Kitty Tee trank und Erdnüsse knabberte.

Nico kam zurzeit häufig vorbei, weil die Kaffeemaschine im Rechtsmedizinischen Institut defekt war.

„Entschuldigung, was sagtest du grade, Britta?" Kitty ärgerte sich über sich selbst. Er bekam dauernd irgendetwas nicht richtig mit oder vergaß es sofort wieder. Er war selten geistig anwesend.

„Eure Hauptverdächtige, Frau Kaup, wird gerade hergebracht. Du kannst sie gleich mit Pauer verhören."

„Kitty sieht nicht aus, als würde er sie mit viel Power verhören...", murmelte Nico. „Steht eigentlich schon was zum Mord in der Zeitung?"

Britta griff nach dem *Kölner Tageblatt*.

„Nein. Nur der übliche Müll. Die FDP will schon wieder die Steuern für den Mittelstand senken. Die sind fast wie mein Hund, der hat auch immer nur eins im Kopf... Sag mal, was ist eigentlich genau der Mittelstand? Gehören wir auch dazu?"

Nico schaute Britta an. „Nein. Wir gehören zum Unterstand."

„Ach, du Quatschtüte!", sagte Britta mit einem warmen Unterton.

Frau Kaup war die Hauptverdächtige? Kitty hatte eine unscharfe Erinnerung, dass Pauer heute Morgen irgendwas gesagt hatte über Motiv, fehlendes Alibi; auch mit der Waffe war etwas gewesen...

Kitty seufzte. Es interessierte ihn eigentlich alles überhaupt nicht mehr, aber er würde sich noch einmal Mühe geben müssen. Bis zu seiner, für alle außer ihm, unerwarteten „Ermordung" musste er sich einigermaßen normal verhalten.

Georg schaute zur Tür rein: „Frau Kaup ist jetzt hier. Sie ist ziemlich fertig und will gleich wieder nach Hause. Willst du vielleicht schon mit dem Verhör anfangen?"

Kitty nickte und stand auf. Er wusste nicht warum, aber Frau Kaup war ihm sympathisch und wenn er ihr Pauer ersparen konnte, hätte er doch noch einmal eine gute Tat getan. Viel Zeit dafür hatte er ja nicht mehr.

Frau Kaup saß am Tisch, den Kopf auf die Hände gelegt und war eingeschlafen. Als Kitty die Tür zumachte, schrak sie auf und sprang hoch, jetzt hellwach:

„Bitte! Lassen Sie mich wieder zu meinem Kind! Er ist völlig traumatisiert und braucht mich!"

Kitty setzte sich an die andere Seite des Tisches: „Bitte setzen Sie sich."

Frau Kaup setzte sich widerwillig hin. Sie hatte tiefe, dunkle Ringe um die Augen. Wahrscheinlich war das eben die erste Minute Schlaf in den letzten Tagen gewesen.

„Frau Kaup, das ist jetzt noch kein Verhör, das Tonband ist nicht angestellt und nichts von dem, was Sie jetzt sagen, kann gegen Sie verwendet werden."

„Ach Quatsch, da sitzen doch welche hinter der Scheibe."

„Ja, in der Tat. Das könnte sogar sein. Ich weiß es nicht. Aber nach der Belehrung dürften wir jetzt sowieso nichts gegen Sie verwenden. Egal. Kommen Sie mit."

Frau Kaup schaute erstaunt, folgte ihm aber auf den Flur.

Kitty konnte ihr nicht erklären, wozu das gut sein sollte. Er konnte es niemandem erklären. Sein Instinkt funktionierte außerhalb eines offiziellen Verhörs deutlich besser.

„Suchen Sie sich einen Platz aus, wo sie glauben, dass wir nicht gehört werden. Ich will Ihnen nur vor dem offiziellen Teil ein paar Fragen stellen. Es ist sehr wichtig für mich."

„Was soll das werden?"

„Bitte!"

„Gut, fragen Sie!", sagte sie, noch immer mitten im Flur stehend.

„Haben Sie Ihren Mann umgebracht?"

„Nein."

„Haben Sie jemanden beauftragt, ihn zu ermorden?"

„Nein."

„Wissen Sie, wer ihn umgebracht hat?"

„Nein. Gehasst haben ihn viele."

„Haben Sie jemals eine echte Pistole in der Hand gehalten?"

„Nein."

„Haben Sie ein Alibi?"

„Nein."

Das war die erste Lüge. Alles andere war die reine Wahrheit. Da war Kitty sich sicher.

„Gut. Ich glaube Ihnen. Leider muss ich trotzdem noch ein offizielles Verhör mit Ihnen machen. Aber jetzt können wir uns kurz fassen. Kommen Sie. Möchten Sie etwas trinken?"

„Nein. Ich will nur schnell nach Hause."

„Gut."

Sie waren wieder im Verhörzimmer angekommen und Kitty schaltete das Tonband an:

„Kommissar Kittel, zwanzigster August, zehn Uhr. Verhör von Frau Bettina Kaup, Mordsache Martin Kaup."

Als Kitty ins Büro zurück kam, legte Britta gerade lachend den Telefonhörer auf.

„Kitty. Das dürfte dich interessieren. Die Spurensicherung hat zwei weitere Fingerabdrücke auf der Pistole gefunden. Der eine ist nirgendwo registriert, war aber noch an diversen anderen Stellen in der Wohnung und der andere ist von Frau Kaup."

„Nein."

„Doch."

„Ganz sicher?"

Kitty fühlte sich, als wäre er gerade selber überführt worden.

„Ja, kein Zweifel", sagte Britta. „Hat Frau Kaup nicht eben gesagt, sie hätte nichts von einer Pistole im Haus gewusst und noch nie eine in der Hand gehabt?"

„Und ich war der festen Überzeugung, dass sie da nicht gelogen hat..." Kitty zuckte mit den Schultern. Er war sich jetzt nicht mehr so sicher wie eben. So viel funktionierte bei ihm momentan nicht. Wieso sollte gerade sein Instinkt noch fehlerfrei arbeiten?

„Und warum hast du gelacht?", fragte er Britta.

„Die Spusi ist sich sicher, dass Pauer die Pistole mindestens viermal runtergefallen ist. Er war wohl sehr aufgeregt."

Ja, doch, das hatte einen gewissen Unterhaltungswert.

„Wir können ja froh sein, dass Pauer nicht aus Versehen das Kind erschossen hat...", sagte Nico und ging zur Kaffeemaschine. „Möchtest du auch noch eine Tasse, Britta?"

„Sehr gerne!"

Nico kam mit zwei Tassen Kaffee zurück, wobei der Milchschaum auf Brittas Tasse eine deutliche Herzform hatte.

Sie versuchte vergeblich, nicht zu auffällig zu strahlen:

„Ich danke dir!"

Kitty ließ Britta den Anblick und mehrere Schlucke in Ruhe genießen, bevor er nachfragte:

„Hat die Spurensicherung sonst noch was gesagt?"

„Ja. Diese Pistole sei die beste Waffe für zarte Frauenhände. Sehr leicht abzudrücken und der Rückschlag stark gedämpft."

„Könnte es dann nicht doch Torge gewesen sein, wenn die Pistole so leicht losging?", fragte Nico. „Vielleicht hat er mit ihr gespielt und seinen Vater aus Versehen erschossen?"

„Dafür hätte der Hahn schon gespannt sein müssen", erwiderte Britta. „So lässt niemand seine Pistole rumliegen. Auch der Rückschlag wäre für seinen ungeübten Arm zu stark gewesen. Und aus Versehen genau einen Kopfschuss? Nein. Ich fürchte, es spricht momentan viel für Frau Kaup als Täterin."

Fünf Minuten später kamen der Chef und Pauer zurück. Pauer war bestens gelaunt. Er schaute kurz in den Spiegel. Die Frisur saß perfekt, dann sollte das Foto für die morgige Zeitung auch gelungen sein. Er schaute kurz Britta an, um ihr Gelegenheit zu geben, ihn zu bewundern oder wenigstens zu fragen, wie die Pressekonferenz gelaufen war. Als sie keine Anstalten in der Richtung machte, drehte er sich mit schlecht verborgener Enttäuschung um.

„Komm Kitty, wir verhören Frau Kaup."

„Die ist schon nach Hause."

„Die ist was?!?"

„Nach Hause. Ich habe sie schon verhört. Sie sagt, sie war es nicht. Sie hat sich nicht in Widersprüche verwickelt. Ich musste sie gehen lassen."

„Aber... Aber die Fingerabdrücke... Hat sie doch ein Alibi?"

„Sie sagt, sie habe kein Alibi."

„Ja, aber dann kannst du sie doch nicht gehen lassen. Sie hat kein Alibi, es sind ihre Fingerabdrücke auf der Tatwaffe, sie hat ein Motiv. Was willst du denn noch?"

Wie unfotogen Pauers Gesicht auf einmal aussah.

„Also, sie sagt, sie war es nicht und ich glaube ihr. Die Fingerabdrücke kann auch jemand auf die Waffe manipuliert haben, um sie zu belasten, und außerdem habe ich ja die Aussage eines Polizisten, die ihre Unschuld beweist..."

Kitty wusste, dass er es auf die Spitze trieb. Aber irgendwie hatte ihn das Bewusstsein, dass er in ein paar Tagen sowieso tot war, von vielen lästigen Rücksichtnahmen befreit.

„Was für eine Aussage?"

„Nun, du hast doch gesagt, es könne keiner außer Torge gewesen sein."

Pauer starrte ihn fassungslos an.

„Du... Das glaub ich nicht. Kitty, was ist los mit dir? Bist du völlig irre? Das ist hier kein... Natürlich war es nicht Torge! Ich muss halt... Aber du kannst doch nicht..."

Kitty nahm an, dass Pauer auf der Pressekonferenz in etwas zusammenhängenderen Sätzen gesprochen hatte.

„Ist ja gut. Wir haben keine Beweise und es besteht auch keine Fluchtgefahr. Ihr Kind braucht sie."

„Ha!"

„Genau: ‚Ha.' Das wollte ich auch gerade sagen." Nico, der vor Pauers Erscheinen auf Toilette verschwunden war, kam wieder zur Tür rein und sah die beiden sich hasserfüllt anstarrenden Männer an. „und danach wäre dann ‚llo' gekommen. Ist noch Kuchen da?"

„Nein. Der Kuchen hat seine Unschuld beteuert und Kitty hat ihn nach Hause geschickt", sagte Britta grinsend. „Bringst du mir auch noch ein Stück?"

„Gerne doch. Und Kitty vielleicht eine Schüssel Erdnüsse und Pauer ein Schälchen Gel?"

Pauer verließ wutschnaubend den Raum.

„Du solltest Kitty eher einen Sekt bringen, Nico. Der war echt gut eben."

„Kitty? Bist du wieder unter den Lebenden angekommen? Schön, das müssen wir feiern!" Nico holte aus seiner großen Arbeitstasche tatsächlich einen Piccolo Freixenet.

Der Chef kam zum Glück erst rein, als sie die Gläser schon geleert und gespült hatten.

„Kitty! Kommen Sie mal mit!", sagte er kurz angebunden.

Kitty versuchte in seiner Nähe nicht zu sehr auszuatmen. Schweigend gingen sie eine Etage höher zum Büro des Chefs.

„Kitty! Sie kommen schon mehrere Tage in zunehmendem Maße zu spät, reden manchmal völlig wirr und lassen jetzt auch noch eine fast schon überführte Frau nach einem lächerlich kurzen Verhör einfach nach Hause."

Der Chef hatte sich inzwischen hinter seinen Schreibtisch gesetzt, ohne Kitty einen Stuhl anzubieten.

„Wenn Sie sich die nächsten Wochen noch einmal etwas zu Schulden kommen lassen, werde ich Sie abmahnen müssen!"

„Der Anfang ist ja korrekt, Chef. Ich stehe gerade etwas neben mir. Das ist mir auch schon aufgefallen. Aber wäre da eine Frage nach meinem Befinden nicht naherliegender, als das Drohen mit einer Abmahnung?"

Schon wieder wurde Kitty fassungslos angestarrt. Wenn der Chef jetzt noch Alkohol roch, war es zu spät. Nein, es ging auch ohne Alkohol. Der Chef blaffte in sein Sprechgerät:

„Frau Wagner. Ich brauche Sie! Wir müssen eine Abmahnung schreiben!"

„Ich darf dann gehen?"

„Sie können demnächst noch ganz anders gehen!!"

Ja, so konnte man das auch sagen. In zwei Tagen sollte es soweit sein.

Britta war entrüstet als Kitty berichtete, dass gerade seine Abmahnung getippt wurde.

„Das kann er nicht machen! Komm Nico, wir gehen hin. Wir sagen ihm, dass nicht Kitty..."

Nico war tatsächlich schon aufgestanden, aber Kitty hielt die beiden zurück.

„Moment ihr beiden! Ihr wisst schon, dass ihr eventuell ein bisschen nach Alkohol riecht?"

„Uuups...", tönte es in Stereo.

„Ist echt lieb gemeint, aber bleibt lieber hier. Ich habe da überhaupt kein Problem mit. Ich bin mir sicher, dass ich keine weiteren Schwierigkeiten bekommen werde."

„Pass bloß auf dich auf. Du darfst nicht rausfliegen. Nachher muss ich sonst noch Pauers Partnerin werden. Da kann ich mich ja gleich von der Brücke stürzen."

Kitty starrte Britta mit offenem Mund an.

„Oder ich werde als Polizist reaktiviert und Pauers neuer Partner.", sagte Nico mit leichter Stimme, schaute Kitty dabei aber genau an. Kitty machte den Mund schnell zu. „Und das dürfte für ihn kein Halleluja-Singen werden. Ich hab da ein paar Mittelchen, die ich ihm mal unauffällig in sein Haar-Gel mischen könnte. Das könnte ich allerdings sowieso mal machen..."

Nico ging zu Pauers Schreibtisch und wollte gerade die Schublade aufziehen, als Britta zischte: „Er kommt!"

Schnell fegte Nico einen Stift vom Tisch. Als Pauer reinkam und den bei seinem Schreibtisch knienden Nico anblaffte, was er da zu suchen hätte, kam Nico mit dem Stift in der Hand wieder hoch und sagte nur verächtlich: „Da will man mal helfen...", legte den Stift auf den Tisch und schaute Pauer herausfordernd an.

„Du...", begann Pauer.

„Nein. ,Da...'", unterbrach ihn Nico. „und dann folgt ,nke'. Das war es doch, was du sagen wolltest?"

„Hast du eigentlich in der Pathologie nichts zu tun?"

„Ich arbeite nicht in der Pathologie, sondern im Rechtsmedizinischen Institut, aber gut, dass du mich erinnerst. Doch tatsächlich. Mir deucht, dass unter den momentanen Umständen, dort die angenehmere Gesellschaft sein könnte."

Und bevor Pauer richtig verstanden hatte, was Nico gesagt hatte, war dieser aus der Tür.

Als Kitty nach Hause kam, war Teddy verschwunden. Kitty hatte sich auf sein Wedeln zur Begrüßung gefreut, die Wohnung war unheimlich ruhig und leer ohne ihn. Dabei war sie jahrelang so gewesen und ihm sonst nie leer erschienen. Kitty ging nach gegenüber und klingelte bei Nadine.

„Hallo, Herr Kommissar! Mama, es ist Kitty!", rief Ben nach hinten.

Nadine kam um die Ecke und lächelte Kitty an.

„Hallo, Herr Nachbar!"

„Ich wollte Teddy abholen."

„Teddy?" Nadine sah Kitty überrascht an. „Der ist doch bei dir."

„Nein. Er... Also, er kam mir jedenfalls nicht entgegen und war nirgends zu sehen."

„Sowas. Ich habe ihn schon vor zwei Stunden rüber gebracht, weil ich noch einkaufen musste. Vielleicht spielt er verstecken. Hat er vorhin im Park auch gemacht. Ich helfe dir mal suchen."

Nadine und Kitty gingen in seine Wohnung.

„Teddy!", rief Nadine. Auf die Idee war Kitty gar nicht gekommen.

Sofort hörten sie ein Winseln hinter der Schlafzimmertür. Nadine grinste. Kitty öffnete die Tür und ein wedelnder Teddy stürzte sich auf Kitty, dann auf Nadine und rannte danach bellend zwischen beiden hin und her.

„Na, du Racker, hast dich wieder selber eingesperrt, was?", sagte Nadine über Teddys Kopf streichelnd, und zu Kitty: „Das hat er bei den Kindern im Zimmer auch gemacht. Ist beim Spielen aus Versehen gegen die Tür gelaufen und die ist zugegangen. Siehst wohl nicht so gut mit deinen langen Haaren, was Teddy?"

„Echt? Soll ich die kürzer schneiden?"

„Bloß nicht. War nur ein Scherz. Bobtails brauchen die langen Haare über den Augen, auch als Sonnenschutz. Und sie können damit gut sehen, sind aber von Natur aus eher auf das Wahrnehmen von Bewegungen eingestellt. Solange die Schafe still stehen, müssen sie ja nichts tun. Und die Tür stand einfach zu still."

„Du solltest Teddy nehmen. Du weißt viel mehr über Hunde als ich und hast auch mehr Zeit."

Kitty schaute Nadine gespannt an.

„Oh, ich würde ihn liebend gerne nehmen. Aber er hat sich nun mal dich ausgesucht und ich fürchte, ich könnte mir auch die laufenden Kosten nicht leisten."

Okay, das war ein, zumindest vorrübergehend, lösbares Problem. Wenn er ihr auch noch sein bisschen Bargeld und die Wertgegenstände vermachte, sollte es zumindest für zwei bis drei Jahre reichen... Teddy würde bei ihr in guten Händen sein. Kitty war erleichtert.

„Ich muss mal wieder rüber. Eigentlich wollte ich Katrin gerade was vorlesen."

„Klar. Danke, für die Hilfe. Ich..., die Polizei ist nicht immer die schnellste bei der Suche nach Vermissten... Danke."

„Sehr gern geschehen. Wenn Herr Kommissar mal wieder Hilfe benötigen... Du weißt, wo du mich findest."

Als Nadine gegangen war, setzte sich Kitty zu Teddy auf den Boden.

„Du wirst es gut bei ihr haben..."

Er streichelte Teddy über den Kopf, der diesen sofort bei ihm auf dem Bein ablegte und wohlig seufzte. Kitty streichelte noch lange über Kopf und Rücken, kraulte Teddy am Hals und versuchte sich noch einmal, den Ablauf des übernächsten Tages vorzustellen.

Als Teddy einige Minuten später hochschreckte und anfing, sich wild mit der Hinterpfote zu kratzen, schreckte auch Kitty auf und bemerkte erstaunt, dass er während des Kraulens weggedämmert war und davon geträumt hatte, Nadines Haare und Rücken zu streicheln.

Apropos Nadine... Kitty stand auf und schaute zum Klavier. Ja, sie hatte wieder gezogen: d1,a4. Diese Frau war mächtig flott! Bereits beim dritten Zug „Schach!" sagen, schneller geht es nun überhaupt nicht.

Die weiße Dame, die Kittys König bedrohte, hatte rote Haare... Kitty ging erstaunt näher, um sich die Figur genauer anzusehen.

Nadine hatte ihrer Dame eine wilde rote Mähne aus Nähgarn und zwei kleine grüne Punkte im Gesicht verpasst.

Völlig ungewohnter Weise war Kitty auf einmal unternehmungslustig, ging mit Teddy zusammen zu Fuß in die Stadt und setzte sich ins *Hemmer*.

Leider war Cora, seine Lieblingsbedienung, nicht da. Er hätte sich gerne noch zünftig von ihr verabschiedet.

- 7 -
(c8,d7)

Teddy lief zielstrebig auf die Wasserschüssel an der Theke zu und schlabberte laut und genüsslich. Kitty war die Schüssel bisher nie aufgefallen.

Das Beobachten von Details war nicht seine größte Stärke, das wusste er. Intuition war sein Ding. Er hatte fast noch nie falsch gelegen, wenn er beim ersten Anblick eines Verdächtigen ein Gefühl schuldig/unschuldig hatte, aber exaktes Beobachten?

Jetzt machte es keinen wirklichen Sinn mehr, das zu üben. Wahrscheinlich hatte Kitty genau deswegen Lust darauf.

Er setzte sich an einen Tisch nahe der Theke und beobachtete die Menschen um sich. Alle nur noch bedingt fahrtüchtig, so viel war klar.

Am Tresen saß ein junger Mann mit lockigem braunen Haar und Ansätzen einer Glatze am Hinterkopf. Brille, Schnäuzer, unrasiert, Bierbauch, weiße Jacke. Er hämmerte unablässig mit den Fingern auf die Theke. Schwer ausgebleichte Blue Jeans, Doppelkinn. Er packte sich mit der linken Hand hinters Ohr und guckte dann auf die Uhr und das ungefähr viermal pro Minute.

Nein, nicht ungefähr! Kitty wollte ja exakt beobachten. Nach einer weiteren Minute: Achtmal hinters Ohr, viermal auf die Uhr. Zwischendurch strich er die letzten Haare nach hinten. Kleine Ohren, hohe Stirn.

„Was ist denn das für ein exotisches Getränk?", fragte der junge Mann die Bedienung, die gerade ein Glas mit Fanta füllte, während er selber ein Radler light trank.

Er torkelte zur Toilette und die Bedienung nutzte die Gelegenheit, um ihm einen großen Schluck Hochprozentiges in sein Gemisch aus Bier und Cola light zu schütten. Als der leichte Radler zurück kam, trank er es, ohne etwas zu bemerken.

Die blonde Frau neben ihm fiel fast vom Barhocker, als sie aufstand, um zur Toilette zu gehen.

Warum genau sieht es schlimmer aus, wenn eine Frau torkelt und gegen Stühle stößt?

Zum Glück keine Frage, die Kitty beantworten musste.

Seine Begabung übrigens auch hier und nach zwei Bier voll funktionsfähig: Er hätte, ohne ein Wort der Unterhaltungen gehört zu haben, bei allen sagen können, ob sie die Wahrheit sprachen oder nicht.

Manche, die bei jedem Satz logen oder sich verstellten, andere mal so, mal so und einige wenige immer nur die Wahrheit.

Kitty hatte schon mehrere Abende hier verbracht, wo keiner der Gäste nur er selbst und ehrlich gewesen war. Eine beunruhigende Atmosphäre. Wahrscheinlich nur für Kitty. Aber Gefühle erspüren war heute nicht die Aufgabe. Also, beobachten:

Ein vielleicht vierzigjähriger Mann am Tisch gegenüber. Graue Jacke, rote Hose und grüne Schuhe. Die Zusammenstellung alleine schon ein Grund ihn zu verhaften! Er sagte seiner weiblichen Begleitung zwar die Wahrheit, aber halt nur den Teil davon, den sein innerer Anwalt ihm erlaubt hatte. Zu der tiefen Schuld, die ihn bedrückte, sagte er nichts.

Geht das schon wieder los?!?

Kitty trank, über sich selbst verärgert, einen großen Schluck Kölsch und wünschte sich, diesen Instinkt einfach abstellen und mal irgendwas Belangloses denken zu können.

Er kam sich vor wie eine Romanfigur von Dostojewski. Nicht, dass er jemals ein Buch von Dostojewski gelesen hätte; er kannte nicht mal einen Charakter beim Namen, aber so stellte er sich die alle vor:

Verhärmt, wortkarg, oft betrunken und immer völlig mit Gedanken überfrachtet...

Zwei Kölsch später ging es Kitty endlich besser. Der zunehmende Lärm von außen täuschte erfolgreich eine innere Stille vor.

Ja. Genau deswegen war er hier: Zwischen all den lauten Menschen, leicht benebelt von Alkohol und Rauch, musste er seine Gedanken nicht hören, nicht dem endlosen Wirrwarr in seinem Kopf folgen, diesen aussichtslosen Versuchen, die Welt und sich selbst zu verstehen.

Die Frau, mit dem weißen Hemd direkt vor ihm, wischte sich gerade zum dritten Mal mit den Händen über die Oberschenkel, fasste sich dann an den Po und richtete anschließend ihre Brüste. Das war doch wesentlich interessanter als seine Gedanken!

Ein junger dunkelhaariger Mann setzte sich an Kittys Tisch und fing sofort mit einem ausufernden Monolog über sein persönliches Pech mit den Frauen und sonstigen Krankheiten an. Kitty hörte nicht zu, nickte nur ab und zu und führte stattdessen eine nonverbale Kommunikation mit seinem Kölschglas.

Für manch hübsche Bedienung hatte er auch schon unangenehme Nachbarschaft einen ganzen Abend ertragen, ohne dass die Bedienung je etwas davon erfahren hätte, außer durch die Höhe des Trinkgeldes.

Viele erfuhren Vieles nicht. Viele Schuldige, die nie erfuhren, wie gut Kitty sie verstehen konnte, viele Unschuldige, die nie gesagt bekamen, wie schuldig sie eigentlich waren. Ach, all das, was mit Bier wegzuspülen war, ohne dass man es vorher wirklich wahrgenommen hätte...

Der Jüngling am Tisch nervte weiter, Cora würde heute nicht mehr auftauchen, Kitty beschloss zu gehen.

Teddy schnarchte unter dem Tisch und war kaum wach zu bekommen..., bis am Nebentisch eine Salzstange runter fiel und der Wedler, sofort hellwach, so schnell aufsprang, dass Kitty den Tisch festhalten musste, damit der nicht umfiel.

Bevor Kitty ins Bett ging, schützte er noch schnell seinen König: c8,d7.

- 8 -
(a4,b4)

Seit Wochen war Kitty endlich mal wieder konzentriert bei der Arbeit, allerdings nicht bei der Arbeit, für die er bezahlt wurde, sondern bei den Vorbereitungen für den heutigen Abend. Er war innerlich ruhig wie lange nicht mehr. Die Beweislast, die für Prinkes Verurteilung reichen sollte, schien Kitty jetzt endlich erdrückend und perfekt platziert.

Auf der Arbeit ließ er kurz vor Feierabend noch ein paar Andeutungen fallen, er sei auf einer neuen heißen Spur in Bezug auf Prinke, dann verabschiedete er sich von seinen Kollegen.

Ein seltsames Gefühl, alle zum letzten Mal zu sehen.

Kitty hätte Britta gerne umarmt bevor er ging, aber das wäre natürlich zu auffällig gewesen. Das hatte er noch nie gemacht. Wieso eigentlich nicht? Er mochte sie ungeheuer sehr. Nicht nur, dass sie auf eine unauffällige Art sehr hübsch war. Es gab einfach nur wenige Menschen, die annähernd eine ähnlich angenehme Atmosphäre verbreiteten, die so wenig nervten, die so praktisch veranlagt waren. Hatte er ihr jemals auch nur angedeutet, dass sie ihm wertvoll gewesen war? Nein. Hoffentlich sagte ihr das jemand anderes. Jetzt, wo er sie ansah, das deutliche Gefühl:

Ein kleiner, verzagter Mensch, der ein Lob gebrauchen könnte. Eine taffe Frau ohne Zweifel, die man guten Gewissens nachts durch Chorweiler gehen lassen konnte, die sich zu wehren wusste..., aber letztendlich doch auch nur eine... Schluss jetzt! Das wusste er schon so lange. Wieso stürzte jetzt alles auf ihn ein?

Kitty sagte nur noch „Tschau." und „Wenn ich Glück habe, dann kann der Fall Prinke wieder aufgerollt werden. Ich werde euch morgen mehr berichten..."

Zuhause machte er sich einen letzten Pfefferminztee, hörte Beethovens Fünfte, las ein paar seiner Lieblings-Streiflichter aus der *Süddeutschen Zeitung*, die er jahrelang gesammelt hatte. Um zwanzig Uhr schaute er noch einmal die Tagesschau. Wie sinnlos ihm all diese Politikerreden und Wirtschaftsnachrichten vorkamen. Der Papst war noch immer gegen Kondome und Schwule. Noch irgendwas Neues? Könnt ihr mich noch einmal überraschen?

Nein. Nichts, auch das Wetter nicht. Das Tief hieß Marie. Das immerhin war doch ein gelungener kleiner Scherz. Kitty lachte nicht.

Er zog sich an, kontrollierte noch einmal alle Zimmer. Alles sah so aus, als hätte er gleich wieder kommen wollen. Kein Hinweis auf seine Vorbereitungen, aber genügend Hinweise auf Prinke, als seinen Mörder...

Teddy saß vor der Wohnungstür und wollte ihn nicht gehen lassen. Er war schon den ganzen Abend unruhig neben Kitty her gerannt.

„Ach komm Teddy, mach nicht so nen Aufstand. Bei Nadine hast du es bestimmt viel besser als bei mir."

Kitty kniete sich vor Teddy hin und schaute in seine großen dunkelbraunen Augen. Traurige Augen, die ahnten was Kitty vorhatte. Nein! Kitty stand schnell wieder auf. Wenn er noch länger hier blieb, würde er schwach werden.

Teddy bekam einen flüchtigen und doch sehr liebevollen Streichler über den Kopf und im Vorbeigehen machte Kitty, ohne zu überlegen, einen letzten Zug auf dem Schachbrett.

- 9 -
(c7,c6)

Prinke musste sich an der Mauer vor der *Heumarktschänke* abstützen, sonst wäre er gefallen. Er wartete mit geschlossenen Augen, bis der Schwindel sich gelegt hatte. Übel war ihm trotzdem noch. Immer wieder nahm er sich vor..., ach was soll's?! Morgen hatte er frei. Und der Selbstgebrannte hatte wirklich gut geschmeckt. Er ging langsamer als sonst weiter und versuchte jederzeit etwas zum Festhalten in der Nähe zu haben.

Drei Seitenstraßen weiter fiel er dann tatsächlich. Diesmal aber war es kein Schwindel, sondern ein Mensch, der ihn von hinten angefallen hatte und auf den Boden drückte. Durchtrainiert wie Prinke war, hätte er die Person normalerweise ohne große Probleme abwerfen können, aber er spürte einen Revolver an seinem Hinterkopf. So fühlte sich also die andere Seite eines Überfalls an. Prinke hatte allerdings noch nie einen Revolver benötigt...

„Die Brieftasche ist in..." Weiter kam Prinke nicht, da kratzte ihm die Person mit kräftigen Fingernägeln erst über den Unterarm und dann quer über das Gesicht. Prinke war zu überrascht und heute auch zu angeschlagen, um schnell zu reagieren. Er bekam, als er sich gerade aufrichten wollte, einen kräftigen Tritt in den Rücken, der ihn mit dem Gesicht schmerzhaft auf dem Asphalt aufschlagen ließ.

Der seltsame Angreifer war, als Prinke sich endlich wirklich aufrichten konnte, schon in der Seitenstraße verschwunden. Prinke hatte nicht viel von ihm sehen können. Eine Mütze über das Gesicht gezogen, keine auffällige Kleidung... Er würde ihn nicht wiedererkennen.

Schlecht gelaunt, und mit diversen Abschürfungen, humpelte Prinke über die Deutzer Brücke nach Hause, ohne den Kommissar zu bemerken, der, nachdem er die Skimütze in einem Müllcontainer entsorgt hatte, ihm in gebührendem Abstand auf der anderen Seite der Brücke folgte...

Prinke war außer Sichtweite. Entschlossenen Schrittes ging Kitty auf die Mitte der Brücke zu. Dem Dom ein kurzer Blick, ein angedeutetes Nicken als Gruß und gleichzeitigen Abschied.

Schnell die restlichen Kampfesspuren erzeugen. Kurzer Blick nach links und rechts, kein Fußgänger zu sehen.

Kitty zerriss den linken Ärmel seiner Jacke, Prinkes Hautspuren sollte er reichlich unter den Fingernägeln haben, Fasern von Prinkes Jacke hatte er schon im Vorraum der *Heumarktschänke* auf seiner Kleidung verteilen können, jetzt noch Prinkes Schal, den er ebenfalls in der Kneipe hatte mitgehen lassen, so um den Arm binden, dass er wie zufällig im Kampfesgetümmel hängengeblieben aussah, aber im Wasser nicht abging. Er schlug kräftig mit dem Arm gegen das Geländer und dann noch mit dem Kopf. Und jetzt bloß schnell springen, bevor wieder Zweifel kamen.

Natürlich fuhr gerade in diesem Moment eine Straßenbahn auf die Brücke. Kitty drehte sich schnell um, damit niemand Blut aus seiner Kopfplatzwunde rinnen sah.

Er lehnte sich unauffällig auf das Geländer und starrte Richtung Dom und Hohenzollernbrücke. Dort schien auch jemand am Geländer zu stehen und in Kittys Richtung zu schauen.

Och nö! Da hatte er noch gar nicht dran gedacht. Würde jemand von da drüben so schnell Hilfe holen können? Eine saublöde Idee, sich mitten in einer Millionenstadt unauffällig umbringen zu wollen!

Fünf Minuten lang kamen Autos, eine weitere Bahn und diverse Fußgänger auf beiden Seiten. Zum Schluss fuhr noch ein Mann auf einem grünen Fahrrad mit orangen Streifen langsam an Kitty vorbei. Er war trotz der milden Temperatur mit Mütze und Schal bekleidet, so dass man fast nichts von ihm sah. Dafür roch Kitty ihn umso deutlicher. Manches Rasierwasser müsste eigentlich unter das Chemiewaffenverbot fallen!

Als auch der Radfahrer endlich außer Sichtweite war, auf beiden Seiten keine Autos, kein Mensch. Auch gegenüber nichts zu sehen. Jetzt schnell!

Kitty legte die Hände auf das Geländer, atmete tief ein und... erschrocken wieder aus, als er Teddy hinter sich winseln hörte. Schnell drehte er sich um, doch da war niemand, schon gar nicht sein Hund.

Kitty schloss die Augen. Ihm war schwindelig und ein wenig übel. Seine Hände umklammerten immer noch das grüne Metall, inzwischen aber mehr zum Festhalten als zum Schwung holen.

Er atmete mehrmals kräftig durch die Nase aus, um den furchtbaren Geruch los zu werden.

Endlich! Die Nase war wieder frei und Kitty sog frische und wohlriechende Luft ein. Er kannte diesen herben, aber auch ein wenig süßen Duft...

Kitty öffnete die Augen und schaute sich um. Woher kam dieser Duft und woher kannte er ihn? Er konnte nichts Auffälliges sehen. Er roch kurz an seiner Kleidung. *Nein! Puh!* Prinkes Schal roch nach kaltem Rauch. Prinke? Genau! Dafür war er hier!

Kitty schüttelte den Kopf. Jetzt bloß nicht schlapp machen oder durchdrehen! Alles war perfekt gelaufen, genau wie er es geplant hatte. Nur noch ein letzter kräftiger Schwung um es zu vollenden!

Kittys Hände krampften sich um das Geländer. Er schaute zum Dom, atmete tief durch... *Woher nur kenn ich diesen... Schluss jetzt!*

Er schloss wieder die Augen, nur um sofort vor seinem inneren Auge Teddys treuen Hundeblick zu sehen. Traurig sah er aus. Kitty ließ seinen Kopf verzweifelt auf das Geländer fallen. Wieso nur war er auf die Idee gekommen, ein paar Tage vor seinem Tod einen Hund zu adoptieren?!?

Den ganzen Tag schon war Teddy nicht von seiner Seite gewichen, wäre sogar mit aufs Klo gekommen, wenn Kitty ihm die Tür nicht schnell vor seiner nassen Nase zugemacht hätte. Als Kitty gegangen war, winselte Teddy noch lange hinter der Tür. Das hatte er sonst nie gemacht...

Ach was! Inzwischen war Nadine bei ihm gewesen, Teddy hatte Leckerchen bekommen und Kitty längst vergessen. Nadine würde ihn sicher übernehmen und wäre ein besseres Alphatier als er.

Nadine!!!

Endlich! Wieso hatte er nicht gleich daran gedacht? Nadines Haare! Daher kannte Kitty den Duft. Aber wieso roch der Rhein nach Nadines Shampoo? Kitty öffnete die Augen wieder.

Die roten Lichter auf dem Rhein sahen durch die Wellen wie gelockte rote Haare aus, die langsam hin und her wehten. Eine Spiegelung mit Dauerwelle...

Er hätte ihr auch noch das Klavier vermachen sollen! Sicher ein schöner Anblick, ihre langen roten Haare vor dem rotbraunen Klavier, ein langsames melancholisches Stück...

...

Kitty wusste nicht, wie lange er auf das dahinfließende Wasser und die vielen gespiegelten Lichter gestarrt haben mochte... Er musste im Stehen eingeschlafen sein und wirr geträumt haben:

Teddy und Nadine spielten Schach auf der Brücke. Anfangs ein fröhliches Spiel mit viel Wedeln, doch dann war der schwarze König vom Schachbrett gelaufen und machte Anstalten in den Rhein zu springen, so aussichtslos war die Lage für ihn. Jemand schrie „Spring nicht! Nein!", die weiße Dame schlug entsetzt die Hände vor den Mund, aber es war zu spät:

Platsch!

Kitty zuckte zusammen und öffnete die Augen.

Was war bloß mit ihm los? Er konnte doch nicht seinen eigenen Tod verschlafen! Ob ihn das Rasierwasser so betäubt hatte?

Ein leichter Nieselregen setzte ein und Kitty wurde wieder wacher.

Reiß dich zusammen! Ein letztes Mal im Leben konzentrieren!

Links kein Auto, kein Fußgänger, rechts kein... Das konnte jetzt nicht sein! Blaulicht? Polizei?

Kitty drehte sich um und schaute angestrengt auf den Rhein. Hoffentlich erkannte ihn niemand.

Quietschende Reifen. Das Blaulicht blinkte hinter ihm. Mein Gott! Was hatte er verbrochen, dass er sich nicht wenigstens ein einziges Mal im Leben in Ruhe umbringen konnte?!

Britta rief etwas unsicher: „Kitty?"

Das war es nun endgültig. Die ganze Vorbereitung war umsonst gewesen. Aber es nützte ja nichts.

„Ja?" Langsam drehte Kitty sich um.

„Hallo Kitty! Bist du schon lange hier?"

„Äh..., nein. Wieso?"

„Mein Gott, was ist mit dir passiert? Du blutest ja!"

„Nichts Schlimmes, bin von einem Fahrradfahrer umgehauen worden. Was macht ihr hier?"

„Wir haben gerade die Meldung bekommen, hier sei jemand von der Brücke gesprungen. Du hast nichts gesehen oder gehört, nehme ich an?"

„Äh..."

Ja, er hatte gehört, aber doch eigentlich nur im Traum? Oder hatte womöglich jemand wegen Kitty angerufen?

Von der anderen Seite der Brücke rief ein Mann:

„Hier! Kommen Sie hierher! Hier ist er gesprungen! Da, da unten treibt er!"

„Hilfst du uns suchen?" Britta sah Kitty flehend an. „Du bist der beste Schwimmer von uns. Wenn Pauer versucht, jemanden zu retten..."

Das war's dann wohl mit meinem eigenen Selbstmord, dachte Kitty, während er nickte und in den Wagen stieg. Erst hier fiel ihm der Schal und seine zerrissene Jacke ein. Zum Glück war er alleine auf dem Rücksitz. Er zog die Jacke aus und wickelte den Schal vom Arm.

Das konnte einfach nicht sein! Während er auf der einen Seite der Brücke seinen Selbstmord verschlief, sprang auf der anderen Seite jemand? Wer dachte sich so was aus?

Pauer bremste abrupt, riss die Tür auf und rannte Richtung Ufer. Kitty lief, deutlich langsamer, hinterher. Sollte er nun doch noch länger weiterleben müssen, würde er endlich mal etwas für seine Fitness tun. 175cm und 85kg. 185cm und 75kg wären deutlich besser. Aber nicht nur das Erreichen der Größe erschien ihm unmöglich...

„Da! Da treibt er!" und schon war Pauer in die Fluten gesprungen.

Fünf Minuten später saß Kitty prustend auf den Steinen am Ufer und bekam von Britta ein Handtuch gereicht.

„Gut gemacht!", klopfte sie ihm auf die Schulter und sah dabei mit einem Blick zu Pauer, als würde sie in Wahrheit denken: *Den hättest du ruhig absaufen lassen können...*

Pauer hatte nach einigen Schwimmzügen feststellen müssen, dass der Rhein kein Hallenbad, sondern ein Fluss mit starker Strömung war und dass seine schulmäßige Schwimmtechnik nicht ausreichte, um den treibenden Selbstmörder zu retten. Er musste sich stattdessen an der Leiche festhalten, um nicht selber unterzugehen. Sein Zappeln und seine Hilferufe gar nicht passend zu dem Bild, das die Presse von ihm zeichnete; aber in dem Moment war natürlich kein Reporter in der Nähe gewesen.

Kitty hatte beide erfolgreich an Land gezogen. Erfolgreich? Eigentlich bei beiden sinnlos. Der Brückenspringer war schon tot und Pauer..., ach egal!

Was Kitty mehr annagte war der Anblick, den der erfolgreiche Selbstmörder abgab: Aufgeplatzter Bauch, schreckensstarre Augen, schmerzverzerrtes Gesicht... Das war nicht das, was Kitty sich vorgestellt hatte. Würde Britta womöglich Kitty jetzt gerade so daliegen sehen, wenn die Straßenbahn nicht gekommen wäre?

Also doch Schmerz? Schrecken? In den fünf Sekunden?

Oder waren es mehr? War der Mann vielleicht schon vorher...

„Kitty? Kannst du mir mal helfen, bitte?" Britta versuchte den Leichnam vor den Schaulustigen und der inzwischen aufgetauchten Presse zu verdecken, während Pauer schon wieder vor einem Mikrofon stand.

Kitty half Britta die Gaffer zurückzudrängen, mit dem immer stärker werdenden Gefühl, dass diese seine eigene Leiche anstarrten...

Ja, so sehr er sich anstrengte, er kam von dem Bild nicht los:

Da lag er selbst, mit geplatztem Bauch, verrenkten Gliedern, schreckensstarren Augen und inzwischen bestimmt zwanzig Leute hier, die den toten Kommissar Kitty anstarrten und sich einen Dreck für die Geschichte hinter diesem Sprung interessierten, die wahrscheinlich alle gar nicht die geistige Tiefe hatten, um so etwas durchzuziehen, die...

Scheiße! Irgendwas musste er anders machen! So wollte er nie begafft werden. Wer würde ihn verteidigen, ihn beschützen, wenn er so da läge?

Pauer war mit seinem Interview fertig, richtete seine noch leicht derangierte Frisur und begrüßte Nico, der gerade angekommen war.

„Hallo Nico! Schau, den brauchst du nicht mehr aufzuschneiden, der ist schon auf. Hahaha!"

Einen Moment lang war Kitty in Versuchung, Pauer wieder ins Wasser zu schmeißen und solange unterzutauchen, bis...

„Pauer, mit Verlaub: Du bist ein Arsch!"

Nico spuckte einmal kurz vor ihm auf den Boden und stieg die Böschung hinunter zur Leiche, um seiner Arbeit nachzugehen.

Pauer hatte keine Zeit, sich aufzuregen, denn das Fernsehen war inzwischen angekommen und das war natürlich wichtiger, als einen Pathologen zurechtzuweisen.

Die Situation wurde immer unerträglicher. So wollte Kitty nie irgendwo liegen. Lärm, Blitzlicht, derbe Witze der Schaulustigen und eine Stellungnahme von Pauer? Musste er den gleich auch noch mit umbringen?

Müsste er nicht alle diese gaffenden und lärmenden Leute verhaften?

Kitty ging zurück zum Fluss, wollte sich auf die Steine setzen. Er brauchte dringend Ruhe. Irgendwas brodelte in ihm und drohte zu explodieren.

Auf den Steinen saß schon Nico und starrte auf das Wasser.

Alles anders als erwartet heute, anders als sonst. Kitty konnte sich an keine Begegnung erinnern, in der Nico nicht einen lockeren Spruch nach dem anderen los lies, meist lustig, manchmal albern, oft makaber, aber eigentlich immer treffend. Jetzt saß er da, wie Kitty sich selber sah. War das womöglich eben Nico auf der Hohenzollernbrücke gewesen, der überlegte zu springen? Quatsch!

Oder? Waren es nicht oft die Clowns, die Entertainer, die in Wirklichkeit auch die tiefste Trauer und Verzweiflung kannten? Die Melancholie und Einsamkeit hinter der Maske? War Humor nicht fast immer Notwehr gegen Verzweiflung?

Nico hatte Kitty bemerkt und winkte ihn zu sich. Kitty setzte sich auf den Felsen neben ihn.

Kein Wort.

Schweigend saßen sie da und starrten auf das Wasser und auf den Dom gegenüber.

Plötzlich schaute Nico auf:

„Du warst auf der Brücke, als es passierte."

Kitty schrak auf. „Ja. ... Ja. Ich war auf der anderen Seite. Ich hab es nicht gesehen. Britta und..."

„Mensch Kitty, ich dachte wirklich erst, du..." Nico biss sich auf die Unterlippe. „Warum... ... Ach, vergiss es!"

Nico starrte wieder auf den Rhein und raufte sich die langen blonden Haare.

Zwei Minuten sagte keiner ein Wort.

„Und du?" Kitty wusste weder warum, noch was genau er da fragte.

Nico schaute Kitty nun direkt an, bis auf einmal ein Lächeln durch Gesicht und Augen flog. Er öffnete gerade den Mund, um etwas zu sagen, als eine andere Stimme hinter Kitty ertönte.

„Kitty?"

Diesmal nicht Britta, die das rief. Eine warme, nasse Nase stupste ihn an. Natürlich war es auch nicht Teddy gewesen, der gerufen hatte, aber er war schneller als Nadine, die nun die Felsen runter geklettert kam.

„Alles in Ordnung mit dir?! Teddy war so unruhig, wollte unbedingt raus und zerrte mich bis hierher."

„Ja... Doch... Ich glaub..., alles in Ordnung."

Kitty schaute Nadine ratlos an. Teddy hatte direkt neben ihm Sitz gemacht und schmiegte sich an ihn.

„Entschuldigt, wenn ich mich einmische. Hallo! Ich bin Nico, Kollege von ihm hier."

„Hallo. Ich bin Nadine. Ich glaube, wir kennen uns."

Nico schaute einen Moment verwundert, dann Nadine genauer an und dann ungläubig:

„Nadine Reichelt? Ich habe dich nicht wiedererkannt."

„Ist ja auch schon fast neun Jahre her."

„Wahnsinn! Wie die Zeit vergeht. Toll siehst du aus! Was ist aus Katrin und Ben geworden?"

„Die wohnen seit damals bei mir, ich habe sie adoptiert."

„Alle Achtung! Das war das Beste, was ihnen passieren konnte, aber sicher nicht das Einfachste für dich... Du warst doch gerade erst achtzehn?"

„Gerade geworden. Ja."

„Und dann aus heiterem Himmel zwei Kinder. Hast du die Schule noch zu Ende gemacht?"

„Nein. Die beiden waren völlig traumatisiert und brauchten mich den ganzen Tag. Ich konnte sie einfach nicht weggeben."

Nico sah Nadine einen Moment lang an, als wollte er sie umarmen, schüttelte dann aber nur kurz den Kopf und sagte:

„Danke."

„Ja. Danke dir auch noch mal." Und jetzt umarmte sie Nico und Kitty spürte mit Verwunderung einen Anflug von Eifersucht.

„Und du bist doch wieder bei der Polizei?", fragte Nadine nach der, zu Kittys Erleichterung, nur kurzen Umarmung.

„Nein. Das ‚Kollege' bezog sich nur auf manche Mordermittlungen mit Kitty. Ich habe zur Gerichtsmedizin gewechselt und da gefällt's mir gut. Polizist könnte ich nach damals nicht wieder sein."

Nadine nickte verständnisvoll und Nico hatte einen ungewöhnlich ernsten Gesichtsausdruck, der aber nach einem Blick auf Teddy, der beim Versuch Sitz zu machen, fast vom Felsen rutschte, sofort wieder einem Lächeln wich.

„Und diesen, mit der Gravitation überforderten, Hund hast du auch adoptiert?"

„Nein. Ich darf nur ab und zu bei Kitty hundesitten. Er ist mein Nachbar."

„Dein Nachbar? Fabelhaft! Ich hätte da eine Bitte: Eigentlich gehört Kitty hier nicht hin. Er hat nämlich frei und da gibt es doch Besseres, als mit einem Gerichtsmediziner unter einer

Brücke zu sitzen. Zum Beispiel mit einem treuen Hund und einer anonymen Heldin spazieren zu gehen. Kannst du ihn mitnehmen? Bitte! Er könnte mal ein bisschen Aufsicht, äh Aufbauendes gebrauchen die nächsten Tage."

„Sehr gerne." Nadine schaute Kitty fragend an.

„Ja. Ich... Ja."

„Ist gut. Komm!" Nadine streckte ihm die Hand hin und zog ihn an seiner hoch. Bis zu ihrem Haus, zwanzig Minuten später, lies sie die Hand nicht mehr los. Teddy trottete brav neben Kitty her.

„Danke", sagte Kitty zu Nadine, als sie auf ihrer Etage angekommen waren. „Ich..."

„Du kannst so nicht alleine bleiben!", und ohne ernsthafte Gegenwehr Kittys kam sie mit in seine Wohnung.

Teddy lief sofort zu seiner Wasserschüssel, trank sehr ausgiebig und legte sich dann in sein Körbchen. Nadine und Kitty setzten sich auf sein Sofa. Eine Weile sagten sie nichts. Kitty fing langsam an zu begreifen, was Nico gesagt hatte.

„Kathrin und Ben sind gar nicht deine eigenen Kinder? Wieso hast du das nie richtiggestellt? Du kennst doch die Gerüchte?"

„Ja. Ich weiß, was Frau Geißler über mich erzählt. Ich finde das lustig. Ich mit dreizehn ein Kind bekommen? Wahnsinn! Zu der Zeit wollte ich Nonne werden und glaubte meinen Eltern, die mir sagten, dass die gerade einsetzenden Monatsblutungen ein Zeichen meiner angeborenen Schuld und Sünde seien. Mit siebzehn hatte ich meinen ersten und auch noch missratenen Sex und wenige Wochen später, nach dem Tod meiner Schwester, zwei Kinder."

„Was ist deiner Schwester passiert?"

Nadine starrte mit dem Kitty wohlbekannten verächtlichen Blick ins Leere und sagte mit kalter Stimme:

„Ein besoffener Autofahrer. Er war wahrscheinlich auch bekifft. Ich habe gehört, wie er lallte, seinen Atem gerochen und seine Augen gesehen. Meine Schwester starb in meinen Armen. Meine Eltern waren sofort tot. Alles schien völlig klar, als die Polizei kam und den Unfall aufnahm. Ich rechnete fest mit einer Verurteilung wegen fahrlässiger Tötung für ihn. Erst aus der Presse erfuhr ich dann, dass er ein hohes Tier bei der Polizei war und seltsamerweise kam im Zuge der polizeilichen Ermittlungen raus, dass er völlig nüchtern und clean gewesen sei, während mein Vater angeblich betrunken gefahren war. Dabei hatte er den ganzen Abend nichts außer Kaffee und Cola getrunken. Es war auf dem Rückweg von der Feier zu meinem achtzehnten Geburtstag." Nadines Stimme war kaum noch zu hören. „Nico war damals der einzige Polizist, der sich für mich eingesetzt hat."

„Tut mir leid." Kitty hatte nicht den Hauch einer Ahnung, was er einigermaßen Angemessenes sagen könnte.

„Mir tut es auch leid. Ich habe mich anfangs nicht sehr nett dir gegenüber verhalten."

„Kann ich verstehen. Ich... Danke. Danke für das nach Hause bringen und... und überhaupt."

„Ist das jetzt ein Rausschmiss?"

„Nein! Quatsch! Tschuldigung! Ich stehe heute ziemlich neben mir."

„Kein Problem, ich kann gehen, wenn du lieber..."

„Willst du noch was trinken?"

„Gerne. Ich hab da einen Baileys bei dir im Regal bemerkt."

„Oh! Ja... Der... Ich weiß gar nicht, ob der noch gut ist... Wird so was irgendwann schlecht?"

„Wie alt ist der denn ungefähr?"

„Etwas über drei Jahre."

„Das weißt du so genau?"

„Ja... Ich...." Meine Güte. Konnte er heute denn nur noch stottern?!

„Wir können auch einen Kaffee oder Bier trinken oder Leitungswasser, ich wollte nicht..."

„Ach Quatsch!" Kitty holte die Flasche, zwei Gläser und goss ihnen beiden Baileys ein.

„Ich weiß jetzt dein Geheimnis, da kann ich auch eins von mir lüften... Baileys war das Lieblingsgetränk meiner Verlobten, Marie. Sie ist zwei Wochen vor unserer Hochzeit verschwunden. Vor drei Jahren. Es gibt keine Spur. Nichts, in inzwischen drei Jahren und fast zwei Monaten..."

Nadine nahm wieder seine Hand, rutschte nah an ihn ran und legte ihren Arm um ihn.

„Da haben sich ja die Richtigen getroffen..."

Sie lehnte ihren Kopf an seine Schulter, hob ihr Glas und stieß mit ihm an. Beide tranken und schwiegen eine Weile.

„Dann bist du also eigentlich immer noch verlobt?"

Kitty musste erst überlegen. Diese Frage hatte er sich so noch nie gestellt.

„Ja..."

„Aber es fühlt sich nicht so an?"

Kitty zuckte mit den Schultern: „Nein. Eigentlich nicht."

Wieder schwiegen sie eine Weile, dann sagte Kitty:

„Wirklich frei fühle ich mich allerdings auch nicht. Ich bin noch nicht... Es ist..."

Kitty schüttelte den Kopf und suchte vergeblich nach Worten.

Nadine legte ihre Hand auf seine:

„Ich weiß, was du meinst. Bei mir ist es ähnlich, nur umgekehrt. Ich fühle mich als Mutter und bin es doch nicht wirklich. Irgendwo ist da eigentlich ein anderer Mensch, der aber nicht dazu kommt sich auszuleben... Ich hatte ihn schon fast vergessen..."

Die erneute Stille wurde von einem lauten Seufzen aus Teddys Körbchen unterbrochen.

„Wo hast du Teddy eigentlich her?", fragte Nadine und schaute zu Kitty hoch, ihren Kopf noch immer an seiner Schulter.

„Teddy saß in der Wohnung neben seinem toten Herrchen und ließ niemanden ran, und ausgerechnet als ich ankam, der ich Hunde nicht sonderlich gut leiden kann, da wird er ruhig und wedelt sich in mein Leben."

„Das erinnert mich an eine Geschichte aus Schottland. In Edinburgh gab es mal einen Terrier namens Bobby, der hat nach dem Tod seines Herrchens, der auch Polizist war, noch über zehn Jahre dessen Grab bewacht, hat die ganze Zeit den Friedhof nicht verlassen, außer mittags nach der Ein-Uhr-Kanone; dann ist er zum Essen in das nahegelegene Pub gegangen und danach zurück zu seinem Herrchen. Er ist später dort auf dem Friedhof beerdigt worden, obwohl das sonst streng verboten war. Ein Denkmal hat er auch bekommen."

Beide sahen zu Teddy hin, der bescheiden auf den Boden schaute und an seiner Decke knabberte.

„Bobby heißt du also eigentlich?" Teddy knabberte weiter ohne aufzuschauen. Ein kurzes Wedeln konnte er sich aber nicht verkneifen.

„Falls ich in nächster Zeit versterben sollte, dann bleibst du aber nicht auf dem Friedhof, verstanden? Du gehst dann zu Nadine und den Kindern und ihr kommt nur mittags nach der

Ein-Uhr-Kanone zu mir auf den Friedhof und macht euch ansonsten ein schönes Leben!"

Teddy hob den Kopf, schaute erst Kitty und dann Nadine an, die sich aufgerichtet hatte und Kitty fast böse anfunkelte:

„Nix da, du verstirbst hier jetzt mal überhaupt nicht! Das Schachspiel ist noch lange nicht zu Ende! Und... Ich...", sie errötete leicht und sprach deutlich leiser weiter. „Ich mag dich."

Beide schauten sich verlegen an, froh von einer heftigen Niesattacke Teddys unterbrochen zu werden.

„Gesundheit!" Sie schauten zu Teddy.

Als sie sich wieder ansahen, mussten beide lachen.

„Ich mag dich auch", sagte Kitty, nicht gerade lauter.

Sie umarmten sich etwas unbeholfen. Beinah wären sie mit den Köpfen zusammengestoßen.

„Mir scheint, wir sind da etwas aus der Übung, was?"

„Dann sollten wir das ab jetzt häufiger machen."

„Sehr gern!" Nadine hob das Glas. „Auf uns!"

„Ja, auf uns. Auf eine lange Freundschaft!"

Sie stießen an und tranken aus. Kitty schüttete nach.

Das war es dann ja wohl mit der ganzen schönen Planung. Kitty lebte.

In der Tat. Er lebte! Das war neu. Vorher war er bloß noch nicht tot gewesen...

Auch Nadine starrte versonnen ins Leere. Kitty hatte nicht den Hauch einer Ahnung, was sie dachte. Auch kein Drang, sie darüber zu verhören. Eine angenehme Ahnung, dass da ein spannendes Leben war, an dem er jetzt ein wenig teilhaben durfte.

Beinah hätte er ihr sogar sein tiefstes Geheimnis erzählt. Es hatte noch einen Anruf nach Maries Verschwinden gegeben.

Jedenfalls konnte sich Kitty an einen erinnern. Ob es Wirklichkeit gewesen war oder Phantasie im Vollrausch, hatte er nie rausgefunden.

„Kitty?"

„Marie?"

„Du bist ja betrunken!"

„Marie?!? Du lebst?!!!?"

„Klar lebe ich. Kitty! Lass mich endlich in Ruhe, hör auf nach uns zu suchen. Ich will dich nie wieder sehen!"

„Marie? Was ist los? Wo bist du? Wirst du bedroht?"

„Du weißt genau, was los ist."

„Nein!"

„Dann kann ich dir auch nicht helfen"

„Marie?" Aber sie hatte schon aufgelegt.

Die Unterhaltung war fest in seiner Erinnerung eingebrannt. Aber hatte sie wirklich stattgefunden?

Falls sie wirklich noch lebte und ihn angerufen haben sollte, verstand er doch kein Wort von diesem Gespräch. Er hatte sie nie betrogen oder mit sonst etwas verletzt, so viel er wusste.

Das Einzige, was ihm sofort vor Augen stand: Am Nachmittag vor ihrem Verschwinden hatte er in einem Straßen-Café zufällig eine alte Schulfreundin getroffen. Er hatte sich dazu gesetzt und einen Tee mit ihr getrunken. Zum Abschied hatten sie sich kurz umarmt. Kann sowas, im falschen Moment zufällig beobachtet, etwas Dramatisches sein?

Kitty hatte keine Ahnung von der Gefühlswelt der Frauen. Eigentlich überhaupt von der Gefühlswelt anderer. Wahrscheinlich nahmen die meisten Menschen um ihn herum die Welt anders wahr als er selbst. Bis zu seiner Musterung hatte Kitty nie gemerkt, dass mit seinen Augen etwas nicht stimmte.

Auch den Sehtest bei der Führerscheinprüfung hatte er problemlos bestanden.

Und dann kam Kitty bei der Musterung nur auf Tauglichkeitsstufe zwei, weil beim Langtest rauskam, dass er nicht räumlich sehen konnte. Räumlich sehen? Er hatte nie gewusst, dass man die Welt anders wahrnehmen konnte als er selbst. Ja, dass fast alle die Welt völlig anders sahen als er, nämlich dreidimensional. Hätte es die Musterung nicht gegeben, hätte er es womöglich sein ganzes Leben lang nicht erfahren.

Seitdem fragte er sich oft, ob es bei Gefühlen vielleicht ähnlich war. Oft spürte er, dass die meisten Menschen um ihn herum die Welt anders erlebten als er selbst. Dabei allerdings die Ahnung, dass diesmal er mehr Dimensionen fühlte. Zu Gefühlen hatte es bei der Musterung keinen Test gegeben.

Das war, unter anderen, das Angenehme an Nadine: Sie schien auf ähnliche Weise zu fühlen.

Zwei Stunden später war die Flasche leer und Kitty an Nadines Schulter eingeschlafen. Sie legte ihn vorsichtig auf der Couch hin, deckte ihn zu, gab ihm einen flüchtigen Kuss auf die Stirn, kontrollierte noch mal ihren Schachzug, streichelte Teddy über den Kopf, machte das Licht aus und ging rüber in ihre Wohnung.

- 10 -
(b4,b7)

Um acht Uhr wurde Kitty wach. Seine Sonne drückte und die Blase schien ins Zimmer.

Erst auf der Toilette fiel ihm die Verwechslung auf.

Viel wirres Zeug hatte er geträumt: Kitty als Fisch auf der Brücke, er musste springen, um nicht zu ersticken. Dann war er mit Teddy auf der Brücke gewesen, ein Leckerchen war Kitty aus der Tasche und in den Fluss gefallen, Teddy natürlich hinterher, aber Nadine hatte ihn aus dem Rhein gerettet und danach ein sehr nasses T-Shirt. Aber wie so oft, wenn ein Traum interessant wird, war er gerade dann aufgewacht.

Tja, gestern war er, als die Realität interessant wurde, eingeschlafen... Der Tag gestern, die letzten Tage, nicht viel weniger wirr als seine Träume.

Nachdem er zehn Minuten auf der Klobrille gesessen hatte, ohne wirklich wieder Ordnung in seinen Geist zu bekommen, fiel Kitty ein, dass Sonntag war und er beschloss, in die Kirche zu gehen. War schon ein paar Jahre her, dass er in einem Gottesdienst gewesen war; er erinnerte sich aber noch dumpf, dass man dort seine Gedanken gut sortieren konnte.

Die unsinnige, lateinische Liturgie, der ganze sich wiederholende Singsang, wirkte ähnlich wie Marihuana auf Kitty. Er fühlte sich abgehoben und nicht mehr ganz auf dieser Welt, seine Gedanken waren von bestechender Klarheit, alles schien auf einmal leichter.

Die Predigt war eher störend. Kitty fehlte die Orgelmusik und der Gesang. Der Weihrauchduft war verweht und der Pastor hatte sich schon nach wenigen Minuten dermaßen in Widersprüche verwickelt, dass er als Zeuge nicht mehr zu gebrauchen war.

Dabei hatte Kitty nach der Lesung des Predigttextes sogar erst interessiert zugehört. Irgendwie hatte er das Gefühl gehabt, dass ihm diese Bibelstelle irgendetwas sagen sollte:

Es war aber ein reicher Mann, der kleidete sich in Purpur und kostbares Leinen und lebte alle Tage herrlich und in Freuden. Es war aber ein Armer mit Namen Lazarus, der lag vor seiner Tür, voll von Geschwüren, und begehrte sich zu sättigen mit dem, was von des Reichen Tisch fiel; dazu kamen auch die Hunde und leckten seine Geschwüre...

Das ging ihm bei Indizien oft so. Keine Ahnung, was genau das bedeutete, aber das deutliche Gefühl: Das ist wichtig!

Zum Segen stand Kitty auf. Er wollte gerade sein Gesangbuch nehmen und gehen, setzte sich dann aber bei den ersten Tönen des Orgelnachspiels hin.

Das konnte einfach nicht sein! Die ganze Predigt hatte er gedacht: *Herr, gib mir ein Zeichen! Hast DU vielleicht gewollt, dass ich weiterlebe?* Und vor allem: *Gib mir einen Tipp, wie ich Prinke trotzdem hinter Gitter bekomme!* Nichts war gekommen. Kein passender Satz. Kein Hinweis, dass Gott überhaupt mitbekommen hätte, was sich da auf der Brücke abgespielt hatte... und jetzt das Orgelnachspiel:

Beethovens Fünfte.

Kitty hatte gar nicht gewusst, dass man diese monumentale Sinfonie auch nur ansatzweise auf einer Orgel spielen konnte. Es hörte sich phänomenal an. Kitty lief ein kalter Schauer nach dem anderen den Rücken runter.

Er saß noch lange nach Verklingen des letzten Tones in der Bank. Alle anderen waren schon während des „Rausschmeißers" gegangen. Was sie verpasst hatten! Nun gut, wahrscheinlich war hier sonst niemand gewesen, der Beethovens Fünfte gestern gehört hatte, in dem Bewusstsein, dass dies das letzte Stück Musik in seinem Leben sein würde...

Als Kitty nach Hause kam, begrüßte ihn Teddy schwanzwedelnd und schnupperte sehr ausgiebig an seinem linken Hosenbein, dabei wurde das Wedeln sogar noch stärker. Kitty fiel die ältere Frau ein, die links neben ihm gesessen hatte. Er selbst hatte nichts Besonderes bei ihr gerochen..., ob sie eine angenehm duftende Hündin hatte, die Teddy jetzt riechen konnte? Als Teddy anfing sein Hosenbein abzuschlecken, wurde es Kitty dann aber doch zu bunt.

„Aus Teddy!"

Teddy schaute ihn fragend an: Wir gehen aus? Er wedelte.

Naja, immer noch besser Teddy leckte am Hosenbein, als an Geschwüren. Was für unappetitliche Sachen man in der Kirche kurz vor dem Mittagessen hört! Teddy fing wieder an zu schnuppern. Falls Kitty die Dame noch mal in der Kirche sehen sollte, würde er sie nach ihrer Hündin fragen.

„Du hast eine ausgezeichnete Spürnase. Du solltest eigentlich zur Polizei."

Teddy bekam ein Leckerchen, was Kitty nach dem Gang ins Wohnzimmer allerdings sofort wieder bereute. Da lag auf dem Boden vor dem Fernseher eine völlig zerkaute Fernbedienung. Mochte sein, dass sie vorher eine gewisse Ähnlichkeit mit einem Knochen gehabt hatte...

„Teddy!"

Der Gerufene kam wedelnd angelaufen. *Noch ein Leckerchen? Klasse!*

„Das ist Pfui!" Kitty tauchte Teddys Nase zwangsweise in die Reste der Fernbedienung. Teddy sah ihn mit großen unschuldigen Augen an, so vermutete Kitty zumindest, genau sehen konnte man das hinter den langen Haaren nicht.

„Gib dir keine Mühe zu leugnen. Zur Not lasse ich einen DNA-Test machen!"

Der überführte Verbrecher gab klein bei und zog den Schwanz ein..., aber Kitty achtete schon gar nicht mehr auf ihn.

Das war es gewesen, woran ihn der Predigttext erinnert hatte!

Purpur und kostbares Leinen! Das Vorstandsmitglied des Porzer Chemieunternehmens, auf den voriges Jahr ein Mordanschlag verübt worden war. Er war auf Partys und auch an jenem Abend immer in extravaganten und kostbaren, besser gesagt: teuren Designerstücken rumgelaufen; während der Mann, der versucht hatte ihn zu erdolchen, in völlig zerlumpten Klamotten eingebrochen war. Seine intensiv riechende Jacke war am Tatort zurückgeblieben. Lazarus hätte sicherlich zu den Verdächtigen gehört...

Die Ermittlungen hatten vor allem auf die sehr detaillierte Täterbeschreibung gebaut. Nach Veröffentlichung des Phantombildes gab es zahllose Verdächtige, von denen einer auch länger in Untersuchungshaft geblieben war. Kitty hatte ihn zwar nach dem Verhör für unschuldig gehalten, der Chef brauchte aber dringend vorzeigbare Ergebnisse und hörte lieber auf Pauer, der ihn für schuldig hielt, genauso wie kurz darauf die Presse. Die Ermittlungen danach deutlich gebremst, insbesondere weil dann die U-Bahn-Mord-Serie begann. Als sich

Wochen später die Unschuld des Verdächtigen rausstellte, interessierte sich gerade niemand mehr für einen versuchten Mord, bei aktuell drei gelungenen Morden.

Soweit sich Kitty erinnern konnte, war nicht mit Polizeihunden gearbeitet worden, jedenfalls nicht systematisch. Die Fortbildung dazu war ja auch erst vorletzten Monat gewesen:

Wenn ein Hund mit seinem Geruchssinn eine Person erkennt, hat das die gleiche Beweiskraft wie ein Fingerabdruck oder eine Fotografie des Täters. Kommen drei Hunde zum gleichen Ergebnis, so gilt der Täter als überführt.

Am Montagvormittag gingen Kitty und Britta zur Hundestaffel und ließen einen vierbeinigen Spezialisten an der, für Hundenasen, immer noch deutlich riechenden Jacke schnuppern. Danach besuchten sie mit ihm einige der Verdächtigen von damals. Schon beim dritten Versuch ein Volltreffer.

Die folgende Gegenüberstellung im Revier ähnlich wie mit menschlichen Zeugen: Der Verdächtige und vier weitere schlecht riechende Menschen standen nebeneinander und nacheinander erkannten vier Hunde, die vorher an der Jacke geschnuppert hatten, tatsächlich sofort den Verdächtigen.

Am späten Nachmittag zerriss der Chef Kittys Abmahnung wieder, nachdem er, natürlich nicht Kitty, sondern der Chef, eine Belobigung vom Ministerpräsidenten bekommen hatte.

Kitty persönlich hatte zwar Zweifel, ob nun wirklich der Verhaftete oder der Wirtschaftsboss der größere Verbrecher war..., aber Hauptsache das Kuchendiagramm war nun wieder bekömmlicher.

Abends saß Kitty im *Hemmer* und Cora brachte ihm einen Tee und Teddy einen kleinen Kauknochen.

Der Fall war gelöst, Kitty hatte Lob von allen Seiten bekommen und jetzt saß er hier und spürte in sich ein große Leere...

Ach, wenn es noch Leere wäre! Resignation, Verzweiflung. Übertriebene und unangebrachte Gefühle, das war ihm klar, aber sie waren halt da und machten nicht den Eindruck, als wollten sie in naher Zukunft wieder gehen.

Ein Jahr Spuren suchen, Kombinieren, langweiliges Abarbeiten von Hinweisen..., wofür? Irgendetwas besser geworden in der Welt durch diese Festnahme? Irgendein wichtiges Problem gelöst?

Der Chef zufrieden, die Statistik wieder im grünen Bereich.

Pauer zufrieden, fast zwanzig Sekunden sein Gesicht bei West3. Vielleicht sollte Kitty sich auch so ein triviales Ziel setzen.

Was genau erwartete er denn? Hauptsächlich ja, dass die wahren Verbrecher gejagt würden. Dafür war er zur Polizei gegangen. Doch was hatte diese zu tun? Den Reichtum der Reichen und die Abfallbehälter der Energiekonzerne beschützen; Jugendliche verfolgen, die sich durch einen Diebstahl die Teilhabe an der Überflussgesellschaft erzwingen wollten.

Nein. Tee war heute das falsche Getränk. Kitty bestellte ein Kölsch.

Auch das etwas, was er an sich selbst nicht verstand:

...Genaugenommen hatte er auch noch nie versucht, es zu verstehen. Kitty neigte nicht zum detaillierten Grübeln, sein Ding war eher der allgemeine Weltschmerz. Jedenfalls:

Schon oft hatte er jetzt bemerkt, dass der Schritt zum Alkoholiker nicht mehr groß war. Wenn ihn der Weltschmerz traf, war seine häufigste Gegenwehr Alkohol. Die Probleme nicht angehen, sondern verschwimmen lassen. Er gab das auch gerne zu, fand das in Ordnung. Bei sich. Aber wenn ein Verdächtiger, ja sogar ein Zeuge, selbst ein Unschuldiger Probleme mit dem Alkohol hatte, war Kitty sofort voreingenommen, spürte Verachtung. Dabei hatten diese Menschen oft deutlich mehr existentielle Sorgen als Kitty. Warum gönnte er ihnen diese Lösung, besser gesagt, diese Vernebelungstaktik nicht?

All die vielen Schuldigen, die er gefasst hatte und die und deren Motive Kitty so gut verstehen konnte und dann all die vielen Reichen, hohen Tiere, die keine Gesetze brachen, außer dem der Nächstenliebe...

Ein wahres Verbrechen: So viel Geld haben, dass man es nie ausgeben können wird, und die Not um sich herum kennen und nicht helfen. Unterlassene Hilfeleistung. Ein Straftatbestand. So viel mehr ein Verbrechen, als aus Not, um seiner hungernden Familie etwas zu gönnen, ein wenig zu stehlen... und was war Kittys Aufgabe? Wen durfte er festnehmen?

Die Großen, die wirklichen Schurken, fasste man fast nie und wenn doch, dann hatten sie das Geld für die besten Anwälte oder gleich für die Richter. Denn das war doch das Einzige, was sich nach der RAF in Deutschland geändert hatte: Nicht gerechter war es geworden, nicht freier, nicht ehrlicher. Nein, die Reichen schützten sich jetzt besser und die potentiell Revoltierenden wurden besser ruhiggestellt.

Mit seiner eigenen Ruhigstellung war Kitty noch nicht zufrieden. Das Grübeln wollte auch nach drei Kölsch nicht aufhören, nur die Gedanken wurden undeutlicher. Er bestellte einen Whisky.

„Kitty, du siehst heute nicht gut aus. Was ist los?"

Obwohl viel los war im *Hemmer*, setzte sich Cora zu ihm. Nachdem er ein bisschen erzählt hatte, ging sie kurz hinter die

Theke, kam mit einem zweiten Glas Whisky wieder zu ihm und sie prosteten sich zu.

Nicht lange, vielleicht fünf Minuten, war sie bei ihm gewesen und doch hatte sie mehr geholfen, als der ganze Alkohol, als die Sitzungen bei der Psychologin damals, als die Tabletten, die er für einige Wochen gegen Depression genommen hatte...

Er wusste sehr wenig über sie; sie war etwas älter als er, studierte irgendwas, aber sonst...?

Doch, eins wusste er noch:

Wenn es mehr Menschen wie sie gäbe, könnte dies eine richtig gute Welt sein...

Das gleiche und eigentlich ja auch nicht viel mehr, wusste er von Nadine. Hatte sie eigentlich einen Beruf gelernt? Dafür dass er ihr gleich den Wohnungsschlüssel gegeben hatte, wusste er wenig Konkretes von ihr.

Kitty schaute zu dem unter dem Tisch liegenden Hund. Teddy mochte sie und sie mochte Teddy. Wie wenige Indizien manchmal ausreichen.

- 11 -
(b8,a6)

„Hallo Kitty!"

„Moin Georg."

„Da wartet schon die Freundin von Frau Kaup auf dich. Du hattest sie herbestellt?"

„Jo. Richtig. Danke."

„Sie wartet schon etwas länger."

Kitty war mal wieder nicht ganz pünktlich. Er kam jetzt zwar morgens besser aus dem Bett, aber abends irgendwie schlechter rein und dadurch dann doch wieder morgens schlecht raus. Immerhin gehorchten die Beine ihm jetzt wieder, ohne zu diskutieren...

Kitty betrat das Nebenzimmer. Er war sich keiner bestimmten Erwartung bewusst gewesen, aber da saß jemand völlig anderes, als er erwartet hatte.

„Moin. Kommissar Kittel. Entschuldigen Sie meine Verspätung, und vielen Dank für Ihr Kommen. Ich habe ein paar kurze Fragen an Sie."

Kitty redete irgendwas, ohne ganz bei der Sache zu sein. Die Frau war äußerlich nicht auffällig; hübsch sicherlich, lange, leicht gelockte braune Haare, sehr große dunkelbraune Augen... Also gut, sehr hübsch; aber das Auffällige war ihre ungewöhnliche Ausstrahlung. Der ganze, wie immer schlecht geheizte, Raum war plötzlich warm.

„Guten Morgen. Angela Mattheißen." Sie war aufgestanden.

Sie gaben sich die Hand und beide setzten sich.

„Frau Mattheißen. Sie haben angegeben, dass sie Frau Kaup zum Tatzeitpunkt beim Bäcker an der Kalker Hauptstraße gesehen haben."

„Ja, das ist richtig. Sie ging gerade weg und hat mich nicht gesehen, aber ich hab sie zweifelsfrei erkannt und da war es genau siebzehn Uhr."

Eine glatte Lüge. Kitty hätte nicht gedacht, dass diese Augen lügen könnten. Diese Augen... Sie waren beim Lügen irgendwie heller geworden.

Naja, einer guten Freundin ein falsches Alibi geben - kein wirkliches Verbrechen.

„Frau Mattheißen..." Kitty hatte große Mühe, sich zu konzentrieren. „Sie kennen Frau Kaup schon viele Jahre. Ist Ihnen vor Herrn Kaups Tod irgendetwas Besonderes an ihr aufgefallen, eine Veränderung?"

Der Raum hier hatte sich durch Frau Mattheißen auf jeden Fall verändert. Behaglichkeit. Aber auch knisternde, erotische Atmosphäre. Funken. Seit sie sich gesetzt hatten, hatte sie nicht aufgehört ihn mit ihren großen, braunen Augen anzusehen.

„Ja. Es ging ihr bedeutend besser, seit sie eine Affäre hatte."

Das stimmte jetzt. Ihre Augen wurden wieder dunkler.

„Eine Affäre?"

„Ja. Keine Ahnung mit wem. Sie hat nie seinen Namen genannt, aber ein einfühlsamer und zärtlicher Mann. Halt genau das Gegenteil von Martin."

„Martin?"

„Na, Herr Kaup."

„Ach ja..."

Vielleicht hatte Frau Mattheißen Herrn Kaup umgebracht und versuchte gar nicht, Frau Kaup ein Alibi zu geben, sondern sich selbst?

„Sie mochten Herrn Kaup nicht besonders?"

„Er war ein ständig betrunkenes, selbstverliebtes und eifersüchtiges Arschloch. Und eifersüchtig war er schon lange bevor er Grund dazu hatte. Bettina war ihm viel zu lange treu. Sie hatte immer etwas Besseres verdient."

Und Sie? Hätten Sie Interesse an einem einfühlsamen und zärtlichen Polizeibeamten?

Nein. Zum Glück nicht. Er hatte es nicht gefragt, nur gedacht. Kitty war gerade unfähig, noch vernünftige Fragen zu stellen. Ihm war überall warm und behaglich, als säße da ein Kamin vor ihm.

Kitty gab sich noch einmal einen Ruck:

„Wissen Sie irgendwas über den Mann?"

„Ich würde sagen, Sie sollten Bettina selber fragen."

„Bettina?"

„Na, Frau Kaup!"

„Ja. Klar. Danke. Das werde ich machen."

Konnte sie nicht irgendwas Dramatisches sagen, in Tränen ausbrechen, ihm einen Grund geben, ihre Hand zu nehmen, sie zu...

„Haben Sie sonst noch Fragen? Ich müsste nämlich..."

„Entschuldigung. Nur ganz kurz. Haben Sie einen Verdacht, wer Herrn Kaup umgebracht haben könnte?"

„Ich. Im Gedanken schon mehrmals. Bettina mit Sicherheit nicht. Sie ist einfach zu gutmütig. Ansonsten aber sicherlich die meisten, die ihn näher kennengelernt haben. Nein. Tut mir leid. Kein konkreter Verdacht." Sie lachte kurz. „Und wenn ich einen hätte, würde ich ihn nicht äußern. Er oder sie hat auf jeden Fall eine gute Tat getan und gehört nicht verfolgt, sondern verehrt!"

Kitty nickte. „In der Tat."

Frau Mattheißen sah ihn erstaunt an.

„Ich habe in der Tat keine Fragen mehr an Sie. Danke, dass Sie sich die Zeit genommen haben, und dass Sie gewartet haben."

Kitty schaute Frau Mattheißen noch lange hinterher. Nur wenige sahen ihm bei Verhören oder Befragungen länger in die Augen und selbst wenn: Höflichkeit, konzentriertes Gespräch. Aber was war das gewesen?

Was auch immer, er kam kaum raus.

Kitty musste sich sehr zusammenreißen, um noch etwas vom Inhalt des Gespräches zu erinnern. Was hatte sie über den Liebhaber gesagt? Vom Gespräch wusste er fast nichts mehr, ihre Augen standen ihm noch Stunden später klar vor Augen.

Auch am Feierabend war dieses Braun nicht aus seinen Gedanken verschwunden, jetzt allerdings mit ganz anderen Assoziationen. Ihre dunklen Augen in der Farbe eines Marsalas, den er vor einigen Jahren mal getrunken hatte. Ungeheuer intensiver Geschmack und Konsistenz fast wie Honig. Den Geschmack schon auf der Zunge schwenkten seine Gedanken nun zu ihren helleren Augen beim Flunkern um, und der rauchige Geschmack seines rötlichbraunen Lieblingswhiskys *Glendronach* stieg ihm in Nase und Gaumen. Offensichtlich brauchte er noch einen hochprozentigen Schlummertrunk.

Kitty ging ins *Café Rheinblick*. Schöne Aussicht auf Rhein und Dom, Live-Musik und vor allem *Glendronach* auf der Getränkekarte. Den hatte er sonst noch nirgendwo anders gefunden... ...außer bei sich in der Küche.

Eine junge Frau am Flügel hatte den Blues. Kitty genoss die hervorragend gespielten melancholischen Melodien und den herrlich nach Lagerfeuerglut schmeckenden Whisky. Anfangs noch, wie üblich, ein verträumter Blick über den Rhein, dann immer häufiger und länger ein Blick auf die Frau am Klavier. Lange, glatte dunkelblonde Haare sah er oft, aber irgendwas an ihren Bewegungen kam ihm bekannt vor.

Am Ende des Liedes drehte sie sich um, und Kitty erkannte seine frühere Klassenkameradin Rachel. Jetzt also am Klavier... Sie hatte damals den anspruchsvollen Teil der Klasse mit ihren melancholischen und tiefsinnigen Geschichten und Gedichten verzaubert. Auch Rachel erkannte Kitty und kam an seinen Tisch.

„Hallo Kitty!"

Kitty stand auf und sie umarmten sich flüchtig.

„Hallo Rachel. Das war wunderschön."

„Danke."

Sie setzten sich.

Kitty hatte schon damals nicht gewusst, was ihr sagen. Doch, was ihr sagen schon. Dass sie genau seine Gefühle getroffen hatte mit ihren Gedichten und nun auch mit dem Klavier. Aber wie sagt man sowas?

Rachel bestellte Campari-Orange.

„Mensch Kitty! Wie lange haben wir uns nicht gesehen? Zehn Jahre? Was machst du inzwischen? Du wolltest doch zu den Fallschirmspringern?"

„Da ist leider nichts draus geworden. Ich bin jetzt bei der Polizei."

„Polizist? Ach du Scheiße! Also, ich parke sonst immer ganz korrekt, aber ich war spät dran."

„Ich bin bei der Kriminalpolizei, eher für Mordfälle zuständig."

„Puh. Glück gehabt. Nein, überfahren habe ich, glaub ich, niemanden. Und wenn, war es nur aus Versehen, kein Mord. Kann bei Tempo Hundertzwanzig gegen die Einbahnstraße schon mal vorkommen, aber ich hatte es echt eilig..."

Da saß offensichtlich nicht mehr das kleine, schüchterne Mädchen, das er in Erinnerung hatte.

„Und was machst du beruflich?"

„Tja. Momentan ist das hier mein Hauptberuf. Ich spiele fast jeden Abend irgendwo Klavier, montags immer hier. Zweimal die Woche gebe ich Klavierunterricht. Dann male ich ab und zu ein paar Bilder als Auftragsarbeit. Meine Lieblingsbeschäftigung ist eigentlich das Schreiben, aber von Schriftstellerei kann man leider gar nicht leben. Ich habe schon drei Bücher fertig geschrieben und vier angefangen, aber noch keinen Verlag gefunden, der etwas veröffentlichen möchte."

„Was schreibst du? Krimis? Da könnte ich dich beraten."

„Bisher nicht, aber ich komme drauf zurück, falls die Muse mal in dir Richtung küsst. Bisher schreibe ich Romane, die... Das ist schwer zu beschreiben. Hast du Lust, etwas davon zu lesen?"

„Klar. Wenn das nur halb so gut ist, wie das, was du auf der Abi-Feier vorgetragen hast, ist es toll."

Rachel schaute mit strahlendem Gesicht bescheiden auf den Boden.

„Danke. Ich muss jetzt wieder spielen. Moment."

Rachel ging zu der Tasche, die an den Klavierstuhl gelehnt war, holte ein kleines Buch heraus und gab es Kitty.

„Ich habe eine Freundin im Copyshop, die hat mir freundlicherweise ein paar Probeexemplare gebunden. Würde mich sehr interessieren, wie du es findest. Bist du gleich noch da?"

„Ja. Ich hab keine Eile."

Teddy würde noch etwas auf das Abendbrot warten müssen. Sogar noch sehr lange...

Schade um das schöne Klavierspiel. Kitty bekam nicht mehr viel mit, so sehr fesselte ihn das Buch. Obwohl nichts von der Geschichte in Kittys Realität passiert war, hatte er doch das Gefühl, dass da sein Leben geschrieben stand. Seine Träume, seine Sehnsüchte, die Pläne, aus denen nie etwas geworden war. Das Leben, das möglich gewesen wäre, das er aber nie gewagt hatte. Letztlich auch ein gescheitertes Dasein, aber voller Lebenslust, Humor und in großer Würde gescheitert...

Erschrocken sah er auf, als Rachel wieder an seinen Tisch kam. Er war schon auf Seite 91.

„Und wie gefällt es dir?"

„Genial! Als könnte man in deinen Gedanken und Gefühlen spazieren gehen... Für jeden tiefsinnigen Menschen ist das eine wahre Fundgrube an Sachen, die man schon immer gedacht oder gespürt hat, aber nie ausdrücken konnte. Warum bekommst du trotzdem dauernd Absagen?"

„Trotzdem? Wohl eher deswegen. Nicht oberflächlich genug, nicht ganz zeitgeistgemäß..."

Rachel starrte einen Moment leicht frustriert aus dem Fenster auf den Rhein, aber schon strahlten ihre Augen wieder fröhlich auf:

„Also dir hat es gefallen? Das ist eigentlich die Hauptsache! Ich schreibe lieber etwas Schönes und Anspruchsvolles für ein paar wirklich sympathische Menschen, als irgendwas leicht Konsumierbares für die Masse. Was da alles verlegt wird! Ich habe neulich im Buchladen mal geschaut, neben welchen Büchern meins stehen würde. Rechts daneben: *So ticken Männer*, mit völlig falschen Tipps für Frauen, wie sie sich einen Typen angeln können. Alle Männer, die ich kenne, zumindest die, von denen man eventuell wirklich etwas will, ticken völlig anders. Wenn Männer wirklich so wären, wie darin beschrieben, wäre das ein zwingender Grund lesbisch zu werden. Neben sowas soll mein Buch gar nicht stehen! Und ehrlich gesagt, habe ich oft Tage, an denen ich denke: Wen soll das, was ich schreibe, interessieren? Gibt es überhaupt mehr als zehn andere Menschen, die so ähnlich denken und fühlen wie ich? Wenn ich mir angucke, was so veröffentlicht und gekauft wird... - eher nicht."

„Also, ich gehöre auf jeden Fall zu den Zehn! ...Und falls ich mal einen Lektor verhafte, kann ich ja vielleicht was deichseln..."

„Das wär schön", Rachel lächelte. Auch sie hatte sich jetzt einen Whisky bestellt.

„Es geht mir ja auch gar nicht hauptsächlich ums Verlegt werden. Das Schreiben macht mir auch so Spaß..., aber ich hab da immer wieder diesen Traum: Ein Verlag veröffentlicht ein Buch von mir und das steht in fünfzig Jahren, in einen schönen Einband gekleidet, irgendwo in einer Bibliothek und eine junge Frau nimmt es zufällig in die Hand und blättert, bleibt bei einem Satz hängen, setzt sich, liest jetzt richtig, versteht, beginnt zu leben und dann sitzt sie irgendwo, endlich glücklich, starrt auf einen Fluss und versucht sich vorzustellen, was diese Schriftstellerin wohl für ein Mensch gewesen sein mag..."

Rachel sah aus dem Fenster.

Kitty hob sein Glas: „Auf dich und die junge Frau!"

Rachel lächelte und sie stießen an.

Auch Kitty schaute jetzt aus dem Fenster, auf den ruhig dahinfließenden Rhein. Vielleicht hatte vor fünfzig Jahren schon jemand ein Buch für ihn geschrieben, aber es hatte keinen Verleger gefunden...

Weit nach Mitternacht ging Kitty mal wieder über die Deutzer Brücke.

Nadine, Teddy, Frau Mattheißen, jetzt auch noch Rachel... Keinerlei Gelüste mehr, hier dem Leben ein Ende zu setzen, wo es gerade so auf ihn einstürzte, wie seit drei Jahren nicht mehr. Nein, eigentlich wie noch nie! Er musste Prinke irgendetwas Anderes antun. Ihm irgendwas anhängen? Den Mord an Kaup? Er würde Prinke noch mehr beobachten müssen. In der Schule konnte er sich schlecht dazu setzen. Aber der Rat der Stadt Köln tagte ja öffentlich.

- 12 -
(b7,a6)

Die nächste große Ratssitzung war erst in fünf Wochen, also setzte sich Kitty am nächsten Abend in den *Ausschuss für Bauen, Liegenschaften, Straßen und Verkehr*. Prinke war dort Ausschussvorsitzender.

Kitty verstand kaum ein Wort von der ersten Beschlussvorlage. Nicht verwunderlich, dass kaum Zuhörer da waren. Sollte das eine Art Deutsch sein?

„Aufgrund des Paragraphen zweiundfünfzig, Absatz vier und fünf, des Nordrheinwestfälischen Straßengesetzes in der Fassung vom vierundzwanzigsten September Neunzehnhundertsiebzig, zuletzt geändert durch Artikel eins des Gesetzes vom achtundzwanzigsten Oktober Neunzehnhundertneunundachtzig, in Verbindung mit den Paragraphen sechs und dreiundachtzig der Nordrheinwestfälischen Gemeindeordnung in der Fassung vom achtundzwanzigsten Oktober Neunzehnhundertsechsundachtzig, zuletzt geändert durch Artikel zwanzig des Gesetzes vom siebten Oktober Neunzehnhundertneunzig, hat der Rat der Stadt Köln folgende Satzung beschlossen..."

Dagegen war die Liturgie in der katholischen Kirche ja geradezu Hochdeutsch; wahrscheinlich sogar noch vor Luther verständlicher als das hier. Sollte Demokratie für das Volk, von dem die Macht angeblich ausging, nicht auch irgendwie verständlich sein?

Sprachlich verständlicher, inhaltlich und vom Ergebnis her noch unverständlicher, wurde dann allerdings die Diskussion über einen Antrag zu einer Straßenumbenennung. Kitty hatte gar nicht gewusst, dass es immer noch eine Straße gab, die nach einer Kölner Nazigröße benannt war. Anfangs schien eine Mehrheit für die Umbenennung sicher zu sein.

Dann jedoch hielt Prinke einen fast halbstündigen Vortrag über die deutsche Geschichte, über deutsche Tugenden, über Familie, über christliche Werte – was, verdammt noch mal, hatte das alles mit dem Straßennamen zu tun? - über die Wichtigkeit, Erinnerungen zu bewahren und dass man die Vergangenheit nicht einfach umbenennen könne, man müsse sich daran erinnern, man müsse zu ihr stehen, um daraus lernen zu können. Auch Bismarck sei nicht ohne Fehl gewesen, auch Luther habe über die Juden gehetzt.

Kitty wurde es so übel, dass er kurz rausgehen musste. Als er wieder zurück kam, war gerade Abstimmung. Der Einzige, der noch für die Umbenennung stimmte, war ein langhaariger, leicht nach Schweiß riechender Grüner, dem Kittys erfahrene Nase das eben gerauchte Marihuana noch anmerkte.

Nach diesem offensichtlichen Skandal ging es einfach weiter zum nächsten Tagesordnungspunkt. Niemand stand auf und protestierte. Ob Kittys nochmaliges Rausgehen als Protest registriert wurde? Wahrscheinlich nicht. Das hier könnte er nicht. So viel war ihm klar. Er wartete draußen.

Prinke rauchte nach der Sitzung eine Zigarre vor dem Rathaus und unterhielt sich mit ein paar Parteikollegen, mit denen er kurz darauf in der *Heumarktschänke* verschwand.

Kitty setzte sich an einen Tisch in der Nähe, an dem er die Unterhaltung gut verfolgen, aber nicht gesehen werden konnte. Außer der Bestätigung seiner Vorurteile brachte das Lauschen aber wenig. Die Parteikollegen gingen schon nach kurzer Zeit und direkt danach verließ auch Prinke die Gaststätte und ging zielstrebig zu einem kleinen privaten Puff am Heumarkt.

Deutsche Tugend und christliche Werte... - die schliefen wieder fest in Prinkes Textbausteinkasten. Andererseits: Besser er war hier, als wenn er wieder vergewaltigte und tötete. Aber auch das war wahrscheinlich nur noch eine Frage der Zeit.

Irgendwas musste Kitty gegen ihn unternehmen, aber was?

Teddy auf ihn hetzen kam jedenfalls nicht in Frage, der war schon mit der Funktionsweise von Türen überfordert. Als Kitty nach Hause kam, musste er den Hund schon wieder aus dem Schlafzimmer befreien.

Kitty lüftete ausgiebig. Wenn Teddy beim Spaziergang etwas nass geworden war, roch es noch den ganzen Tag nach Hund; sehr nach Hund. Eigentlich kein unangenehmer Geruch, aber im Schlafzimmer konnte Kitty gern darauf verzichten.

Während des Lüftens hatte er Zeit, sich den nächsten Zug zu überlegen. Beim Blick auf das Schachspiel konnte Kitty nach diesem furchtbaren Abend doch wieder lächeln: Seine beiden Pferde waren durch selbstgeschnitzte Hunde ersetzt worden, die Teddy sehr ähnlich sahen und der, den Nadine gerade rausgeschmissen hatte, saß nun im Eingang einer Hundehütte neben dem Schachbrett und hatte eine kleine Futterschüssel vor sich.

Apropos Teddy... Kitty würde sich nun doch noch eine neue Fernbedienung kaufen müssen.

- 13 -
(d8,b6)

Den nächsten Vormittag saß Kitty mit sämtlichen Kollegen der Wache in einer Fortbildung. Die handschriftliche Anzeige und die mechanischen Schreibmaschinen sollten endlich auch auf ihrem Revier durch EDV ersetzt werden.

Die erste Stunde lauschten sie den Erklärungen des Dozenten.

Die nächsten zwei Stunden versuchten sie das Gelernte am Computer umzusetzen, starrten dabei aber die meiste Zeit auf eine sich drehende Eieruhr und lauschten den Flüchen des Chefs.

Kurz vor Mittag erschien der Chef der IT-Abteilung, von dem sie aber nur noch wenige neue Flüche lernen konnten.

In der Mittagspause kam Nico kurz vorbei und warf einen amüsierten Blick auf die lahmen und dauernd abstürzenden Geräte:

„Ich glaub, ich frag mal bei den Kollegen vom Diebstahl nach, ob es neulich einen Einbruch im Museum gab."

Da am Nachmittag, nachdem die IT-Abteilung das Programm etwas überarbeitet hatte, überhaupt nichts mehr lief, auch auf dem deutlich neueren Computer des Dozenten nicht, konnte Kitty früher frei machen.

Nach einem längeren Spaziergang am Rheinufer setzte er sich ins *Hemmer* und trank einen Tee. Die Zeitung auf dem Tisch legte er schnell wieder beiseite, als ihn Prinkes Gesicht hämisch angrinste: *Antrag auf Umbenennung abgelehnt.* Schnell etwas Rum in den Tee!

Kitty holte Rachels kleinen Roman aus der Tasche und verbrachte einen schönen Abend mit Tee und Rum in einer anderen Welt.

Es war schon nach zehn Uhr, als er das Buch zufrieden zuklappte. Kitty wollte sich gerade einen Whisky bestellen und auf Rachels Wohl trinken, da spazierte sein Fall zur Tür herein:

Frau Kaup, Frau Mattheißen und zwei Männer, die Kitty noch nie gesehen hatte, kamen ins *Hemmer* und setzten sich an einen großen Tisch, vier Meter von Kitty entfernt.

Also nichts mit frühem Feierabend, eher später Dienstbeginn.

Die beiden Frauen redeten sehr gestenreich miteinander und rauchten, die beiden Männer schwiegen gestenarm, jeder für sich, und tranken.

Es war nicht ganz klar, ob die vier überhaupt zusammengehörten. Frau Kaup jedenfalls schien mehr an zwei Männern an der Theke interessiert zu sein; sie schaute jetzt schon das dritte Mal kurz hintereinander hin.

Ein sehr ungleiches Paar, die beiden am Tresen:

Ein übertrieben gerade sitzender Anzugträger mit blondem Seitenscheitel und einem Weizenbier und ein fast schon auf dem Barhocker liegender Jüngling mit dunklen kurzen Haaren im T-Shirt, der mit rechts in einem beachtlichen Tempo auf einem Schreibblock schrieb und mit links in ähnlichem Tempo Kölsch zum Mund führte. Der Anzugträger warf zum wiederholten Mal einen Seitenblick auf das Geschriebene, stand dann sehr abrupt auf und ging mit seinem Weizen zum Tisch mit Frau Kaup. Die vier dort grüßten kurz höflich, beachteten ihn aber nicht weiter.

Als Kitty wieder zu dem Jüngling schaute, starrte der gerade schreckensstarr und mit offenem Mund zu Frau Kaup. Scheinbar kannte er sie und hatte heute hier nicht mit ihr gerechnet.

Er schien aufstehen zu wollen, um zu ihr zu gehen. Schneller Blick zu Frau Kaup: Sie unterhielt sich weiter mit Frau Mattheißen, warf dann aber schon wieder einen Blick zur Theke und lächelte, völlig entspannt und ruhig.

Der Jüngling blickte schnell weg, blieb nun doch sitzen und schrieb hektisch auf seinen Block, schüttelte dabei mehrmals den Kopf, schaute dann wieder ratlos zu Frau Kaup. Er hatte nichts verstanden, außer dass er sitzen bleiben sollte. Wieder den Kopf schüttelnd nahm er sein gerade frisch gezapftes Kölsch, diesmal mit der rechten Hand und pustete in die Schaumkrone, als sei das Bier noch zu heiß zum Trinken. Nein, heiß war es wohl doch nicht, denn nun trank er es in einem Zug aus.

Cora stellte wenige Sekunden später schon ein neues vor ihn hin und blickte dann von der Theke aus fragend zu Kitty.

Er nickte und Cora kam zu ihm an den Tisch.

„Kitty, was kann ich für dich tun?"

„Machst du mir einen Hemmer-Salat?"

„Klar, gerne."

„Kennst du den dunkelhaarigen Schriftsteller da an der Theke?"

„Ja. Das ist mein treuster Stammgast. Hat mich aus dem *Kyffhäuser Keller* hierher verfolgt. Wieso?"

„Ich glaub, ich kenn ihn, aber keine Ahnung mehr woher. Weißt du, wie er heißt und was er macht?"

„Chris heißt er und ist Krankenpflegeschüler in Weyertal. Und..., fällt der Groschen?"

„Nein. Wohl doch nur Ähnlichkeit. Danke dir."

Cora verschwand Richtung Küche.

Der Weizenmann sprach Frau Kaup an, diese nickte kurz und wühlte in ihrer Handtasche. Irgendwas gab sie ihm unter dem Tisch, wahrscheinlich ein Taschentuch, jedenfalls schnäuzte er sich jetzt kräftig. Ob es noch mehr gewesen war, konnte Kitty von seinem Platz aus nicht sehen. Er wusste auch gar nicht, wo er zuerst hingucken sollte. Frau Mattheißen ging gerade auf Toilette. Chris starrte schon wieder zu Frau Kaup, die ihm mit dem Bier zuprostete. Er prostete zurück und schrieb dann weiter.

Dass die beiden sich kannten, war offensichtlich, aber was veranstalteten sie da? Frau Kaup war locker und lächelte immer wieder zu ihm hin, während der Jüngling deutlich überfordert wirkte. Als Frau Mattheißen zurück kam, beachtete Frau Kaup ihn erst mal nicht mehr, sondern unterhielt sich mit ihr. Sollte sie nichts mitbekommen? Hatte Frau Kaup vielleicht doch einen Killer bestellt und Frau Mattheißen sollte davon nichts wissen? Aber wie ein Auftragskiller sah Chris nicht aus...

Quatsch Kitty! Das ist ja eines der Markenzeichen von Auftragskillern, dass sie nicht so aussehen!

Aber Chris benahm sich dermaßen natürlich unsicher und harmlos... Jetzt ging er zur Toilette.

Frau Kaup unterhielt sich angeregt und Kitty ging Richtung Theke, um einen Blick auf den Schreibblock zu werfen:

Drei sehr groß geschriebene Worte sprangen ihm sofort ins Auge:

Sex, Sperma und Wichsen!

Kitty schaute sich schnell um, als hätte das Blatt das laut gesagt, aber niemand schaute zu ihm hin. War das ein Geheimcode? Er las den ganzen Abschnitt:

Es ist ja nicht so, dass nur Frauen einen Höhepunkt vortäuschen können. Es spritzt zwar beim Onanieren, aber es ist wahrlich kein Orgasmus!

...Mir scheint ich habe endlich ein Themengebiet gefunden, zu dem ich viel schreiben kann, weil ich mich auskenne, wie kaum jemand sonst...

Schwierig wird's nur, wenn Typen, wie der neben mir, auf das Blatt starren. Gut dass ich so eine Sauklaue habe...

*...Ja, damit auch **Du** lesen kannst, was hier steht:*

Sex, Sperma und Wichsen!

Mein Nachbar schaut erschüttert weg, nimmt dann sein Weizen und geht an den Tisch nebenan.

Danach kamen einige kaum lesbare Zeilen voller Verehrung für eine Rea, für Cora und für *Cointreau*, dann war das Blatt zu Ende.

Kitty hatte nicht das Gefühl, dass ihn das hier weiterbrachte. Höchstens weiter von der Lösung weg. Das nächste Blatt konnte er nicht mehr anschauen, Chris kam schon zurück, Kitty beugte sich über die Theke und fragte Cora nach dem Telefon, obwohl er wusste, dass es hinten bei den Toiletten war.

Kitty rief Pauer an. Viel lieber natürlich jeden anderen Kollegen, aber das hier war nun mal ihr Fall.

„Pauer? Ja, Kitty hier. Ich hab einen Komplizen von Frau Kaup gefunden, könnten aber auch zwei oder mehr sein und ich nehme an, sie gehen getrennt. Ich könnte noch jemanden für die Verfolgung gebrauchen."

„Weißt du, wie spät es ist?"

„Ja."

„Gut. Sonst noch Fragen?"

„Nein."

Kitty donnerte den Hörer auf die Gabel. Ganz unrecht hatte Pauer ja nicht. Wie üblich bei Cora war es schon viel später als er gedacht hatte: Kurz vor Mitternacht.

Kitty wollte gerade zurück zu seinem Platz, da sah er den Weizenmann, der mit einem Stift in der Hand an ihm vorbei Richtung Toilette ging. Ob da der Informationsaustausch stattfand?

Kitty folgte ihm mit etwas Abstand und setzte sich in die Nachbarkabine. Der Lärm aus der Kneipe war zu laut, als dass er das Schreiben eines Stiftes hätte hören können. Stattdessen hörte er nach kurzer Zeit ein kräftiges und langes Hochziehen der Nase. War das gar kein Stift, sondern ein Röhrchen gewesen? Hatte Frau Kaup ihm unterm Tisch Kokain zugesteckt? Hing vielleicht auch die Ermordung von Herrn Kaup mit Drogen zusammen?

Kitty blieb noch einen Moment und schaute dann in die inzwischen leere Kabine nebenan. Boden und Klodeckel waren so verdreckt, dass er den Gedanken, nach Resten von Kokain zu suchen schnell verwarf. Stattdessen schaute er nach neu geschriebenen Nachrichten.

Beide Wände und die Tür waren voller Sprüche und Bilder, aber nichts glänzte wie gerade frisch geschrieben. Am neusten sah die Telefonnummer unter *Wer will einen geblasen bekommen?* aus. Konnte natürlich eine Botschaft sein, aber Kitty hatte keine wirkliche Lust da mal probeweise anzurufen.

Auf der anderen Wand hatte tatsächlich Chris etwas geschrieben, allerdings schon vor einigen Wochen, wenn man dem Datum glauben konnte. Oben stand: *Ich war hier Kacken! Rene, 12.5.* Darunter in deutlicherer Schrift, als auf den Zetteln an der Theke: *Man riecht es heute noch... Chris, 13.8.*

Das könnte natürlich auch ein Code sein. Aber wahrscheinlich ging es wirklich nur um Kot.

Kitty las noch einige Sprüche, die alle nicht den Schluss nahelegten, dass sie von einer weit entwickelten oder gar vernunftbegabten Spezies geschrieben worden waren.

Kitty setzte sich wieder an seinen Tisch und schob den Salat beiseite. Er hatte keinen Appetit mehr und er war auch zu sehr mit dem Geschehen vor sich beschäftigt.

Chris kaute auf seinem Stift und starrte in sein Bier. Der vorhin noch sehr ruhige Weizenmann redete jetzt ohne Unterbrechung auf Frau Kaup und Frau Mattheißen ein und lachte laut und als einziger über seine Witze.

Frau Kaup kramte in ihrer Handtasche, stand auf, ging auf dem Weg zur Toilette ganz nah an Chris vorbei und steckte ihm etwas zu. Wahrscheinlich. Ganz sicher war Kitty sich nicht. Sie hatte ihm etwas zugesteckt, die Bewegung hatte er deutlich gesehen; was fehlte, war seine Bewegung. Nichts. Seine beiden Hände verharrten auf der Theke.

Chris saß völlig erstarrt auf seinem Hocker und starrte Frau Kaup eine ganze Weile hinterher. Dann schüttelte er wieder den Kopf und begann hektisch zu schreiben.

Weiterhin keinerlei Bewegung um das, was auch immer Frau Kaup ihm zugesteckt hatte, an sich zu nehmen. Mit rechts schrieb er, mit links trank er. Wenn sie es auf seinem Bein abgelegt hatte, hätte es bei dem Gewackel längst runtergefallen sein müssen. Vielleicht doch nur einfach eine Berührung und das war eine Nachricht gewesen?

Auf dem Rückweg von der Toilette würdigte Frau Kaup Chris keines Blickes mehr. Sie setzte sich auch nicht mehr hin. Frau Mattheißen und die drei Männer standen auf und gingen Richtung Ausgang.

Kitty überlegte einen Moment, ob er folgen sollte, aber am interessantesten fand er doch Chris, der nun nicht mehr schrieb, sondern mit völlig verzweifeltem Gesicht Frau Kaup hinterher starrte. Wenn es ein Code gewesen war, dann hatte er ihm nicht gefallen. Sollte er vielleicht noch jemanden umbringen?

Kitty war sich mit überhaupt nichts mehr sicher. In Frau Kaup schien er sich getäuscht zu haben und Chris hatte den ganzen Abend nicht gesprochen, außer zu Cora. Da hatte er nicht gelogen, aber das half auch nicht weiter.

Voller Grauen dachte Kitty an den Bericht, den er eigentlich schreiben müsste, wenn er das hier als Arbeitszeit abrechnen wollte. Irgendwas Seltsames war hier heute Abend abgelaufen, aber das Einzige, was Kitty mit Sicherheit wusste: Er hatte nichts davon verstanden.

Chris wankte noch mal Richtung Toilette und Kitty ging schnell zur Theke, zur Not würde er noch einen Salat bestellen, wenn er gefragt wurde.

Es fragte niemand, allerdings konnte er auch nichts lesen. Erst dachte er, es sei eine fremde Sprache, dann aber doch zwei drei deutsche Worte, die gerade noch lesbar waren. Kitty konnte sich beim besten Willen nicht vorstellen, dass Chris das selber lesen konnte.

Kitty ging zurück an seinen Tisch und aß den Salat nun doch auf. Chris trank zwei *Cointreau*, zahlte, umarmte Cora und ging nach draußen. Kitty zahlte ebenfalls und folgte ihm.

In dem Zustand wollte der noch Fahrrad fahren? Kitty fuhr unauffällig hinterher. Erstaunlich gerade und zügig fuhr Chris Richtung Innere Kanalstraße, kurz davor fiel er dann aber doch vom Fahrrad, nein, schmiss das Fahrrad noch während der Fahrt von sich und stürzte Richtung Büsche, um sich recht ausgiebig zu übergeben.

Kitty war sich inzwischen sicher, dass er keinen Bericht schreiben würde.

Chris setzte sich wieder aufs Fahrrad und fuhr, nun sogar zeitweise freihändig und singend, bis zum Krankenhaus nach Weyertal. Dort stellte er sein Fahrrad im Hinterhof ab und verschwand im Personalwohnheim.

Kitty fuhr mit einem ähnlichen Gefühl nach Hause, wie vor Jahren einmal mit Marie nach einem Theaterbesuch. Ein altes Stück in einer modernen Fassung mit viel nackter Haut, Geschrei und Blut. Was sollte das gewesen sein? Nichts aus seiner Welt.

Auch zu diesem Abend heute hatte Kitty keinen Zugang gefunden.

- 14 -
(a6,a3)

Die Computer waren wieder vom Schreibtisch verschwunden.

Kitty genoss es, Papier in den Händen zu halten. Die alten Fälle, die eigentlich in den Computern archiviert werden sollten, durften sie nun wieder in die Aktenschränke zurücksortieren. Den Fall Prinke schaute er nochmal intensiv durch. Das hätte er sich sparen können. Er kannte ihn auswendig und neue Details waren nicht nachgewachsen.

Er suchte in den anderen Fällen nach irgendwelchen Verbindungen zu Kaup oder Prinke, fand aber nicht viel, bis er bei einem Selbstmord stutzte. Die Sechzehnjährige war zu der Schule gegangen, an der Prinke unterrichtete. Er holte noch mal einen anderen Fall, den er schon unbeachtet weggestellt hatte aus dem Schrank. Tatsächlich. Auch diese Fünfzehnjährige war am *Albertinen-Gymnasium* gewesen und hatte Selbstmord begangen. Jetzt suchte Kitty nur noch nach Selbstmorden und in der Tat: Als vorletzte Akte noch ein Selbstmord einer Achtzehnjährigen, wieder an Prinkes Schule.

Kitty rief im Sekretariat an. Nein, telefonisch könnten sie dazu keinerlei Auskünfte geben. Immerhin bestanden sie nicht auf einen Durchsuchungsbefehl, den hätte er nämlich nicht bekommen. Alleine schon für die Frage danach hätte es wohl die nächste Abmahnung gegeben.

Vor Ort wurde ihm, nach Blick auf den Dienstausweis, ausführlich Bericht gegeben. Was die Sekretärin alles zu erzählen hatte, hätte Frau Geißler sicher brennend interessiert. Kitty eher nicht. Er brauchte viel Geduld, bis er rausbekam, was er wissen wollte. Und das war, wie er es gehofft, nein, doch eher befürchtet hatte:

Alle drei waren von Prinke unterrichtet worden, bevor sie Selbstmord begangen hatten, angeblich Selbstmord begangen hatten.

Er schaute die Bilder an. Wieder kein bestimmtes Muster zu erkennen, keine auffälligen Ähnlichkeiten bei Haar- oder Augenfarbe. Dick und dünn, alles vertreten. Das machte es nicht gerade leichter, einen gemeinsamen Täter zu überführen, mal abgesehen davon, dass alle Fälle als Selbstmord abgeschlossen waren. Kitty war sich sicher, dass sie alle Prinkes Opfer gewesen waren. Natürlich bringen sich täglich Jugendliche in Deutschland um. Aber drei Prinke-Schülerinnen in zwei Jahren? Und vor allem:

Es konnte doch kein Zufall sein, dass auch hier alle drei Leichen nicht mehr wirklich genau gerichtsmedizinisch zu untersuchen gewesen waren. Eine war im Auto verbrannt, eine hatte sich angeblich von der Autobahnbrücke direkt vor einen LKW gestürzt und die Dritte war von einem Schnellzug übel zugerichtet worden. Bei keiner wäre es noch möglich gewesen, zu untersuchen, ob sie vor ihrem angeblichen Selbstmord vergewaltigt worden war...

Nein, jetzt die Akten noch mal durchgelesen, mit der Gewissheit, dass sie alle von Prinke ermordet und wahrscheinlich vorher vergewaltigt worden waren, fielen ihm auch andere Sachen auf. Insbesondere die Abschiedsbriefe. Zu überzeugend, fast schon wie eine Rede im Ausschuss. Kitty kannte viele Abschiedsbriefe, irgendwas klang anders. Er konnte es kaum benennen und die Eltern, die das erste Mal im Leben einen Abschiedsbrief sahen, hatten natürlich nichts bemerkt.

Am Abend ging Kitty wieder ins *Hemmer*, aber weder Frau Kaup noch der mutmaßliche Auftragskillerjüngling waren da, auch Cora bediente nicht und Kitty hatte auf einmal keinen Durst mehr auf ein Bier. Dauernd gingen ihm Bilder von den angeblichen Selbstmorden durch den Kopf. Ihm war übel. Prinke, der die Fünfzehnjährige vor den Zug schubste und anschließend die falschen Beweise für ihren Selbstmord gefertigt hatte, ihren Abschiedsbrief schrieb...

Prinke wusste viel von den Mädchen, konnte ihren Sprachstil nachahmen, hatte Schriftproben von ihnen, kannte sie als ihr Lehrer einfach zu gut...

...Hm...

Eigentlich ähnlich wie Kitty Herrn Prinke kannte!

Ja! Da war sie endlich, die ersehnte Idee:

Kitty würde Prinkes Taktik kopieren, dessen Selbstmord vortäuschen und ihn vor einen Zug oder von der Brücke schmeißen.

Gut gelaunt, wie schon lange nicht mehr, ging Kitty mit dem sehr erstaunten, aber auch sehr erfreuten, Teddy durch die laue Abendluft spazieren und schmiedete Pläne.

- 15 -
(d5,c4)

Teddy war nach dem Spaziergang erschöpft und zufrieden eingeschlafen. Kitty hatte in der Nacht noch drei Tee getrunken und alles zusammen gesammelt und aufgeschrieben, was er von Prinke hatte und von ihm wusste.

Kurz vorm Morgengrauen war dann auch Kitty mit dem Kopf auf den Unterlagen eingeschlafen. Doch die drei Tee in der Blase weckten ihn bereits zwei Stunden später wieder auf. Kitty war noch müde, die Denkmaschine ratterte aber sofort wieder los. Einschlafen würde er jetzt nicht mehr können. Am besten noch mal frische Luft und Bewegung. Teddy war deutlich munterer als Kitty und zerrte an der Leine.

„Nun mal langsam Teddy!", sagte Kitty.

Teddy drehte sich kurz um und wedelte als Anerkennung für diesen gelungenen Scherz mit dem Schwanz, dann zerrte er weiter.

Langsam? Klar Herrchen! Langsam ist da hinten am Baum und da laufen wir jetzt mal ganz schnell hin!

Teddy war im Stress: Wieder eine andere Straße mit vielen neuen Gerüchen überall, die eigentlich genau geprüft und kommentiert werden wollten, aber dauernd kam ein unbekannter Hund vorbei, der auch erst einmal ausgiebig beschnuppert werden musste.

Kitty bekam davon nichts mit, seine Gedanken waren noch ungeordneter als Teddys Abarbeitung seiner Aufgaben. Er hatte ungeheuer viele Informationen über Prinke, aber um ihm überzeugend einen Selbstmord zu unterstellen, gab es doch noch einiges zu organisieren.

Nur am Rande bemerkte Kitty, dass er von einigen Frauchen anderer Wauchen interessiert gemustert wurde. Er hätte sich viel früher einen Hund zulegen sollen...

Auch am Abend im *Kyffhäuser Keller*, hier allerdings ohne Teddy, wurde er interessiert gemustert.

Chris starrte Kitty mit gerunzelter Stirn an, oder doch eher durch ihn hindurch? Die glasigen Augen schienen nicht mehr viel aufzunehmen. Dann schaute Chris wieder zu der hübschen blonden Bedienung. Die erkannte er auf jeden Fall wieder. Ein seliges Lächeln unter den weiterhin glasigen Augen.

Als Chris auf Toilette ging, versuchte Kitty gar nicht erst zu seinen Zetteln zu gehen. Es war einfach zu voll, um unauffällig drauf zu schauen und sicher war die Schrift heute ähnlich unleserlich wie im *Hemmer*. Den Inhalt konnte er sich nach Chris Blicken ungefähr vorstellen: *Oh, du Blondes, so lecker, also das Kölsch, aber du bestimmt auch...*

Vielleicht nicht wörtlich, aber inhaltlich sicher in der Art.

Machte es wirklich noch Sinn, ihn zu beobachten?

Verdächtig benahm er sich ohne Ende, aber ein Killer? Natürlich, vieles würde passen. Eine gewisse Ähnlichkeit zwischen der Bedienung und Frau Kaup bestand ja auch. Vielleicht war er bei Frau Kaup, nachdem er ihren Auftrag erledigt hatte, nicht so wie erhofft zum Zug gekommen und hoffte nun auf sie hier?

Warum trank ein junger Mann in der Ausbildung jeden Abend so viel? Vielleicht um eine schreckliche Tat zu verdrängen?

Chris packte seine Schreibsachen ein und wollte schon gehen, doch die blonde Schönheit, die Babsi hieß und ihr ebenfalls blonder männlicher Kollege schütteten ihm noch einen *Cointreau* nach dem anderen nach. Eigentlich arbeiteten sie Kitty gut zu. Chris würde gleich so hackebreit sein, dass er sich wohl kaum noch verstellen konnte, falls Kitty ihn unauffällig in ein Gespräch verwickeln würde.

Kitty wartete vor der Tür. Dummerweise kam Chris nicht alleine raus. Babsi und Chris gingen zusammen Richtung Südstadt. Kitty folgte unauffällig. An der Ecke zur Mozartstraße blieben sie stehen und verabschiedeten sich. Eine kurze Umarmung und Babsi ging noch zwei Häuser weiter und verschwand dann in einem Mehrfamilienhaus. Chris winkte noch einmal und... und drehte sich nicht um und ging, wie Kitty gedacht hatte. Wollte Babsi noch mal wiederkommen?

Zehn Minuten später verwarf Kitty diesen Gedanken. Chris stand immer noch an derselben Stelle und starrte dahin, wo Babsi vor inzwischen langer Zeit verschwunden war. Er stand regungslos da, erstaunlicherweise völlig ohne jegliches Schwanken. War er womöglich eingeschlafen? Ging das, im Stehen schlafen? Er würde Nico fragen, der auf ungewöhnliche Fragen eigentlich immer eine Antwort wusste.

Kitty setzte sich auf eine Gartenmauer und während er überlegte, ob Chris ihn womöglich bemerkt hatte und ihn verarschte, oder ob es womöglich so eine Krankheit geben könnte, bei der man plötzlich völlig bewegungslos erstarrte, schlief er ein.

Als Kitty hochschreckte, war es bereits drei Uhr. Chris stand genauso da, wie kurz nach eins. War er vielleicht tot?

Kitty stand mühsam auf und streckte seine kalten Glieder. Gerade als er gehen wollte, setzte sich Chris in Bewegung, jetzt das völlige Gegenteil des versunkenen Hinterherguckers. Er pfiff vor sich hin, ging abwechselnd schnell und gerade und dann wieder langsam und so gefährlich torkelnd, dass Kitty schon mehrmals ein dumpfes Geräusch des Aufpralls erwartete, balancierte dann aber wieder gekonnt und laut pfeifend über die Beetabgrenzungsstangen zur Uniwiese.

Beetabgrenzungsstangen? Nannte man das so? War zum Glück nicht wichtig. Es kam oft vor, dass Kitty kleine Details im Bericht wegließ, weil er nicht wusste, wie man sie schreibt oder benennt.

Vor dem Schwesternwohnheim in Weyertal blieb Chris wieder stehen und starrte zu einem erleuchteten Fenster in der siebten Etage hoch. Nach einigen Minuten regungslosen Starrens wurde es Kitty zu bunt, abgesehen davon, dass er hier keine Möglichkeit hatte, sich zu setzen.

Was war das für ein komischer Kauz? Etwas gestört sicherlich, vielleicht auch einfach nur völlig pubertär, aber auf jeden Fall kein Schwerverbrecher!

- 16 -
(e2,e3)

Kitty schlief tief und fest bis vierzehn Uhr.

Als er aufstand, lag auf dem Küchentisch eine Brötchentüte und vor dem Tisch saß Teddy und starrte bewegungslos, völlig konzentriert und ohne Kitty zu beachten, auf eine kleine Tüte daneben. Offensichtlich hatte die, vermutlich rothaarige, Person, die Kitty mit Brötchen versorgt hatte, auch an Teddy gedacht. Er saß da, wie Chris gestern gestanden hatte: Einen anderen Gedanken als dieses unerreichbare Leckerchen gab es nicht. Ein Zettel von Nadine lag daneben:

Entschuldige, dass ich hier einfach so eindringe, aber du hast nach zweimal Klingeln nicht aufgemacht, nur Teddy fiepte so sehr, dass ich mich um ihn kümmern musste. Er hat gefrühstückt und ist schon ausgegangen. Falls Du nach Deinem Frühstück auch Lust hast auszugehen, könnten wir heute Abend vielleicht ins Kino? Ich möchte unbedingt noch in „Gottes vergessene Kinder". Gruß Nadine.

Auch beim Schachspiel war sie wieder aktiv gewesen. Die weißen Pferde hatten inzwischen Sättel und Nadines Kinder saßen als kleine Holzfiguren darauf.

Kitty hörte auf WDR2 den Sport-Report und färbte dabei einen weißen Wollfaden so mit rot ein, dass er wie ein FC-Schal aussah und hängte ihn seinem König um. Köln verlor trotzdem.

Kitty ging völlig erwartungsfrei in den Film. Eine Liebesgeschichte zwischen einem Lehrer für Taubstumme und einer ehemaligen Schülerin der Taubstummenschule... Hörte sich nicht nach etwas an, wo er selber auf die Idee gekommen wäre, das anzuschauen. Dramen hatte er im richtigen Leben genug und große Gefühle hatte er im richtigen Leben so wenige, dass ihm Liebesfilme immer als Science Fiction vorkamen. Auch Marie hatte ihn in manchen Kitsch oder gar anspruchsvollen Film mitgenommen. *Der Himmel über Berlin* – Kitty war noch vor der Pause tief eingeschlafen.

Das Gleiche bei Büchern. Wenn Kitty nach zwanzig Minuten nicht in der Geschichte angekommen war, wusste er, er würde den Zugang nie finden. Schon viele Bücher, die, außer ihm, jeder gelesen und für toll befunden hatte, hatte er nach vierzig Seiten weggelegt und nie wieder angeschaut.

Gottes Vergessene Kinder benötigte nur knapp zehn Minuten und Kitty hatte das seltene und spannende Gefühl, dass da ein Film über sein Leben lief.

John und Sarah mussten für jeden Satz, den sie vom anderen verstehen wollten, arbeiten. Lippen lesen, Gebärdensprache, Versuche einer Übersetzung in eine andere Welt. Ein fürchterlich gescheiterter Versuch von ihr, in seiner Sprache zu sprechen. Nein. Es war so und es würde immer so sein: Sie waren sprachlich in verschiedenen Welten. So viel Wichtiges vom Leben des Anderen würde nie verstanden werden. Bachs Violinkonzert würde Sarah nie berühren... Und doch: Sie würden einen Weg finden, sich zu treffen, irgendwo zwischen ihren beiden so verschiedenen Welten...

Der Vorteil den John und Sarah hatten: Ihr Unterschied war offensichtlich. Es war klar, dass sie einander nicht ohne Probleme verstehen konnten.

Wie so oft die verdammte Erwartungshaltung! Sie lebten halt in verschiedenen Welten. Sie waren glücklich über alles, was sie einander vermitteln konnten. Wieso genau glauben wir Sprechenden und Hörenden bloß immer, wir wären in gleichen Welten, wir müssten uns ohne Probleme verstehen können?

Nach *Gottes vergessene Kinder* gingen Nadine und Kitty schweigend aus dem Kino. Um sie herum schwatzende Menschen. Belanglosigkeiten oder auch Wichtiges. Beides unerträglich laut nach so einem Film.

Nadine nahm Kitty bei der Hand und führte ihn, weiterhin schweigend, bis zu einer Bank am Ringspringbrunnen.

Fast zwei Stunden saßen sie da, ohne ein Wort zu sagen. Jeder in seinen Gedanken, Erinnerungen und Träumen vertieft und doch zusammen verbunden über ihr gemeinsames Schweigen. Es gab noch unendlich viel zu reden, kennenzulernen. Doch dafür war heute nicht der Tag.

Alles wie sonst und doch alles anders: Gesessen, geschwiegen und ins Leere gestarrt hatten beide die letzten Jahre sehr viel, dabei aber eher ein Abwärtssinken im Strudel der Erschöpfung und Frustration. Jetzt, hier, zusammen: Endlich, nach langer Zeit zur Ruhe finden, spüren, dass in den völlig ausgepowerten Akku wieder Energie strömt.

Auf der Rolltreppe zur U-Bahn stellte sich Nadine eine Stufe unter ihn und lehnte ihren Kopf an Kittys Brust, so selbstverständlich, als könnte man gar nicht anders Rolltreppe fahren. Ein wunderbarer Augenblick, der viel zu schnell vorbei ging. In der Bahn und auf dem Weg zum Haus keine weiteren Berührungen. Zum Abschied eine lange Umarmung vor Nadines Tür. Kein Wort. Dann war sie verschwunden.

Kitty bemerkte amüsiert, dass er da stand wie Chris. Keine Frage, er hätte noch stundenlang mit sehr angenehmen Gefühlen auf die Tür starren können, hinter der Nadine verschwunden war, doch Teddy winselte hinter der anderen Tür.

Kitty träumte angenehm.

- 17 -
(d7,e6)

Nach dem großen Erfolg des letzten Sonntags saß Kitty auch heute wieder in der Kirche und wartete auf ein paar passende Worte, die ihm Tipps für Prinkes vorgetäuschten Selbstmord geben könnten. Dabei allerdings deutlich das Gefühl, dass sein Vorhaben, aus kirchlicher Sicht, nicht ganz korrekt war. Es war ja aber nicht nur die Hoffnung auf Erleuchtung, sondern auch die Vorfreude auf das Orgelnachspiel. Vielleicht noch eine Beethoven-Sinfonie? Am liebsten natürlich den ersten Satz der Dritten, obwohl er sich den noch weniger ohne Streichinstrumente vorstellen konnte als die Fünfte.

Nein, kein Beethoven, dafür eine wundervolle Interpretation von *You've Got a Friend*. Das hatte er früher sehr oft gehört. Nach Maries Verschwinden nicht mehr, aber als es vorgestern zufällig auf WDR2 kam, hatte er es sehr laut gedreht.

Woher bekam der Organist bloß immer die Tipps? Schaute Gott doch in Kittys Leben, war aber ein bisschen schwerhörig und erkannte nur die lauten Lieder? Das würde erklären, warum so viele leise Gebete unerhört geblieben waren...

Kitty wartete vor der Kirche auf einer Bank im Sonnenschein. Die Organistin kam als letztes zusammen mit dem Küster aus der Kirche. Sie hatte lange, rote, gelockte Haare, war einen Kopf kleiner als Kitty und hatte, genau wie er jetzt, ein fröhliches Lächeln im Gesicht.

„Hallo Nadine!"

„Hallo Kitty!"

Nach einer kurzen Umarmung setzte sie sich zu ihm auf die Bank.

„Danke für das Lied! Bisher wusste ich nur von Frau Geißler, dass sie an meiner Tür lauscht..."

„Naja, um Beethoven und Carol King zu hören, musste ich nicht gerade an der Tür lauschen. Ich habe mich auf die Treppe gesetzt und zugehört. Nicht berauschend die Akustik da, aber ich liebe dieses Lied und es kommt so selten."

„Darfst das nächste Mal gerne reinkommen. Da dürfte es besser klingen als auf der Treppe. Ich kann dir auch gerne die CD leihen."

„Na, da hör ich doch lieber bei dir."

Nadine schaute zur Seite und dann mit geschlossenen Augen in die Sonne. Das Lächeln war ein bisschen unsicher.

Kitty fiel ein, mit wie wenig Geld sie laut Frau Geißler auskommen musste. Vielleicht hatte sie gar keinen CD-Spieler.

„Die Sonne tut gut. Sollen wir heute mal zusammen mit Teddy ausgehen?"

„Ja. Tolle Idee."

„Die Kinder wollen aber auch mit."

„Kein Problem. Ich mag sie gern."

Das Lächeln wieder deutlich fröhlicher.

Die fünf fuhren in Kittys Auto zum Adenauer Weiher. Der Spaziergang dehnte sich sehr aus, da Teddy hier noch nie gewesen war und mit den vielen neuen Gerüchen sehr gewissenhaft umging. Nadine und Kitty wechselten sich mit der Leine ab und die Kinder löcherten Kitty mit Fragen über die Polizeiarbeit. Bei ihnen gab er deutlich bereitwilliger und ausführlicher Auskunft als bei Frau Geißler.

Nach einer Umrundung des Weihers war Teddy erschöpft, lag hechelnd im Gras und schaute den Kindern zu, die, noch gar nicht müde, auf dem Spielplatz tobten. Neben Teddy auf der Bank saßen Nadine und Kitty und sahen auf das Wasser, das von der Sonne glitzerte und genossen die Wärme..., nicht nur die der Sonne.

Nadine seufzte zufrieden und streckte die Beine.

„Wunderschön... Schade, dass wir nicht gleich hier wohnen, das würde Teddy und uns jeden Tag gefallen."

„Wo geht ihr eigentlich immer spazieren?"

„Zwei Straßen von uns entfernt gibt es einen kleinen Feldweg am Bach entlang, mit vielen Bäumen und Büschen für Nachrichten und Geschäftliches, und wenn wir Zeit haben und gutes Wetter ist, dann gehen wir noch etwas weiter bis zur Hundewiese."

„Den Weg musst du mir mal zeigen. Ich bin jetzt zweimal durch die Straßen gegangen. Das scheint für Teddy interessant zu sein, aber am Bach hört sich schöner an und da muss man vielleicht auch nicht immer die Geschäfte stornieren."

„Da haben wir keine Probleme mit. Teddy scheint gut erzogen worden zu sein. Er geht immer extra in die Büsche. Die Hundewiese kann ich dir auch nur empfehlen, besonders wenn Baschka da ist. Eine schwarze Labradorhündin. Das ist seine große Liebe. Mit der spielt er immer Verstecken."

Teddy war aufgestanden und schaute sich wedelnd in alle Richtungen um.

„Nein Teddy, ich fürchte, Baschka ist nicht hier. Außerdem verlierst du sowieso jedes Mal, weil dein Schwanz hinter dem Baum hervorguckt. Kann natürlich sein, dass du gerne von ihr gefunden wirst..."

Teddy schaute unschuldig, konnte aber ein noch stärkeres Wedeln nicht unterdrücken.

„Hast du vielleicht Lust, nachher noch bei mir vorbeizukommen und dir ein bisschen Musik ohne Zwischentür anzuhören?"

„Ja. Sehr gerne. Ich esse noch Abendbrot mit den Kindern, mache mich etwas fertig und dann komme ich rüber."

Teddy war erschöpft, als sie nach Hause kamen, trank ausgiebig aus der Wasserschüssel und legte sich dann in sein Körbchen. Schon nach kurzer Zeit begann er im Schlaf leise zu bellen und, auf der Seite liegend, wild mit den Pfoten zu strampeln.

Kitty nahm eine Cassette mit seinen Lieblingsliedern auf. Er war gerade fertig, als es klingelte.

Er hatte sich eigentlich auch noch etwas *fertig machen* wollen, ohne den geringsten Hauch einer Ahnung, was er bei sich *fertig machen* könnte, außer Zähne putzen und rasieren.

War da denn sonst irgendwas zu verbessern?

Nein, das klang ja so, als wäre er perfekt oder wenigstens zufrieden.

Eher: War da noch irgendetwas zu retten?

Narben im Gesicht und auf dem Rücken, von starker unbehandelter Akne in der Jugend; eine zu große Nase mit einem kleinen Hubbel. Die Figur? O weh. Einiges ließ sich wenigstens tarnen. Kurze Beine, zu viel Bauch, zu wenig Hals, die Finger weder lang noch schlank. Immerhin, Marie hatte mal gesagt, dass er sehr schöne Unterarme habe. Die Haare sehr kurz, auch da war nichts fertig zu machen. Was auch immer, es war zu spät. Kitty öffnete die Tür.

Da stand der lebende Beweis, dass man mit ein wenig *fertig machen* unglaublich viel erreichen konnte.

Nadine trug einen, die Oberschenkel nur halb bedeckenden, schwarzen Rock, rote Ballerinas und ein rotes Oberteil, das sicherlich auch mit einem Fachausdruck benannt werden konnte, den Kitty aber nicht kannte. Genauso wenig wie er wusste, was sie da mit dem Gesicht angestellt haben könnte, dass die Augen nun noch größer und dunkler aussahen. Er war sich ja nicht mal sicher, ob man diese leichten Schuhe wirklich Ballerinas nannte. Jedenfalls war das Oberteil schulterfrei und auch von anderen Bereichen war durchaus, je nach Haltung, einige Haut zu sehen. Gut, dass Frau Geißler gerade nicht im Flur stand.

Das Auffälligste allerdings war Nadines Hut. Ebenfalls rot mit einem schwarzen Rand an einer geschwungenen Krempe.

Eine schwarze Rose mit einem schwarzen Seidenband um den Hut befestigt, in dem Seidenband wiederum schwarze und rote Federn, die frech zerfranst nach hinten standen. Vorne an der Krempe ein angedeuteter schwarzer Schleier.

Nicht, dass Nadine am Nachmittag nicht schon eine Augenweide gewesen wäre. Die Sonne hatte sich beim Glitzern sehr anstrengen müssen um mitzuhalten, und da hatte Nadine nur eine alte Jeans und ein T-Shirt getragen.

Wahrscheinlich ließ sich die Sonne jetzt einige Tage nicht blicken, um sich auch ein wenig *fertig zu machen*. Ob sie damit allerdings so viel optische Verbesserung hinbekam wie Nadine, wagte Kitty zu bezweifeln.

Ob Kittys vor entzücktem Staunen offenstehender Mund auch zu einer optischen Aufwertung führte, lassen wir mal dahin gestellt sein...

Noch gerade rechtzeitig, bevor es peinlich wurde, fiel Kitty ein, dass er kein Gemälde betrachtete, sondern eine lebende Person.

„Du siehst toll aus! Komm rein!"

„Danke. Der Hut ist ein bisschen übertrieben, oder? Ich mag ihn bloß so gerne und kann ihn sonst nie tragen."

„Nein. Lass ihn an solange du möchtest. Das ist perfekt."

Kitty holte eine neue Flasche Baileys und zwei Gläser, stellte die Cassette an und setzte sich zu Nadine auf das Sofa.

„Prost."

„Prost."

Anfangs war Kitty sehr froh um die Musik im Hintergrund. Er wusste nicht recht, worüber sprechen und vor allem, wie sprechen. In den letzten drei Jahren waren Gespräche zu über neunzig Prozent Verhöre und Dienstbesprechungen gewesen.

„Die Cassette ist toll! Hast du die selbst zusammengestellt?"

„Ja."

„Und die Boxen haben einen tollen Klang." Nadine stand auf und sah sie sich genauer an.

„Oh, richtig gute Canton-Lautsprecher! Ein Traum! Wenn ich Geld hätte, würde ich auch zuerst in eine ordentliche HiFi-Anlage investieren. Darf ich was vorschlagen?"

„Klar."

„Sollen wir die Box hier rüber stellen, dann haben wir auf der Couch den besten Klang."

„Gerne."

Nadine hatte recht. Es klang so völlig anders als vorher. Viel weiter und klarer, aber auch kräftiger und konzentrierter.

Kitty war einen Moment irritiert. Genau den gleichen Wechsel in der Wahrnehmung hatte er in der Jugend beim Gras rauchen gehabt, wenn die Musik auch auf einmal viel voller und breiter geklungen hatte. War das vielleicht gar nicht das Marihuana gewesen? Hatte nur einer seiner Freunde eine Box umgestellt?

Nadine saß wieder neben ihm und nippte zufrieden an ihrem Baileys.

Beide lauschten eine Weile der Musik.

„Was machst du eigentlich in der Kirche? Ich habe dich vor letztem Sonntag noch nie da gesehen. Glaubst du an Gott?"

Im Verhör darf man nie zwei Fragen auf einmal stellen, hätte Pauer jetzt gesagt. Er kannte das ganze Lehrbuch auswendig. Kitty schämte sich etwas. Diese Frau neben ihm, Musik, Baileys und er dachte an Pauer? Genießen musste er wohl erst wieder lernen.

„Also, ich glaub nicht, dass ich glaube. Ich habe mir da lange keine Gedanken mehr drüber gemacht. Keine Ahnung."

Das war eine von den dermaßen unkonkreten und ratlosen Antworten, die Kitty in Verhören immer hasste. Er versuchte sich zusammenzureißen.

„Nein. Eigentlich geh ich nur ab und zu mal hin, weil ich da immer ganz gut nachdenken kann. Tja und seit neustem auch wegen des Orgelspiels. Und letztes Mal konnte ich sogar mit der Predigt etwas anfangen."

Kitty erzählte von dem gelungenen Zusammenspiel des Predigttextes und Teddys zerkauter Fernbedienung vom letzten Sonntag. Teddy schaute betreten zur Seite. - Würde Kitty das jetzt jedem erzählen?

„Und, heute auch wieder was Brauchbares dabei gewesen im Gottesdienst?"

„Nein. Leider nicht. Glaubst du denn eigentlich an Gott?"

„Glaubst du an Gerechtigkeit?"

„Ja... Schon... Wieso?"

„Glaubst du, dass auf der Welt Gerechtigkeit herrscht?"

„Nun... Nein. Viel zu wenig jedenfalls. Aber ich glaube, dass Gerechtigkeit ein großes Ziel ist, etwas für das ich gerne arbeite und kämpfe, aber wir sind noch weit davon entfernt."

„Also glaubst du an Gerechtigkeit, obwohl sie nicht da ist oder sagen wir, obwohl sie viel zu selten da ist?"

Kitty nickte langsam.

„Siehst du. Das ist mein Glaube. Diese Welt ist weit davon entfernt, dass es einen Gott gibt. Er ist nicht einfach da. Wir müssen ihn uns erarbeiten. Manchmal ist er bei einigen schon ein bisschen da, aber insgesamt viel zu wenig auf dieser Welt. Wann wäre Gerechtigkeit auf der Welt? Wenn jeder seinen Beitrag dazu leisten würde, jeder zu jedem gerecht wäre. Wann wäre Gott auf der Welt? Wenn jeder sich selbst lieben würde und dann auch noch seinen Nächsten wie sich selbst..."

„Also, das war jetzt die bessere Predigt."

„Danke. Aber ehrlich gesagt, gehe ich auch nicht wegen der Predigt in die Kirche. Das bisschen Glaube, was ich habe, spielt sich weit von der Kirche entfernt ab. Ich habe einfach sonst keine Gelegenheit, Orgel oder Klavier zu spielen und da habe ich mich halt beworben, als die eine Organistin suchten."

„Du darfst hier bei mir gerne auch Klavier spielen."

„Danke!" Nadine strahlte.

Zu Kittys und Nadines großem Bedauern war es allerdings schon deutlich nach zweiundzwanzig Uhr und sie hatten eine vage Vorstellung davon, wie ein Konzert um diese Zeit sehr schnell von einer wutschnaubenden Frau Geißler unterbrochen werden würde.

Stattdessen hörten sie die Cassette auf Nadines Wunsch hin gleich nochmal an, lästerten über die Hausordnung und Frau Geißler und genossen den süßlich klebrigen Whisky-Likör.

Zum Abschied gab Kitty Nadine die Cassette mit. Einen Kassettenrecorder hatte sie; das hatte er bei dem kurzen Blick in ihre Wohnung gesehen.

Nadine strahlte ihn an, legte kurz den Hut beiseite, um ihn einmal kräftig zu umarmen.

„Danke!"

Wieder mit Hut beugte sie sich noch einmal zu Teddy runter, der höflich mit an die Tür gekommen war, um Nadine zu verabschieden und flüsterte für Kitty gut verständlich:

„Ich kann verstehen, dass du ihn als neues Herrchen auserwählt hast."

Kitty starrte noch ein paar Minuten auf Nadines Wohnungstür, nachdem sie mit einem fröhlichen Winken verschwunden war. Er konnte Chris immer besser verstehen.

Teddy hingegen konnte Kitty nicht verstehen. Was wollte er denn noch? Hier gab es heute offensichtlich kein Leckerchen mehr abzustauben...

- 18 -
(b1,c3)

Kitty saß an seinem Schreibtisch und räumte ein paar Papiere hin und her. Eine schöne Tätigkeit, um dabei von einem gelungenen Vorabend zu träumen. Das dürfte später mit dem Computer nicht mehr so einfach sein.

Beim unkonzentrierten Überfliegen der Akten schrak er zusammen, als er einen ungelösten Fall mit Mord an einem Bauern sah. *Mist!* Er hatte vergessen beim Schach zu ziehen. Ob Nadine schon bei Teddy war?

Kitty sagte Britta Bescheid, er müsse noch schnell etwas nachprüfen, ging zügig aber unauffällig Richtung Dienstwagen, und als er außer Sichtweite des Reviers war, schaltete er Blaulicht und Sirene ein.

Teddy war noch da. Kitty schaute sich das Schachspiel gründlich an. Dass er keine wirkliche Chance mehr hatte, wenn Nadine jetzt nicht noch einen groben Fehler machte, war Kitty klar. Das Überlegen des nächsten Zuges dauernd überschattet von den Gedanken: *Wozu noch Mühe geben? Hätte ich bloß nicht den Bauern... Du kannst nicht mehr gewinnen.*

Fast wie ihm vor wenigen Wochen noch das ganze Leben erschienen war: *Hätte Pauer nicht den Beweis zerstört! Wozu noch kleine Verbrecher fangen, wenn dieses Schwein frei rumlaufen darf? Du kannst nicht mehr gewinnen.*

Warum gab er nicht einfach auf, sondern machte jetzt eine Rochade, seinen Lieblingszug? Weil es beim Schach und im Leben nicht mehr ums Gewinnen ging.

Nadine musste heute schon kurz hier gewesen sein. Die weiße Dame mit den roten Haaren trug jetzt einen feschen rot-schwarzen Hut.

Die wichtigen und schönen Dinge im Leben haben selten mit Gewinnen zu tun.

Am Abend setzte Kitty sich wieder ins *Café Rheinblick* und hörte Rachel zu, wie sie durch Klavierspiel ihre Unzufriedenheit mit der Welt ausdrückte. Ein Fest für die Ohren, aber auch ein eindrucksvoller Anblick:

Wenn sie spielte, waren die Arme, die langen schlanken Finger und die langen dunklen Haare in ständiger schwungvoller, teilweise fast hektischer und aggressiver Bewegung, während ihr Oberkörper und die Beine fast bewegungslos Souveränität und Ruhe ausstrahlten.

Sie winkte, als sie zur Pause aufstand und Kitty sah.

„Hallo Kitty! Ich habe heute ganz vorbildlich geparkt."

„Dann kann ich die Handschellen ja wieder einstecken."

„Gott sei Dank. Beim Klavierspielen wären die echt hinderlich. Aber schmeiß sie nicht weg. Da kann man schöne Dinge mit machen..."

„Oha. Schreibst du da auch ein Buch drüber? Vielleicht verkauft sich sowas besser. Ich habe dein Erstes übrigens durchgelesen. Ich finde es wunderbar."

„Danke! Musst du mir unbedingt mehr zu erzählen. Aber ich fürchte heute ist ein schlechter Tag dafür. Da vorne sitzt mein Chef mit Familie und Schwiegermutter und der wird sehr ungemütlich, wenn ich zu lange Pause mache."

„Tja, dann vielleicht nächsten Montag."

Kitty war nicht böse drum. Er hätte nicht gewusst, was Genaueres sagen. Er fand das Buch genial, aber er konnte das nicht begründen. Hatte da auch keine Lust zu.

„Genau. Du kommst nächsten Montag wieder? Das find ich toll! Danke. Vielleicht können wir uns ja auch mal irgendwo anders treffen. Dann hätten wir mehr Zeit."

„Morgen Abend?"

„Morgen ist schlecht. Ich hab nämlich einen neuen Job, bediene dienstags jetzt in einer Kneipe am Heumarkt. Da sollte ich am ersten Tag auch nicht zu viel mit den Gästen quatschen und ehrlich gesagt, ist es da auch nicht so gemütlich. Ich geb dir meine Telefonnummer; ruf mich am Mittwoch an und wir verabreden uns, ja?"

„Mach ich."

Rachel schrieb ihre Telefonnummer auf einen Bierdeckel, verschwand auf Toilette und dann wieder zum Klavier.

Kitty genoss den Whisky, die Musik, den Ausblick auf den Rhein und auch Rachels Anblick. Gab es irgendeine künstlerische Möglichkeit solch einen Augenblick festzuhalten? Angenehmer Geschmack, Akustik und Optik gleichzeitig? Er wüsste nicht wie, aber Rachel hätte dafür sicherlich eine Lösung gefunden.

Sie hatte im Kunstunterricht neben Kitty gesessen. Wenn Kitty gemalt hatte, war von der Schönheit eines Objekts, eines Anblicks kaum etwas rübergekommen. Immerhin konnte man meistens erkennen, was es darstellen sollte.

Wenn er dann Rachels Bild gesehen hatte, dachte er oft: *Ich habe einen Pinsel in der Hand, sie einen Zauberstab.*

Egal was sie gemalt hatte... Ihr Bild war noch schöner, noch ausdrucksvoller, noch realer als das Motiv selber.

Zuhause angekommen, hatte Kitty immer noch Klavierspiel im Ohr. Auch Rachels Augen gingen ihm kaum aus dem Kopf.

Als er sich zu Teddy hockte und in seine großen braunen Augen schaute, zuckte er vor Schreck zusammen, so heftig traf ihn die Erkenntnis:

Prinkes Opfer hatten in den üblichen Kategorien keine Gemeinsamkeiten gehabt. Das war eines der Argumente gewesen, die seine Verteidiger vorgebracht hatten. Es sei hier überhaupt nicht zu erkennen, dass es sich um nur um einen Täter handele und natürlich schon gar nicht um ihren Mandanten.

Rachel, Nadine, Marie, ja auch Teddy. So verschieden wie sie aussahen in Haar- und Augenfarben, Körperbau und vielem anderen (besonders Teddy), so ähnlich waren sie doch in einem:

Ihre ungeheure Ausstrahlung und Präsenz, die noch lange nach dem Abschied nachwirkten. Dabei gleichzeitig bei allen diese Unsicherheit, diese Unzufriedenheit mit sich selbst, die Zweifel. (Lassen wir Teddy doch besser mal weg.)

All das war ja nicht in einem Bericht zu beschreiben, nicht zu sortieren, in keiner Statistik zu erfassen und deswegen beim Vergleich der Morde nie aufgefallen. Besonders beeindruckende und sensible Menschen.

Am nächsten Morgen war Kitty der erste im Büro. Soweit er sich erinnern konnte, war das noch nie passiert.

Er breitete alle Akten der mutmaßlichen Prinke-Morde vor sich aus und studierte noch einmal Bilder und Aussagen.

Ein paar Gespräche mit Bekannten der Opfer später war er sich sicher: Das war die Gemeinsamkeit, das Täterprofil.

Er hatte das Gefühl ein großes Stück weiter gekommen zu sein. Gleichzeitig überkam ihn eine große Unruhe: Wenn das stimmte, gehörten Rachel und Nadine zu Prinkes potentiellen nächsten Opfern. Beide auf einmal beschützen konnte er nicht, abgesehen davon, dass er nicht mal wusste, wo Rachel wohnte. Also fuhr Kitty zu Prinke. Der war nicht da.

- 19 -
(a8,d8+e8,c8)

Prinke lächelte, tätschelte der grauhaarigen Dame den Arm, machte einen kleinen Scherz und die dreißig versammelten Verwandten lachten. Auch die attraktive blonde Ururenkelin der Jubilarin. Sie hätte eine Schülerin von ihm sein können.

Als stellvertretender Bürgermeister war er oft bei runden Geburtstagen, heute mal wieder ein hundertster. Die Oma war allerdings schon reichlich verwirrt, konnte nicht alleine gehen und schien, dem Geruch nach, nicht ganz dicht zu sein.

Seit Prinke da war, stand sie freilich nicht mehr im Mittelpunkt. Sein Charme und sein Talent zu erzählen waren berühmt und hatten dafür gesorgt, dass sich alle darum rissen, dass er zu den Festlichkeiten kam und nicht einer seiner langweiligen Kollegen.

Daran hatte sich auch nach der kurzen Gerichtsverhandlung nichts geändert. Nein, die Beliebtheit schien sogar noch stärker geworden zu sein, nachdem er freigesprochen worden war. Wer hatte auch auf so eine absurde Idee kommen können? Dieser engagierte Politiker, dieser einfühlsame Zuhörer, der zu jedem Anlass einen Bibelvers auswendig wusste, und überhaupt: Als wenn er es nötig hätte, dieser gutaussehende, muskulöse Mann!

Prinke wusste, wie man eine Versammlung beherrscht, alle hingen an seinen Lippen. Er genoss es. Auch die Vorstellung, wie die Blonde mit ihren Lippen an ihm hing.

Dass er mit dem Feuer spielte war ihm klar. Nach zwei Gläsern Wein war nur noch wenig von der sonst ausgeprägten Selbstbeherrschung übrig. Jetzt bloß nicht der Blonden alleine auf dem Flur begegnen. Hier waren zu viele Zeugen. So sicher er in großen Gesellschaften die Unterhaltung nach seinem Willen lenkte und führte, so eine Katastrophe waren fast alle Gespräche mit einer attraktiven Frau alleine.

Prinke bekam noch ein Glas Rotwein gereicht. Er trank nur einen kleinen Schluck. *Was für ein billiger Tropfen! Erbärmlich!* Zum Hundertsten gaben sich die meisten etwas mehr Mühe.

Er hatte als Vierzehnjähriger das erste Mal Rotwein getrunken. Einen *Mouton Rothschild*. Sein Vater hatte einen ganzen Keller voller erlesener Rotweine. Keiner unter hundert Mark, wie er stolz betonte. Wenn er alleine war, trank er nie einen Tropfen. Aber wenn Besuch da war, wurden die teuersten Flaschen aufgetischt und betont, dass man eigentlich nichts Anderes trinken könne. Danach dann meistens noch ein gemeinsamer Rundgang durch den klimatisierten Keller.

Alles zuhause war etwas Besonderes gewesen.

„Gib dich nie mit dem Gewöhnlichen ab!" und „Du fällst die Entscheidungen. Wenn du nicht mit Argumenten überzeugen kannst, kauf sie dir." Das waren die Ratschläge, die ihm sein Vater an diesem Abend mit ins Leben gegeben hatte.

Anfangs hatte das auch vollkommen ausgereicht. Mit wohlüberlegtem Verteilen von großzügigen Geschenken hatte er bald einen Kreis von Mitschülern um sich, die seine Entscheidungen nie in Frage stellten. Natürlich gab es Einzelne, die nicht sofort gehorchten. Prinke hatte seine Leute. Er musste nie selber zuschlagen.

Dreimal gab es eine Klassenkonferenz. Jedes Mal wurde dem guterzogenen und wortgewandten Prinke mehr geglaubt.

Trotzdem empfand er seine Kindheit in der Rückschau als sehr schwierig. Er hatte es seinem Vater nur selten recht machen können.

In der zehnten Klasse dann lernte er Manuela kennen. Ein völlig anderes Kaliber von Mädchen, als die albernen und unreifen Gören, die sich ihm willfährig hingegeben hatten. Eigentlich kein Mädchen mehr, eine junge Frau. Sie wirkte ungeheuer erwachsen, aber gleichzeitig schüchtern und unsicher. Eine sehr reizvolle Mischung. Prinke hatte nicht mit Widerstand gerechnet.

Sie hatte ihn freundlich abgewiesen, er hielt es für ein Spiel, wurde immer aufdringlicher, gewalttätig, doch sie wusste sich zu wehren. Beide hatten hinterher Wunden und blaue Flecken. Die Anwälte seines Vaters sorgten dafür, dass das Mädchen von der Schule musste.

Sein Vater aber war sauer. Das sei das letzte Mal gewesen, dass er ihm aus der Patsche geholfen habe. Von nun an müsse er für sich selber sorgen...

Prinkes Wein war alle, die Blonde hatte ihn auf dem Flur völlig ignoriert und knutschte jetzt mit ihrem Freund rum, die Alte stank immer mehr nach Urin und Prinke verabschiedete sich.

Alles hatte sich heute gegen ihn verschworen. In seinem Lieblings-Puff am Heumarkt war besetzt.

Genervt setzte sich Prinke in die *Heumarktschänke* und trank drei *Küppers-Kölsch*. Immerhin, der Puffbesuch hatte sich erledigt. Die neue Bedienung mit den langen dunklen Haaren hatte eine sehr interessante und intensive Ausstrahlung. Lange, schlanke Finger stellten die Kölschstange vor ihn hin. Prinke lächelte sie an, sie lächelte unsicher zurück. Sie brauchte Führung. Sie würde sie bekommen.

„Lass mich in Ruhe! Oder ich schreie!"

Tja dann, selber schuld. Zwei Minuten schon hatte er es auf die freundliche Art versucht, seitdem er sie nicht weit entfernt von der Kneipe angesprochen hatte, aber sie war deutlich störrischer als er dachte. KLATSCH! Sein rechter Handrücken auf ihre rechte Wange und sie torkelte überrascht nach hinten an die Wand zur U-Bahn. Prinke schon an ihr, für irgendwas musste das Fitnessstudio ja gut sein. Schnell war er. Noch bevor ein Schrei aus dem sich öffnenden Mund kam, hatte er sie mit einem Kopfstoß fürs Erste kampfunfähig gemacht und schleppte sie kraftvoll und flink in die Büsche neben der Brücke.

Die blutende Nase störte ihn nicht, Gesichter hatten ihn beim Akt noch nie interessiert, eigentlich das ganze Gegenüber nicht. Bei der Eroberung schon! Desto schöner, desto stärker, desto uneinnehmbarer, umso besser!

Er hatte es auch mal mit einer Puppe versucht, viel mehr Bewegung der Partnerin brauchte er nicht, aber es hatte sich einfach nicht echt angefühlt. Ohne einen Anfangswiderstand war es kein Erfolg. Der Ausdruck in den Augen, wenn sie erkannte, dass er gewonnen hatte, die Angst. Geil war, zu beherrschen, zu gewinnen, sei es durch Aussehen und Worte oder durch Geld und Kraft.

Nein. Nie wieder würde er etwas nicht bekommen, was er haben wollte!

Nach zwei Minuten war er fertig. Prinke spuckte in die Büsche. In der letzten Zeit, sammelte sich oft ein unangenehmer Geschmack im Mund dabei. Er machte sich ernsthaft Sorgen, ob er noch ganz gesund sei.

Die Frau schien bewusstlos. Zur Sicherheit trat er aber noch einmal kräftig zu. Nun völlig regungslos konnte er sie in den Kofferraum tragen, nachdem er sein Auto neben den Büschen geparkt hatte.

Eigentlich hatte er Wert darauf gelegt, jedes Mal einen anderen Tod durch Unfall oder Selbstmord zu inszenieren. Er war ja auch Künstler. Diesmal wollte er sie einfach für immer verschwinden lassen. Er kannte sie nicht. Selbstmord war also nichts. Unfall? Ihm fiel nichts Neues ein. Bei dem großen Bauprojekt seines Vaters in Kalk sollte morgen das Fundament fertig gestellt werden. Das hatte er mal in einem Film gesehen. Darunter würde sie nie jemand finden.

Ausgerechnet heute hausten allerdings irgendwelche Penner bei den Bauwagen dort. Wenn er mit ihr hier fertig war, würde er denen die Polizei oder das Ordnungsamt auf den Hals hetzen.

Also doch wieder ein Unfall. Verbrennen im Auto war relativ einfach und sicher. Er schaute in ihrem Portemonnaie nach. Fahrzeugschein, die Adresse. Die Schlüssel in der Tasche... Alles was er brauchte.

Als Prinke hinterher allein zuhause saß, fühlte er sich leer und enttäuscht. Der Blick im Spiegel wie die Augen seiner Mutter früher:

Unbedingt hatte sie die teuren Schuhe haben müssen, selbst wenn sie ihr nicht passten! Nachdem sie sie gekauft hatte, verschwanden sie im Schrank zu den anderen dreihundert Paar. Der Reiz war vorher, der Sieg war das in Besitz nehmen. Der Triumph, weil niemand anders sie jemals tragen würde...

- 20 -
(g2,g3)

Kitty fuhr nach Feierabend in die Altstadt. *Eine Kneipe am Heumarkt.* Tolle Beschreibung in der Stadt mit der größten Kneipendichte der Welt!

In der fünften Kneipe, in die er reinschaute, war gerade eine Schlägerei im Gange und Kitty musste eingreifen. Eine Hochzeitsgesellschaft war sich dermaßen in die Haare geraten, dass zweimal Verstärkung nachgeordert werden musste, der Bräutigam schließlich in der Ausnüchterungszelle landete und der Schwiegermutter eine Anklage wegen versuchten Mordes drohte.

Kitty fuhr mit auf die Wache, um einen kurzen Bericht abzugeben und bei der Gelegenheit eine Personenabfrage durchzuführen: Rachel wohnte am Friesenplatz.

Es war schon kurz nach Mitternacht, aber Kitty klingelte trotzdem bei ihrer Adresse. Rachel war nicht da. Kitty wartete.

Auch am Friesenplatz kam es zweimal zu kleineren Schlägereien, die aber mit mahnenden Worten aufzulösen waren. Immer wieder zogen grölende und betrunkene Menschen in kleineren Grüppchen vorbei. Das waren die Momente, wo Kitty seine Schwester beneidete, die mit den Eltern wieder nach Friesland zurück gezogen war.

Zwei Uhr. Erst jetzt fiel ihm ein, dass es Kneipen am Heumarkt gab, die die ganze Nacht geöffnet waren. Blöde Idee hier zu warten. Was sollte er Rachel sagen? Andererseits... *Ach, Mist!*

Kitty schrieb seine Telefonnummer und die Bitte um dringenden Rückruf, auch gerne noch in der Nacht, auf einen Zettel und steckte ihn in ihren Briefkasten.

Er fuhr nach Hause, legte sich ins Bett und schlief nicht ein. Nur das Telefon schlief tief und fest.

Ohne eine Minute wirklichen Schlafes, aber vor Unruhe ziemlich wach, saß Kitty wieder als Erster im Büro. Er hatte Rachel geschrieben, sie solle ab acht Uhr die Büronummer anrufen. Er hatte jedes Mal große Mühe, höflich zu bleiben, bei all den überflüssigen Anrufen, die an diesem Morgen kamen.

Um zehn Uhr fuhr er noch mal bei Rachel vorbei. Nach dem dritten Klingeln öffnete zumindest die Nachbarin. Nein, sie habe Rachel seit gestern Morgen nicht mehr gesehen. Das sei sehr ungewöhnlich. Die Zeitung stecke sonst morgens bei ihr nie noch im Briefkasten.

Kitty schob noch einen Zettel unter der Tür durch:
Bitte dringend zurückrufen!!!!!!!

Kitty lief mal wieder unruhig und ziellos in der Wohnung hin und her. Teddy immer hintendrein. Zum dritten Mal testete er das Telefon. Doch, es funktionierte.

Warum rief Rachel nicht an? Natürlich hatte er keine Ahnung von ihr. Montags im *Rheinblick*, dienstags irgendwo am Heumarkt bedienen, von den anderen Tagen war keine Rede gewesen. Er wusste ja nicht mal, ob sie einen Freund hatte, bei dem sie jetzt vielleicht übernachtete. *Scheiße!* Kitty holte die vierte Flasche *Gilden-Kölsch*. Er hatte nicht direkt mit Whisky angefangen, wollte ja schließlich einigermaßen deutlich reden können, falls Rachel doch noch anrief. Taktisch trotzdem Mist, denn nun musste er dringend auf Toilette.

„Bei kaltem Wetter läuft die Nase,
bei kaltem Bier da tuts die Blase...", hätte Nico jetzt gesagt. Das wäre mit Whisky nicht passiert. Wahrscheinlich rief Rachel gerade dann an. Er sollte sich endlich einen Anrufbeantworter zulegen.

Kitty nahm nun doch Whisky und schaffte es so noch fast eine Stunde neben dem Telefon auszuharren, ohne zu pinkeln. Leider schaffte es das Telefon auch auszuharren, ohne zu klingeln...

Es half ja nichts, die Blase drückte doch zu stark, die Whiskyflasche war leer. Auch wenn es sehr schwer fiel, Kitty musste aufstehen. Er hatte große Schwierigkeiten, beim Pinkeln einigermaßen gerade zu stehen und den Baum zu treffen.

Den Baum? Kitty schüttelte einmal kräftig den Kopf, um die Gedanken zu sortieren. Tatsächlich. Er stand in seinem Garten und pinkelte gegen den Birnbaum. Wie war er hierhergekommen? Er konnte sich nicht mehr an den Weg von der Couch bis zur Toilette, nein, offensichtlich bis zum Baum, erinnern.

Beunruhigt ging Kitty zurück in seine Wohnung. Würde er bald womöglich noch mehr Charakterzüge von Teddy annehmen? Insbesondere: Würde auch Kitty bald vor Nadines Tür sitzen und auf Leckerchen (ihm genügte ja schon ihr Anblick) warten? Das konnte sich Kitty durchaus vorstellen... Alkohol trank er nun keinen mehr. Gegen drei Uhr schlief er völlig erschöpft neben dem Telefon ein.

- 21 -
(g7,g6)

Riiiiiing!
Endlich!!!
„Moin."
„Mensch Kitty. Wo bleibst du? In zehn Minuten ist Besprechung!"
„Oh... Hallo Britta! Danke für den Hinweis. Ich fürchte, ich komme erst später nach. Ach, am besten gar nicht."
„Ist gut. Soll ich sagen, du hättest mich angerufen, weil du eine heiße Spur verfolgst?"
„Ja, danke."
„In welchem Fall denn am liebsten?"
„Ha! Tja, das sagst du besser nicht. Ich denk mir bis nachher was aus."
„Du bist doch nicht schon wieder hinter Prinke her?"
„Tja... Doch. Ehrlich gesagt schon."
„Kann ich verstehen. Der lässt mir auch keine Ruhe. Wenn ich dir irgendwie helfen kann, sag Bescheid. Wär schön, wenn wir ihn doch noch irgendwie dran bekämen."
„Danke."

Das tat gut. Er hatte gar nicht gewusst, dass im Revier noch jemand seiner Version glaubte. Pauer hatte nach seinem Fehler seinen Fund immer mehr verharmlost. Er wisse gar nicht, ob da wirklich etwas Konkretes drinnen gestanden hätte. Der Chef hatte es ja sowieso nicht glauben wollen und die anderen hatten irgendwann nichts mehr gesagt.

Man sollte sich einfach öfter mal austauschen. Und: Ja. Vielleicht war das keine schlechte Idee. Britta als Helferin. Während Kitty sich anzog, versuchte er sich schon eine Falle für Prinke auszudenken, mit Britta als Lockvogel. Er brach den Gedanken aber jeweils ab, weil er immer Prinke sah, wie er sich über Rachel hermachte. Nach Frühstück war ihm nun gar nicht mehr.

Kitty rief nochmal bei Rachel an, fuhr nochmal vorbei.
Nichts.
Irgendwas war passiert. Das war klar. Aber was nun tun? Vermisstenmeldung? Er wusste, welche Fragen dort beantwortet werden mussten, bis etwas unternommen wurde und da reichte ein alter Schulfreund, der nichts über das Privatleben der vermissten Person wusste, bei Weitem nicht aus.

Kitty hätte am liebsten den gesamten Polizeiapparat in Bewegung gesetzt, aber er durfte seinem Chef ja nicht mal andeuten, dass er überzeugt war, dass Prinke mal wieder...

Da war man bei der Polizei und konnte doch die Welt nicht vor einem gefährlichen Verbrecher beschützen, obwohl man wusste, wo er sich aufhielt.

Als Kitty im Büro ankam, fiel ihm ein, dass er sich keine Ausrede ausgedacht hatte. Der Chef war aber zum Glück gerade weggefahren, würde heute wohl auch nicht wiederkommen. Es gibt Menschen, deren beste Tat ihre Nichtanwesenheit ist.

Ein weiterer Mensch dieser Kategorie kam zur Tür rein:
„Ah, Kitty! Gut, dass ich dich endlich finde!"
„Moin, Pauer."
„Haben wir eigentlich noch einen Verdächtigen im Fall Kaup? Ich brauche etwas für die Pressekonferenz morgen. Da war doch dieser junge Mann, den du mit Frau Kaup im *Hemmer* gesehen hast. Was ist daraus geworden?"
„Nein. Ich glaub nicht, dass er es war. Ich habe ihn beobachtet und hab das Gefühl..."

„Gefühle interessieren nicht! Wann lernst du das endlich Kitty? Fakten, Fakten, Fakten! Hat er ein Alibi? Hat er ein Motiv? Wo ist dein Vernehmungsprotokoll?"

„Ich habe ihn nicht vernommen. Ich habe ihn nur beobachtet. Ich glaub inzwischen..."

„Ich arbeite nur mit Amateuren! Wie heißt er, wo wohnt er?"

Kitty wollte sich schon auf sein Aussageverweigerungsrecht berufen, aber er hatte ja gar keins.

„Chris heißt er. Nachname weiß ich nicht. Wohnt im Personalwohnheim vom evangelischen Krankenhaus Weyertal im Zimmer 215."

Pauer ging ohne ein Wort des Dankes aus dem Zimmer. Kitty überlegte einen Moment lang, ob er Chris anrufen und warnen sollte, aber wovor genau und wie das erklären? Ach Quatsch! So nervend wie Pauer war, es gab größere Gefahren für andere Menschen.

Rachel..., schon zu spät? Nadine. Sollte er ihr etwas sagen, sie warnen? Aber wie, ohne sie zu beunruhigen? Und war das nicht eigentlich Unsinn? Jeder hier war ständig in einer theoretischen Gefahr überfallen, vergewaltigt oder getötet zu werden in dieser Millionenstadt. Wieso sollte Prinke ausgerechnet sie... Er konnte diesen Gedanken nicht zu Ende denken.

Auch Angela Mattheißen fiel ihm wieder ein. Kitty suchte die Akte Kaup und ihre Telefonnummer raus. Vergebliche Telefonanrufe schienen seine Spezialität zu werden. Immerhin hatte sie einen Anrufbeantworter. Kitty bat um Rückruf, ohne zu wissen was er sagen oder fragen sollte, wenn sie sich meldete.

Am Abend konnte er mal wieder nicht einschlafen. Noch zwei Gläser Whisky und zwei vergebliche Anrufe bei zwei verschiedenen Frauen. Gut, es gibt ja auch Leute, die um Mitternacht im Bett liegen und schlafen. Chris gehörte nicht zu dieser Kategorie. Der lag, wie es schien, überhaupt nie im Bett. Kitty traf ihn zufällig im *Kyffhäuser Keller*, den er nach den Telefonanrufen und einem weiteren vergeblichen Einschlafversuch noch aufgesucht hatte.

Chris schien allerdings ähnlich unruhig wie Kitty. Nach einem Bier ging er schon wieder. Also gut, wenn Pauer ihn wieder auf die Liste der Verdächtigen gesetzt hatte, konnte Kitty diesen Abend wenigstens als Arbeitszeit abrechnen. Er folgte Chris, der mit der Straßenbahn bis zur *Deutzer Freiheit* fuhr und dann runter zum Rheinufer ging. Rechts von der Brücke setzte er sich auf die Steine am Ufer, ließ die Füße im Rhein baumeln, zog Papier und Stift aus der Tasche und begann zu schreiben.

Kitty stand zehn Meter dahinter im Schatten. Da Chris völlig in seinem Schreiben versunken war und hier offensichtlich keine neuen Erkenntnisse zu erwarten waren, ging Kitty etwas weiter links, genau unter der Brücke, auch zum Rhein. Hier ein Geländer zum Anlehnen, fast genau wie auf der Brücke.

Wie verschieden doch der gleiche Anblick aus anderer Perspektive sein kann. Von oben war der Rhein ein offenes Grab gewesen und hier unten ein leise plätscherndes, sanftes Gemütsruhekissen.

Als eine Straßenbahn über die Brücke donnerte schreckte Kitty hoch. Chris saß immer noch da und schrieb. Kitty fuhr mit der nächsten Bahn nach Hause.

Schlafen konnte er wieder nicht.

- 22 -
(f1,h3)

Nachdem er kurz im Büro vorbeigeschaut und zwei vergebliche Telefonate geführt hatte, fuhr Kitty noch einmal zu Rachels Wohnung. Alles dunkel und verschlossen. Aus dem Briefkasten quoll die Post, als oberstes ein Brief vom Rowohlt-Verlag. *Scheiße!!!*

Kitty setzte sich auf die Treppenstufen. Das hier war seine Schuld. Er hatte gewusst, dass Prinke wieder morden würde, und er hatte ihn trotzdem leben lassen.

Als ihn eine Vorstellung davon streifte, wie Rachel gestorben sein musste, hätte er sich beinah übergeben. Was mochte sie gedacht haben, als er brutal ihren Willen brach, als sie merkte, sie würde auch ihr Leben verlieren? Hatte sie womöglich gedacht, nie wird ein Buch von mir veröffentlicht werden, während irgendwo ein Lektor gerade den Brief tippte und sein Interesse bekundete? Und dann war durch Prinkes brutal zudrückende Hände das Lebenslicht dieser unglaublichen Begabung, dieses wertvollen Menschen ausgelöscht worden? Durch Prinkes Hände, oder doch eher durch Kittys Zögern?

„Kitty?"

Er schreckte hoch, leicht verquollene Augen und ein tränennasses Gesicht.

„Rachel?"

„Kitty. Was ist los?!?"

Rachel stand vor ihm, einen kleinen Koffer neben sich abgestellt. Auch sie sah nicht gut aus. Ebenfalls verquollene Augen. Sicherlich in den letzten Tagen auch viele Tränen.

„Rachel. Wie wunderbar dich zu sehen. Ich... Das mit den Augen ist nur der Heuschnupfen. Alles ist gut."

Kitty umarmte Rachel deutlich länger und kräftiger als die letzten Male.

„Wo warst du? Ich habe mir Sorgen gemacht, weil ich dich nicht erreichen konnte."

„Oh. Tut mir leid. Ich hab dich völlig vergessen. Es war... Ich musste zu meinem Vater fahren. Er hatte einen Schlaganfall. Es geht ihm schon wieder bedeutend besser, aber ich bin jetzt völlig am Ende. Willst du einen Kaffee mit mir trinken?"

„Danke. Ja. Ach nein. Ich muss... Da ist übrigens ein Brief vom Rowolth-Verlag im Briefkasten."

Ein Hoffnungsschimmer erhellte einen Moment das müde Gesicht. Rachel öffnete den Umschlag.

„Wieder eine Absage..."

„Das tut mir leid. Ich glaub an dich. Irgendwann klappt das."

„Hier ist ein Zettel vom Dienstag von dir. Da kannst du mich doch eigentlich noch nicht vermisst haben?"

„Was? Nein. Ich wollte dich zu einer Feier gestern einladen. Das hat sich jetzt ja erledigt."

Kitty klang nicht überzeugend, aber Rachel war zu müde um noch genau zuzuhören. Sie schwankte leicht und musste sich am Türrahmen festhalten.

„Na dann ist ja gut. Oh, Kitty, es tut mir leid, ich muss rein, ich brauch jetzt dringend eine ordentliche Matratzenberührung!"

„Kein Problem. Ich muss ja auch noch arbeiten."

„Ich melde mich die Tage. Versprochen! Sei mir nicht böse."

„Ach Quatsch! Ich bin ja froh, dass es dir gut geht. Ruh dich aus. Mach dir keinen Stress, wir sehen uns."

Sie umarmten sich noch einmal und Kitty ging auf weichen Knien bis zu seinem Wagen. Er fühlte sich einfach nur noch furchtbar müde. Für Erleichterung war er zu erschöpft.

Kitty fuhr katastrophal, zweimal wäre er beinah in den Gegenverkehr geraten. Zeitweises Doppelsehen wechselte sich mit Sekundenschlaf ab. Dank einer überdurchschnittlichen Schutzengelleistung kam er heil im Revier an.

„Kitty. Endlich! Du weißt schon noch, dass wir ein Team sind? Wo bist du die ganze Zeit gewesen?"

Kitty starrte Pauer mit müden Augen an.

„Ich habe gestern noch bis in die Nacht gearbeitet, Chris observiert, ich wollte dich um die Zeit nicht schon wieder stören. Hätte sich auch nicht gelohnt, keine besonderen Vorkommnisse, und heute Morgen warst du es ja wohl, der nicht da war."

„Ich habe... Ich bin dir keine Rechenschaft schuldig! Was anderes: Da war doch noch diese Freundin von Frau Kaup, wie hieß die noch?"

„Frau Mattheißen."

„Genau. Die ist doch das Alibi von Frau Kaup."

„Ja."

„Ha!"

„Ha?"

„Die hat schon einmal einen Meineid geleistet. Ich habe gestern eine Menge Akten gewälzt."

„Toll."

„Ja. Genau. Und ich denke, wir sollten sie noch mal zum Verhör hierher bestellen. Ich habe schon damals geglaubt, dass sie uns angelogen hat."

„Da könntest du sogar mal Recht haben."

„Also. Ruf an!"

„Ruf doch selber an!"

Ärgerlich schnaubend wählte Pauer die Nummer. Niemand nahm ab.

Kitty überkam ein ungutes Gefühl. Er rief Bettina Kaup an.

Mit Frau Kaup und Pauer fuhr Kitty zu Frau Mattheißens Wohnung. Sie öffnete nicht. Frau Kaup wusste, wo der Zweitschlüssel versteckt war und sie betraten die Wohnung.

Eine Katze lief kläglich miauend auf sie zu. Auf dem Boden hinter dem Briefschlitz lag noch ungeöffnete Post vom Mittwoch. Alle Katzennäpfchen waren leer.

„Ausgeflogen. Tja. Das macht sie natürlich noch verdächtiger. Ich lass sie zur Fahndung ausschreiben." Pauer zückte sein Handy.

Frau Kaup schaute entrüstet und wollte widersprechen, aber Kitty bedeutete ihr, leise zu sein und winkte sie zu sich heran.

„Lassen sie ihn! Es gibt keinen wirkungsvolleren Weg um jemanden zu finden. Da wird deutlich mehr unternommen als bei einer Vermisstenmeldung. Sie machen sich wirklich Sorgen?"

„Ja. Sowas ist gar nicht ihre Art. Sie hätte mich auf jeden Fall angerufen, wenn sie geplant hätte, länger als einen Tag weg zu sein. Ich versorg dann immer ihre Katze."

„Wann habe Sie sie zuletzt gesehen?"

„Am Dienstagabend. Sie ging gerade zu ihrer neuen Arbeit. Ich glaube eine Kneipe am Heumarkt..."

Am Nachmittag kam die Meldung, dass in einer abgelegenen Schlucht im Bergischen Land ein ausgebranntes Auto gefunden worden sei. Soweit vom Hubschrauber aus zu erkennen, könnte es Frau Mattheißens Wagen sein.

Als Pauer und Kitty eine halbe Stunde später ankamen, war der alte Opel gerade aus der Schlucht gezogen worden. Ja, es war Frau Mattheißens Auto, aber es war leer.

Der Hubschrauber kreiste noch einmal über der Schlucht.

Kitty lief unruhig und sinnlos schon zum hundertsten Mal die ganze Straße ab und starrte in die Schlucht. Er musste irgendwie Abstand zu Pauer halten, der schon wieder mit einem Zeitungsreporter redete. Nun gut, es könnte tatsächlich ein Unfall gewesen sein, aber wenn nicht..., wenn nicht...

Zwanzig Minuten später wurde Frau Mattheißens Leiche aus der Schlucht geborgen. Sie musste beim Überschlagen aus dem Auto geflogen sein. Inzwischen war auch schon ein Fernsehteam vor Ort. Für Pauer hatte sich die Fahrt ins Bergische gelohnt.

Wie gerne hätte Kitty ihn und das Fernsehteam in die Schlucht geschubst, stattdessen schleuderte er, etwas abseits, seinen Mageninhalt hinter einen Baum. Er sollte das mal untersuchen lassen. Nicht, dass das hier nicht zum Kotzen wäre, aber früher war sein Magen nicht so empfindlich gewesen. Vielleicht sollte er mal Nico fragen... Dieser stieg gerade aus dem Krankenwagen, in dem er die Tote kurz untersucht hatte. Kitty sah zu, wie Frau Mattheißen zum Leichenwagen getragen wurde. Nico kam auf Kitty zu.

„Kitty. Du hattest recht. Es sieht sehr nach einem Mord aus und vor allem: Sie ist kurz vor ihrem Tod vergewaltigt worden."

Gekotzt hatte er schon. Was blieb noch zu tun?

Der Leichenwagen setzte sich in Bewegung. Zwanzig Meter weiter lachte Pauer gerade herzhaft beim Gespräch mit einem Reporter. Das war zu viel. Kitty stürzte Richtung Pauer los, kam allerdings nur fünf Schritte weit, dann hatte Nico ihn schon am Ärmel festgehalten.

„Lass mich los! Ich bring ihn um! Dieses Arschloch ist doch Schuld daran, dass sie tot ist. Wenn dieser Idiot nicht..."

„Ich weiß es doch Kitty! Aber es nützt doch jetzt nichts mehr!"

„Aber dieser..."

„Kitty!!!" So laut hatte er Nico noch nie gehört. Kitty erstarrte tatsächlich für einen Augenblick.

„Kitty! Verdirb jetzt nicht alles! Wir haben ihn, wir können das Schwein endlich in den Knast bringen, wenn wir die DNA ausgewertet haben. Denn dass das Prinke war, da sind wir uns doch wohl einig?"

„Aber hinterher darf ich Pauer verprügeln?"

„Oh ja, sehr gerne. Ich halt ihn sogar für dich fest. Aber jetzt beruhige dich. Moment!" Nico kramte in seiner Tasche und holte einen kleinen Flachmann raus. „Hier, trink einen Schluck, das tut den Nerven und auch deinem Magen gut."

Kitty nahm einen großen Schluck. Es roch unangenehm, schmeckte nach nichts und es wirkte sofort. Gedanken und Magen wurden ruhiger. Der unangenehme Geruch kam Kitty irgendwie bekannt vor. Nico betrachtete ihn interessiert und nahm das Fläschchen zurück.

„Noch besser, als ich dachte... Also. Ich fahr jetzt in die Gerichtsmedizin und ruf sofort bei euch an, wenn ich das Ergebnis habe. Der Haftbefehl dürfte jetzt nur noch eine Frage von wenigen Stunden sein. Und du, halt dich noch ein bisschen zurück!"

Nico stieg in seinen Mazda und brauste davon. Kitty atmete mehrmals tief durch, setzte sich dann in den Wagen und fuhr los. Kurz vor Köln fiel ihm auf, dass er Pauer vergessen hatte.

„Gut gemacht, Kitty", murmelte er. „Den kannst du echt vergessen..."

Kitty fuhr bei Frau Kaup vorbei, um ihr die traurige Nachricht zu überbringen. Die Hand schon auf der Klingel hörte Kitty innen Geräusche, die ihn die Hand wieder sinken ließen. Da war offensichtlich schon ein anderer Mann bei Frau Kaup und brachte nicht die Nachricht vom Ende eines Lebens, sondern vollzog mit ihr das, was manchmal zum Beginn eines neuen Lebens führte... Eine deutlich angenehmere Aufgabe.

Kitty fuhr zum Büro. Bei seinem Eintreten sahen Georg und Britta betreten zu Kitty hin. Was war los? Hatte sich Pauer beschwert? Wieder eine Abmahnung?

„Kitty. Setzt dich erst mal." Britta sah blass aus. Kitty setzte sich.

„Nico hat eben angerufen. Es... Es ist schrecklich."

Nico hatte damit gerechnet, den Leichenwagen auf dem Weg nach Köln einzuholen, aber nicht so früh und nicht schräg neben der Straße stehend mit einer deutlichen Bremsspur hinter sich. Das sah nicht gut aus.

Er ging zum Wagen und öffnete die Fahrertür, ein lebloser Körper über dem Lenkrad. Um die Todesursache festzustellen, hätte es keines Gerichtsmediziners bedurft. Das hätte sogar Pauer geschafft..., vielleicht..., an einem seiner besseren Tage.

Den Blick ins Heck hätte Nico sich sparen können. Er wusste es schon vorher: Frau Mattheißen war nicht da und ihre Leiche würde nicht noch einmal auftauchen.

Jetzt brauchte er selber einen Schluck aus dem Flachmann.

„Kopfschuss?", wiederholte Kitty tonlos.

„Ja", bestätigte Britta. „Und Frau Mattheißens Leiche ist verschwunden, gestohlen."

„Irgendwelche Spuren?"

„Wohl nicht. Pauer ist da später auch vorbei gekommen und hat den Mord an die Kollegen im Bergischen verwiesen, er hätte da keinen Zusammenhang mit einem unserer Fälle gesehen... Kitty?"

Kitty ging wortlos raus, setzte sich in seinen Peugeot und raste, soweit es der alte Kasten hergab, zu Prinke.

Ohne zu klingeln trat er die Tür ein. Naja, versuchte die sehr stabile Tür einzutreten. Humpelte dann zum Fenster und schlug es, nach einem vergeblichen Versuch mit dem Ellenbogen, erfolgreich mit einem Stein ein. Die Pistole schon entsichert in der Hand, ging er durch alle Zimmer, aber Prinke war nicht da.

Kitty fuhr zur *Heumarktschänke*. Auch hier kein Prinke. Der Fuß schmerzte immer mehr. Kitty humpelte Richtung Auto, schlug noch ein paar Neonazis, die gerade einen Ausländer anpöbelten, krankenhausreif, stieg dann ein, fuhr zum Rhein und versenkte ein Schiff.

Selbst wenn, es hätte nicht ausgereicht, um seine Aggression abzubauen. Vielleicht doch gut, dass er die letzten Nächte so wenig geschlafen hatte. Die Erschöpfung machte ihn langsam ruhiger. Er setzte sich noch ins *Rheinblick*. Rachel war nicht da, aber *Glendronach*. Als Kitty um ein Uhr ging, war auch kein *Glendronach* mehr da.

Kitty schloss die Wohnungstür auf; Teddy begrüßte ihn wild wedelnd. Kitty bückte sich und umarmte ihn. Das war Teddy dann aber doch etwas unheimlich. Schnell befreite er sich aus Kittys Armen, lief ins Wohnzimmer und holte seine Decke.

Kitty hängte den Autoschlüssel ans Bord. Wie war er eigentlich nach Hause gekommen? Er war doch hoffentlich nicht selbst gefahren? Er wusste es nicht.

Das war jetzt verwirrend. Er war doch eben erst aus der Tür des *Rheinblicks* gegangen, an irgendwas dazwischen konnte er sich nicht erinnern. Er hatte ein Taxi nehmen wollen, hatte er?

Ein Blick auf die Uhr: Schon fünf Uhr. War er doch zu Fuß gegangen?

Auch beim Aufwachen, viel zu wenige Stunden später, konnte er sich nicht an mehr erinnern. Kitty würde nie erfahren, dass er diese Nacht noch Chris begegnet war und mit ihm zusammen auf den Rhein gestarrt hatte. Auch Chris wusste es am nächsten Tag nicht mehr. Sein Filmriss kam allerdings von *Cointreau*.

- 23 -
(e6,h3)

Das Klingeln des Telefons weckte Kitty aus einem tiefen Schlaf voller grauenhafter Träume. Teddy saß neben ihm und schaute ihn beunruhigt an, als habe Kitty im Schlaf gebellt und mit den Beinen gescharrt.

Teddy bekam drei beruhigende Kopfstreichler, dann nahm Kitty mit furchtbaren Kopfschmerzen den Hörer ab.

„...j...a...?"

„Kitty! Was dauert das denn so lange? Pauer hier! Ich habe den Mörder von Herrn Kaup!"

Stille. Offensichtlich erwartete Pauer irgendeine positive, besser euphorische Reaktion.

„Aha."

Pauer schnaubte verächtlich.

„Ich kann ihn auch allein verhaften, wenn es dich nicht interessiert!"

Böses ahnend murmelte Kitty:

„Doch, doch. Ganz toll gemacht Pauer. Wo bist du?"

„Vor dem Personalwohnheim vom evangelischen Krankenhaus in..."

„Okay. Ich weiß wo das ist. Warte noch ein bisschen. Bin gleich da..."

Kitty duschte kurz und fuhr nach Weyertal.

Das Erste, was Kitty auffiel, war ein Pfleger, der am Polizeiwagen vor dem Wohnheim lehnte und eine Tüte rauchte. Kitty musste schmunzeln und war kurz davor ihn zu fragen, ob er auch eine haben könne. Er hätte vor der Begegnung mit Pauer bestimmt gut etwas zum Beruhigen gebrauchen können.

Wegen Kitty hätte Marihuana längst freigegeben werden können. Kein einziger Mörder oder Totschläger, den Kitty bisher verhaftet hatte, war bei der Tat bekifft gewesen. Angetrunken waren viele. Mancher Totschlag im Affekt wäre sicherlich mit etwas Entspannung durch ein Tütchen nicht geschehen.

„Da bist du ja endlich! Schau mal, was ich hier habe!"

„Eine Zahnbürste." Kitty gähnte. „Du hast hier übernachtet?"

Kitty hatte wirklich keine Ahnung, was Pauer so erfreute.

„Das ist die Zahnbürste unseres Mörders!"

„Oha."

Das reichte Pauer als Antwort offensichtlich nicht. Er schaute Kitty immer noch erwartungsvoll an, die Zahnbürste stolz in der Hand wie ein Kind ein Spielzeuglaserschwert. Also gut. Kitty gab sich einen Ruck:

„Und sagst du mir auch, wer es ist, oder muss ich eine Woche warten und dann den mit den schmutzigsten Zähnen festnehmen?"

„Ganz toller Witz, Kitty. Ich schmeiß mich weg."

Pauer war offensichtlich bester Laune, so locker war er sonst nie.

„Nein. Dein, ach so unschuldiger, Chris war es. Ich habe ihn gestern Abend beschattet. Wenn man ein Gespür dafür hat, bemerkt man sofort, dass mit dem etwas nicht stimmt. Und dann hör ich zufällig, dass hier im Wohnheim eingebrochen worden ist und da habe ich mich gleich etwas mit umgeschaut."

„Pauer! Hast du immer noch nicht begriffen, dass du ohne Durchsuchungsbefehl nirgendwo reingehen darfst?"

„Die Tür stand offen. Also, sie war nicht verschlossen. Die Kollegen haben ja auch in alle möglichen Zimmer geschaut."

„Aber die Zahnbürste ist als Beweis wertlos."

„Ja, mag sein, aber wenn die DNA stimmt, wissen wir es wenigstens und können unsere Ermittlungen auf ihn konzentrieren."

Kitty fiel es schwer sich einzugestehen, dass Pauer nicht völlig unrecht hatte.

„Aber wenn er bemerkt, dass seine Zahnbürste weg ist?"

„Ach Quatsch! Weißt du, wie das bei dem aussah? Sollte mich wundern, wenn der nicht dauernd irgendwas vermisst, in diesem Chaos."

Während du es sofort merken würdest, wenn du nach Hause kämst und deine Haargeldose wäre nicht mehr da...

Kitty spürte wieder sehr deutlich seine Müdigkeit.

„Also gut. Du willst ihn verhaften... Weswegen bist du dir so sicher, dass es Chris war? Die Zahnbürste ist ja noch nicht untersucht..."

„Hier ist sein schriftliches Geständnis!"

Auf diesen Moment hatte Pauer offensichtlich genussvoll hingearbeitet. Er hielt mehrere vollgeschriebene karierte Blätter hoch.

„Also, leider kann man es nur sehr schlecht lesen, aber..."

„Da hat er geschrieben, dass er Kaup umgebracht hat?"

„Nicht direkt. Aber ein paar Wochen vor dem Mord schreibt er, wie sehr er Herrn Kaup hasst."

„Chris kannte Herrn Kaup?"

Kitty fühlte sich plötzlich doch sehr wach.

„Ja Kitty. Du solltest mal mehr Fakten recherchieren, statt dich auf deine Gefühle zu verlassen. Deswegen hat der Chef ja auch mich noch mal damit beauftragt, diesen Chris genauer unter die Lupe zu nehmen. Herr Kaup arbeitete in der Kinderpsychiatrie, wo Chris bis zwei Tage vor Kaups Mord im Einsatz war. Tja, das hast du nicht gewusst! Und wenige Tage nach dem Mord trifft Chris dann ganz zufällig Frau Kaup im *Hemmer*. Und was er da so schreibt, ist mir sehr, ist..." Pauer sah aus, als müsse er sich übergeben. „...äh, verdächtig. Sehr verdächtig! Also, normal ist der nicht!"

So ungern Kitty Pauer Recht gab. Das war wirklich verdächtig. Also weniger das *„Sex, Sperma und Wichsen"*, an das Pauer eben gedacht haben mochte, aber dass er Herrn Kaup gehasst hatte und in der Tat: Sein Benehmen war seltsam gewesen an dem Abend im *Hemmer*. Er hatte Frau Kaup erkannt, da war sich Kitty sicher.

„Pauer, verdammt noch mal! Komm mit. Ist Chris schon wieder da?"

„Was? Nein, ich glaube nicht."

„Also, mal angenommen, hier steht wirklich etwas Verwertbares. Dann brauchen wir das dringender als Beweis, als verwertbaren Beweis, als die Zahnbürste. Wir müssen es also mit Durchsuchungsbefehl in seinem Zimmer finden, klar?!"

„Ja, stimmt." Pauer folgte ihm widerwillig, tief enttäuscht, dass sein großer Auftritt so schnell zu Ende war und so wenig gewürdigt wurde.

„Und wenn er jetzt schon da ist?"

„Okay. Du klingelst hier unten. Dich kennt er noch nicht. Erzähl irgendein Schauermärchen. Du kannst doch so gut erzählen. Halt ihn irgendwie auf und ich verstaue inzwischen die Papiere in seinem Zimmer."

„Ja, gut." Pauer klang nicht begeistert.

Pauer klingelte und Kitty ging in das Wohnheim. Auf dem Weg zum Treppenhaus sah er eine Tür aufstehen, offensichtlich ein Büro der Schulschwestern, und ein Kopierer lachte ihn an.

Kitty legte Chris Blätter in den Kopierer und behielt die Treppe im Auge. Chris war immer noch nicht zu sehen, wahrscheinlich gar nicht in seinem Zimmer.

So war es. Kitty konnte unbehelligt die frisch kopierten Originale auf Chris Schreibtisch ablegen. Auch Pauer kam kurz danach im Zimmer an.

Als beide die Treppe wieder runtergehen wollten, sah Kitty Chris mit Frau Kaup die Stufen hochkommen. Nein. Es war doch nicht Frau Kaup, sie war viel jünger, aber auch blond, voller Sommersprossen und sehr hübsch. Aber Chris war es unverkennbar, zum Glück schaute er gerade zu seiner Begleiterin und nicht nach oben. Kitty zog Pauer schnell die Treppe hoch und lief noch zwei Etagen höher.

„Was ist los?"

„Da kam gerade Chris."

„Sollen wir ihn nicht gleich verhaften?"

„Pauer. Ich erklär es dir jetzt nicht noch einmal. Geh einfach, bring die Zahnbürste ins Labor und in ein paar Stunden wissen wir mehr. Wenn die DNA wirklich stimmt, gebe ich dir einen aus und besorge uns einen Durchsuchungsbefehl. Und bei der Pressekonferenz verteil ich Schnittchen. Aber jetzt geh und vermassele es nicht wieder!"

Pauer ging halb beleidigt, halb geschmeichelt und in großer Vorfreude auf seine Beförderung die Treppe runter. Kitty ging noch ein paar Etagen höher, bis auf das Dach des Wohnheims. Ein schöner Blick über Köln von hier. Kitty stellte sich an die Mauer und starrte auf den Dom.

Wirklich Chris? Nicht, dass er sich noch nie geirrt hatte, aber bei Chris war er sehr sicher gewesen. Mochte daran liegen, dass ihm dieser spätpubertierende Trinker immer sympathischer geworden war. Seltsamerweise auch eine sehr verschwommene Erinnerung in ihm, nein, doch eher wohl ein Traum, als hätte er mit Chris bereits Brüderschaft getrunken...

Es war sonst immer seine Intuition gewesen, auf die er sich hatte verlassen können, aber jetzt war sich Kitty in allem unsicher.

Sollte er sich wirklich so in Chris getäuscht haben? Hatte er sich nicht auch schon in Frau Kaup getäuscht? Marie? Hatte er überhaupt jemals richtig gelegen? Hätte er nicht intuitiv erkennen müssen, in welcher Gefahr Frau Mattheißen war, hätte er nicht längst Prinke umbringen müssen, egal ob unauffällig oder nicht?

Was war schlimmer, einen Mord begehen oder womöglich viele weitere zulassen? Ein Attentat auf Hitler oder nicht? Was für eine schwierige Entscheidung das gewesen sein mochte.

Kitty starrte über Köln. Das Gefühl, dass diese Stadt wärmer und menschlicher wäre, wenn dort noch Frau Mattheißen leben würde...

Nein! Das brachte nichts. Einen Abwärtsstrudel konnte er jetzt nicht wieder gebrauchen. Er musste handeln. Irgendwoher würde er sich eine nicht registrierte Pistole besorgen und Prinke erschießen, vielleicht gäbe es keine Zeugen. Natürlich wäre Kitty verdächtig, aber wenn er jetzt nichts tat und Prinke wieder mordete, dann war er schuldig und das war schlimmer.

Kitty fuhr zum Revier. Er rief bei den Kollegen im Bergischen an, die aber nicht sehr gesprächig waren. Ergebnisse beim Leichenwagenmord hatten sie noch nicht und Tipps bräuchten sie nicht, sie könnten das sehr gut alleine, auch wenn sie seltener Mordfälle zu bearbeiten hätten, als die Kölner Kollegen.

Kitty war sowieso nicht klar gewesen, wie er das Thema unauffällig auf Prinke hätte bringen können.

Er wollte gerade wieder fahren, da kam das Ergebnis der Zahnbürstenuntersuchung: Die DNA von Chris stimmte nicht mit der DNA vom Tatort überein. Pauer glaubte trotzdem weiter an seine Schuld.

Kitty war erleichtert. Er mochte Chris. Man trifft manchmal so Menschen, bei denen man das Gefühl hat, die haben sich verlaufen, gehören eigentlich in eine andere Welt, sind falsch abgesetzt worden, und laufen jetzt ratlos aber trotzdem gut gelaunt durch die Gegend. Fast immer sehr sympathische Wesen...

- 24 -
(g1,h3)

Einen so aufmerksamen Zuhörer hatte der Pastor selten. Kitty wartete gespannt auf einen Hinweis, ob er Prinke einfach umbringen dürfe oder sogar müsse. Er erinnerte sich noch dumpf, dass sie sowas in der Schule mal durchgenommen hatten: *Tragischer Konflikt*. Man kann machen was man will, man wird so oder so schuldig. Das Schlimmste war gewesen, nichts zu tun, sich nicht zu entscheiden...

Ob Gott das auch so sah?

Eigentlich hatte sich Kitty längst entschieden: Er konnte nicht einfach warten, bis Prinke die nächste Frau tötete. Hätte er ihn nicht schon viel früher einfach umbringen müssen? Dann würde Frau Mattheißen noch leben! Plan vervollständigen hin oder her, einfach von der Brücke stoßen und gut is´!

Der erste längere Bibeltext, war einer der wenigen, die er schon als Kind gemocht hatte.

Alles hat seine Zeit
und jegliches Vornehmen
unter dem Himmel hat seine Stunde.

Aber woran sollte Kitty erkennen, wann die Zeit für sein Vornehmen unter dem Himmel gekommen war? Vielleicht kam ja noch etwas Konkreteres.

Geborenwerden hat seine Zeit,
und Sterben hat seine Zeit;
Pflanzen hat seine Zeit,
und Gepflanztes ausreißen hat seine Zeit.
Töten hat seine Zeit, und Heilen hat seine Zeit;
Zerstören hat seine Zeit, und Bauen hat seine Zeit.
Weinen hat seine Zeit, und Lachen hat seine Zeit;

Klagen hat seine Zeit, und Tanzen hat seine Zeit.

Konkreter ging es ja wohl kaum! Töten hat seine Zeit. Wann, wenn nicht jetzt, war die Zeit dafür gekommen? Kitty lehnte sich zufrieden in der Bank zurück und sang das nächste Lied laut mit.

Dummerweise ging die Predigt dann über das fünfte Gebot: *Du sollst nicht töten!*

Kitty schüttelte ratlos den Kopf und schwieg beim nächsten Lied aus Protest. Beim Blick auf das Kreuz kurz die Vorstellung, dass Jesus ihn ansah und mit den Schultern zuckte. Passend dazu auch der letzte Bibelvers:

Alles ist mir erlaubt, aber nicht alles ist nützlich. Alles ist mir erlaubt, aber ich darf mich von nichts beherrschen lassen.

Toll!, dachte Kitty, *genaugenommen war der Gottesdienst zusammengefasst: Das musst du schon selbst entscheiden, Kitty. Ich, der Herr, dein Gott, halt mich da raus...*

Wofür ging man denn eigentlich zur Kirche, wenn nicht um in moralischen Fragen eine die Entscheidung abnehmende Instanz zu finden? Hätte Kitty noch Kirchensteuer bezahlt, wäre er jetzt ausgetreten.

Gut, manche kommen ja auch wegen des Orgelnachspiels in die Kirche...

Nadine spielte *Let it be*. Das war nun tatsächlich eine ziemlich konkrete Aufforderung. Aber wollte Kitty denn überhaupt Entscheidungshilfe, die in diese Richtung ging? Nein! Er hatte eine Bestätigung, eine Rechtfertigung für sein Handeln erhofft. Gottes Segen für seinen Mord an Prinke. Den würde er nicht bekommen. Aber war *Das musst du selber entscheiden* nicht schon deutlich genug gewesen?

„Hallo Kitty, oh du mein größter und einziger Fan. Hast du vielleicht noch mal Lust mit uns dreien und Teddy auszugehen?

Die Kinder würden sich so freuen! Sie quengeln schon seit Tagen."

Kitty schaute Nadine fragend an. Sie lächelte und errötete leicht:

„Ja, auch ich wäre begeistert."

„Auch Teddy wäre begeistert..."

Jetzt schaute Nadine herausfordernd zu Kitty, der lächelnd ergänzte:

„...und ich sogar deutlich mehr als begeistert!"

Die Kinder löcherten Kitty wieder mit Fragen zur Polizeiarbeit, zu seinem Dienstwagen und zum Rasen mit Blaulicht.

„Ich will später auch mal Polizist werden", sagte Ben.

„Er hat sogar schon mit der Ausbildung angefangen", lästerte Nadine. „Er liest jeden Samstag *Oskar, der freundliche Polizist*."

„Ja, wie der wollte ich auch mal werden. Aber die Uniform stand mir nicht, da bin ich lieber zur Mordkommission gegangen."

Kitty hatte gerade mit Nadine auf einer Bank beim Adenauer-Weiher Platz genommen, als Ben ihn fragte, ob er schon mal jemanden erschossen habe.

„Ja. Einmal. Aus Notwehr."

„Das ist ja furchtbar!", sagte Katrin mit entsetzten, großen Augen und rückte deutlich ein Stück von Kitty ab. „Warum hast du das gemacht?"

„Der Mann hätte sonst eine Kollegin erschossen."

„Hättest du ihm nicht die Waffe aus der Hand schießen können?", fragte Ben.

„Das geht nur in Filmen so leicht. Seine Hand bewegte sich, alles andere war verdeckt. Das Einzige, was ich sicher treffen konnte, war sein Kopf."

„Das war bestimmt nicht leicht für dich." Nadine legte eine Hand auf seinen Arm.

„Nein, ich war vier Wochen krankgeschrieben und ein paar Mal beim Psychologen. Man ist nie wieder wie vorher."

„Aber ich habe mal gelesen, dass ein Polizist ins Gefängnis musste, weil er jemanden erschossen hatte", sagte nun wieder Ben.

„Ja. Man darf das nur machen, wenn keine andere Möglichkeit übrig bleibt und sonst ein anderes Menschenleben in Gefahr ist. Es gab zu dem Vorfall eine genaue Untersuchung. Ich hatte zum Glück genügend Zeugen."

Katrin kam nun wieder näher und sah Kitty mit großen Augen an: „Ich hoffe du musst nie wieder jemanden erschießen. Es gibt bestimmt immer eine andere Lösung. Ich will nicht, dass du ins Gefängnis musst!"

Wieso genau hatte Kitty erwartet, dass ein Pfarrer ihm Gottes Entscheidung verkünden würde?

Aber: War es denn nicht wieder Notwehr, was er plante?

Andererseits: Was würden Nadine und die Kinder denken, wenn er überführt würde, Prinke erschossen zu haben? Er könnte ja hinterher immer noch nicht beweisen, dass Prinke ein Mörder gewesen war. Sicher würde Kitty im Knast landen, mit dem guten Gefühl die Welt von einem gefährlichen Verbrecher befreit zu haben und mit dem schrecklichen Gefühl, eine kleine Familie, die ihm furchtbar ans Herz gewachsen war, grausam enttäuscht zu haben... Nein, er musste sich etwas Besseres ausdenken, und zwar schnell!

Britta hatte ihre Hilfe angeboten. Ein Plan mit ihr als Lockvogel begann in seinem Kopf Gestalt anzunehmen, die jedoch sehr schnell wieder verschwamm... Wieder spürte Kitty diese furchtbare Erschöpfung.

Das war es wohl, was der Bibelvers gemeint hatte. Alles hat seine Zeit. Und jetzt war gerade die Zeit, bei Nadine aufzutanken und Kraft zu schöpfen und später dann Prinke zu überführen oder (er versuchte das heimlich zu denken, so dass weder Gott noch Katrin mithören konnten) ihn halt doch, aber völlig unauffällig, umzubringen.

Es begann zu regnen und die *Fünf Freunde*, wie Ben sie inzwischen getauft hatte, gingen schnell zurück. Timmy, äh Teddy war klitschnass, als sie Zuhause ankamen. Das würde wieder lange müffeln. Trotzdem hatte es sich gelohnt:

Als Nadine und Kitty ziemlich durchnässt und mit roten Wangen die Treppe hochgingen, begegneten sie im ersten Stock Frau Geißler, die sie beide bisher noch nicht zusammen gesehen hatte. Sie machte ein entsetztes Gesicht.

Das Entsetzen war noch deutlich zu steigern, als sich Teddy neben ihr das nasse Fell ausschüttelte. Er bekam von Nadine und von Kitty jeweils ein großes Leckerchen.

Die Kinder durften vor Kittys Fernseher bei *Das Großstadtrevier* trocknen und waren begeistert. Katrin hatte Kitty erzählt, dass sie keinen Fernseher hatten. Nadine hatte nur sehr müde mit den Schultern gezuckt.

„Sind nicht die schlechtesten Kinder, die nicht dauernd vor dem Bildschirm hocken..."

„Wenn mal was Gutes kommt, dürft ihr gerne rüberkommen", sagte Kitty leise zu Nadine, so dass die Kinder es nicht hörten. „Aber die Entscheidung, wann sie was gucken dürfen, überlass ich dir."

„Danke, Oskar."

Kitty lächelte.

Nadine und Kitty setzten sich zum Aufwärmen an die Heizung. Kitty öffnete eine neue Flasche Baileys. Nadine hatte ihr Strickzeug rüber geholt und brachte Kitty Stricken bei. Besonders geschickt stellte er sich nicht an und der kleine Lappen Wolle, der zum Schluss raus kam, war nicht der Rede wert, aber doch war es genau das, was Kitty jetzt brauchte. Monotone, ruhige Bewegungen. Wärme von der Heizung und von der Seite. Ein schöner, leichter Nachmittag mit einem dezenten Abschiedskuss auf die Wange.

Kitty legte sich früh ins Bett, in froher Erwartung gleich angenehm von Nadine zu träumen. Stattdessen träumte er von Chris. Der kniete auf dem Dach des Personalwohnheims, ein Präzisionsgewehr mit Schalldämpfer auf die Brüstung gelegt und zielte auf Frau Geißler, die auf dem Gehweg unten stand und laut schimpfend blaue Pappbecher vom Bürgersteig auf die Fahrbahn kickte. Chris` Hände zitterten leicht und er schüttelte den Kopf. Cora kam von der Seite und brachte ihm einen *Cointreau*. Er nickte dankbar, trank aus und zielte mit nun völlig ruhigen Händen. Der Schuss war zwar gedämpft, Kitty wachte trotzdem auf.

Wo kann man sich eigentlich beschweren, wenn man den falschen Traum geschickt bekommt?

- 25 -
(e7,e6)

Kitty war pünktlich im Büro. Für die meisten Arbeitnehmer wahrscheinlich ein belangloser Satz, aber Kitty schaute erstaunt auf die Uhr. Das Leben schien langsam wieder in geordnete Bahnen zu kommen.

Nach zwanzig Minuten kam Georg vorbei.

„Kitty. Gut, dass du schon da bist. Pauer hat eben angerufen, er hat verpennt und ist erst in einer Stunde da. Er hat letzte Nacht einen Chris beschattet?"

„Ja, den kenn ich. Hat wahrscheinlich etwas länger gedauert. Einige Bier länger als Pauer verträgt."

„Genau. Er meint, Chris würde sich sehr verdächtig benehmen... Egal. Jedenfalls hatte er einen Zeugen einbestellt. Oder doch einen Verdächtigen? Keine Ahnung, so ganz wach war Pauer noch nicht. Jedenfalls sitzt da vorne ein Herr Tolmeinen. Sagt dir das was?"

„Nö."

„Dir auch nicht. Schade! Er kommt nämlich extra aus Lindlar und muss auch gleich wieder weg. Was sollen wir machen?"

„Keine Ahnung. Vielleicht hat Pauer wenigstens was aufgeschrieben. Der ist doch immer so gut sortiert."

Kitty und Georg durchsuchten Pauers Schreibtisch und fanden Interessantes. Ein Mittel gegen Haarausfall, eine relativ neue Ausgabe von Happy Weekend und ein ganzer Packen voller Autogrammkarten von Pauer mit dem Schriftzug *Der Profi*.

Ach ja, und eine Notiz:

Hr. Tolmeinen. Verdächtiger im Fall Kaup.

„Ein Verdächtiger. Ich geh mal zu ihm."

„Ich komme mit."

Kitty begrüßte Herrn Tolmeinen, den er sofort als einen der Nachbarn von Frau Kaup neulich im *Hemmer* erkannte.

„Moin Herr Tolmeinen. Mein Name ist Kommissar Kittel. Mein Kollege, der sie herbestellt hat, ist leider in einer wichtigen Angelegenheit verhindert. Darf ich Ihnen kurz ein paar Fragen stellen?"

„Ja klar. Ich muss nämlich in einer halben Stunde..."

„Gut, dann lassen Sie uns anfangen. Wo waren Sie am Dienstag, den fünfzehnten August zwischen sechzehn und achtzehn Uhr?"

„Ja, wie gesagt..."

Kitty schüttelte innerlich den Kopf. Nein, das war gerade dein erster Satz dazu. Gesagt hast du bisher nur deinen Namen und dass du gleich weg musst.

Kitty bekam nicht mit, was Herr Tolmeinen antwortete. Er versuchte sich zu erinnern, wo er selber denn an dem Dienstagabend gewesen war. Er hätte es nicht mehr gewusst. Machte sich nicht jeder, der auf so eine Frage sofort eine Antwort wusste, verdächtig?

Georg hatte etwas auf seinen Block geschrieben. Hoffentlich hatte er richtig zugehört. Verlassen konnte sich Kitty darauf allerdings nicht. Manchmal notierte Georg auch nur Ergänzungen auf seine Einkaufsliste..., wobei Kitty einfiel, dass er wieder Hundefutter kaufen musste. Er machte sich eine Notiz.

Als Pauer eine Stunde später endlich erschien, war er nicht sonderlich interessiert an dem Verhör, bedankte sich auch nicht für das Einspringen der Kollegen. Für ihn stand fest, dass Chris der Täter war. Mehr interessierte ihn dann doch die eigene Frisur, die in der Eile offensichtlich nicht so gelungen war, wie vorgesehen. Er verschwand für längere Zeit im Bad.

Der ganze Tag war nicht zu Pauers Entzücken. Am Nachmittag kam die Meldung aus dem Labor, dass die DNA am Tatort jetzt zweifelsfrei identifiziert worden sei. Das Blut stammte von Pauer selber. Er musste sich bei der hektischen Durchsuchung der Wohnung an der Hand verletzt und davon etwas abgestreift haben, als er dem Kind die Pistole aus der Hand nahm. Nico war auf die Idee gekommen und hatte eines der vielen ausgefallenen Haare, die an Pauers Stuhllehne hingen, ins Labor gegeben.

Um einem so gelungenen Tag einen würdigen Abschied zu geben, ging Kitty am Abend noch zu Rachel ins *Rheinblick*. Der Barkeeper holte schon den *Glendronach* vom Regal, als er Kitty zur Tür reinkommen sah. Immer wieder ein Gefühl von Lagerfeuer in der Kehle.

Rachel gab ihm den Entwurf für ein neues Buch: *„Die letzte Ratssitzung der Dinosaurier"*.

Vorige Woche war wieder eine Absage gekommen. Es hätte nicht ins Verlagskonzept gepasst...

Was für ein Konzept kann man denn als Buchverlag haben, außer neue große Autoren zu entdecken und solche genialen, wunderbaren, wichtigen Bücher zu veröffentlichen? Weltliteratur; etwas für die Ewigkeit?

Stattdessen: Fußballerbiographien. Tipps zum Abnehmen, Sushi-Kochbücher... Schund, der in zwei Jahren niemanden mehr interessiert, aber jetzt zum Erreichen der kurzfristigen Verlagsziele reicht...

Die meisten Leute merkten ja auch nicht, wie toll Rachel Klavier spielte.

Ist Schönheit etwas an sich oder ist sie wertlos, wenn da keiner mehr ist, der sie zu würdigen weiß?

Kitty starrte aus dem Fenster. Ihm war ein wenig übel, weil ihm bei Personen mit einem Gespür für besondere Menschen, für Menschen mit Ausstrahlung, als erstes Prinke eingefallen war.

Er blieb, bis Rachel nach Hause ging, damit er sie noch begleiten konnte.

„Hast du eigentlich was bei dir, um dich zu verteidigen, wenn du überfallen wirst?"

„Zwei Fäuste und ziemlich spitze Schuhe."

„Mir wäre wohler, wenn du mehr dabei hättest."

„Du willst mir deine Dienstpistole schenken? Also ich nehme lieber die Handschellen."

„Rachel, ganz im Ernst. Ich mach mir Sorgen. Es läuft momentan ein wirklich gefährlicher Spinner in Köln rum."

„Momentan?"

„Ja gut. Hier laufen immer eine ganze Menge Spinner rum. Aber ich bin gerade hinter einem her..."

„Ist ja okay. Freut mich, dass du dich so um mich sorgst. Was empfiehlst du mir?"

„Pfefferspray."

„Wo kriegt man denn sowas her? Ich habe bisher nur eine Pfeffermühle. Die ist allerdings ziemlich hart, ich könnte sie also..."

„Ich besorg dir eins. Wo bedienst du genau morgen, dann bring ich's dir vorbei."

Die Kneipe kannte Kitty nicht. Es gab so viele Kneipen in Köln, dass er Mühe hatte, sich die gemütlichen zu merken.

„Wie sieht denn dein gefährlicher Spinner aus? Hast du ein Foto?"

Kitty zeigte Rachel ein Foto von Prinke. Sie waren schon bei ihrer Wohnung angekommen. Rachel gab ihm das Foto zurück.

„Danke fürs nach Hause bringen."

„Da nich für. Schlaf gut. Pass auf dich auf."

„Mach ich. Du aber auch. Hast du eigentlich ein Pfefferspray?"

„Ja, irgendwo im Schrank. Ich hab ja eine Pistole dabei."

„Jetzt gerade?"

„Nein. Ich habe Feierabend."

„Ich nehme nur Pfefferspray, wenn du auch immer eins bei dir trägst."

„Aber..."

„Keine Widerrede. Du sollst nicht behaupten können, ich würde mir um dich keine Sorgen machen!"

„Also gut."

„Versprochen?"

„Versprochen."

„Dann ist ja gut. Gute Nacht."

Auf dem Weg nach Hause kam Kitty am *„Schwitzbad 66"* vorbei. Der ehemalige Vizechef der *Kölnischen Bank* torkelte gerade raus, winkte einer kaum bekleideten und kaum volljährigen Frau zu und hievte dann mühsam seinen dicken Bauch in den dicken schwarzen Mercedes, um sich nach Hause fahren zu lassen.

Kitty kannte ihn von einem Wohltätigkeitsessen im Polizeipräsidium. Ein kalter, berechnender Mensch. Geld und Zeit in Hülle und Fülle, aber offensichtlich kein Antrieb, diese Zeit sinnvoll zu nutzen, also sinnvoll für Menschen, statt für seinen Kontostand und Sexualtrieb. Die Gabe, andere zu erfreuen, schon vor langer Zeit verkümmert. Ob je eine künstlerische Begabung bestanden hatte? So ein für die Allgemeinheit wertloser und ärgerlicher Mann, und er war dauernd in der Zeitung; man hörte auf ihn; seine Meinung hatte Gewicht.

Rachel: So viel Wunderschönes, mit dem sie um sich schmiss: Bilder, Texte, Musik, Ausstrahlung, Einfühlungsvermögen, Nächstenliebe. Sie hatte kaum Geld, aber sie gab so viel. Sie stand nie in der Zeitung, kaum jemand kannte sie.

Langsam dämmerte es Kitty, dass Prinke nicht der Hauptgrund für seine Verzweiflung gewesen war. Nur ein dicker Tropfen, der ein bis an den Rand gefülltes Fass mit Hass auf und Frustration über die Welt überlaufen ließ...

- 26 -
(a3,a4)

Kitty saß über eine Stunde mit Britta zusammen, aber sie hatten keine wirklich durchführbare Idee, wie sie Prinke in eine Falle locken könnten. Britta als Lockvogel war keine Lösung. Eine von zwei voreingenommenen Polizisten gestellte Falle würden Prinkes Starverteidiger in der Luft zerreißen.

Und: Etwas anhaben konnte man ihm ja nur, wenn er wirklich etwas gemacht hatte und zwar schon deutlich mehr als die Bluse zu zerreißen und grapschen. Ohne Blut oder Körperflüssigkeit lief das höchstens unter Belästigung. Und mehr wollte weder Britta noch sonst ein denkbarer Lockvogel über sich ergehen lassen.

Sie einigten sich fürs Erste darauf, Prinke abwechselnd zu beschatten, bis ihnen etwas Besseres einfiel. Soweit nachvollziehbar hatte er seine Taten am Abend, wahrscheinlich meistens nach ein paar Bier in der *Heumarktschänke*, begangen.

Am Abend besorgte Kitty zwei Dosen Pfefferspray, fuhr bei Rachel in der Kneipe vorbei und gab sie ihr.

„Und wo ist deins?"

„Oha, ja richtig... Immer noch im Schrank. Ich hol dann morgen..."

„Nix da. Wir hatten eine Abmachung! Ohne Spray lass ich dich hier nicht wieder raus!"

Rachel schaute streng, aber nur einen Moment lang. Dann sagte sie wieder lächelnd:

„Ich hatte mir schon sowas gedacht. Kerle! Ich habe nämlich heute Nachmittag im Baumarkt auch welche gesehen und dir eins mitgebracht. Hier! Willkommen in Köln! Ich hatte dir damals gar nichts geschenkt."

Rachel reichte Kitty ein rundes Holzbrett mit einem Laib Brot, einer Salami, einem Salzstreuer und dem Pfefferspray unter Cellophan als Geschenk verpackt. Unter dem Brett ein geheftetes Comic mit der Überschrift: *Kommissar Spicy rettet die Welt!*

Kitty stellte alles beiseite und umarmte sie kurz aber kräftig.

„Danke. Ich wusste gar nicht, dass es Pfefferspray auch im Baumarkt gibt."

„Doch, doch. Direkt neben den Handschellen und den Do it yourself Haftbefehlen. So, hier! Bevor du es irgendwo hinpackst, wo du im Ernstfall nicht rankommst..." Rachel steckte Kitty das Pfefferspray in seine Jackentasche.

„Jetzt kann ich besser schlafen. Möchtest du ein Bier?"

„Nein, danke! Ich muss noch arbeiten. Abgesehen davon schmeckt *Küppers* nicht und du hattest Recht, gemütlich ist es hier wirklich nicht. Vor allem die Musik! Da setz ich mich doch lieber nächsten Montag wieder zu deinem Klavier."

Prinke war noch in einer Ausschusssitzung, so dass Kitty etwas Zeit hatte, am Rhein zu spazieren. Von hier unten sah die Brücke deutlich höher aus, als es sich von oben angefühlt hatte. Seltsam. Genau umgekehrt wie im Schwimmbad. Da sahen drei Meter auf dem Brett viel höher aus als von unten. Wahrscheinlich, weil man beim Rhein nicht auf den Boden schauen konnte. Sicherlich besser, bei allem was da unten lag. Viele ungelöste Fälle. Eine Katastrophe für das Kuchendiagramm!

Prinke kam um zweiundzwanzig Uhr in die *Heumarktschänke*, trank fünf Kölsch und ging um kurz nach Mitternacht ohne Umwege nach Hause.

Kitty kannte das: Noch ein paar Abende Observation und man fing an sich zu wünschen, der Täter möge doch endlich was tun. Ihnen musste dringend etwas Besseres einfallen.

Auf dem Rückweg regnete es.

- 27 -
(b6,c5)

Kitty war wieder pünktlich, aber nicht ansatzweise ausgeschlafen. Sein Hals kratzte, die Nase lief und als wenn das noch nicht gereicht hätte, kam Pauer mit schlechter Laune ins Büro. War irgendein Artikel nicht zu seiner Zufriedenheit gewesen? Kitty hatte noch keine Zeitung gelesen.

„Kitty was machst du eigentlich die ganze Zeit? Du weißt schon, dass wir den Fall Kaup noch nicht abgeschlossen haben? Ich weiß, dass du nicht gerne mit mir durch die Gegend fährst und das stört mich auch nicht, aber ab und zu hätte ich doch gerne mal einen Bericht, was du die ganze Zeit machst, und ob du etwas Neues rausgefunden hast!"

Was du dann stolz der Presse verkünden kannst, dachte Kitty.

Er sagte nichts und breitete widerwillig die gesamte Akte Kaup auf dem großen Besprechungstisch aus und überlegte mit Pauer zusammen, was sie bisher wussten (*nicht viel*) und was sie als nächstes tun sollten (*Wer weiß es, wer weiß es?*).

Kitty fehlte die rechte Motivation. Da war ein Mistkerl ermordet worden und mit viel Aufwand wurde nach dem Täter gesucht, der eigentlich eine gute Tat getan hatte. Gleichzeitig lief ein gemeingefährlicher Verbrecher rum und Kitty durfte offiziell nichts gegen ihn unternehmen.

Nein. Dies hier war ein Fall, den Kitty eigentlich gar nicht erfolgreich abschließen wollte. Seine liebste *Columbo*-Folge war die, in der Columbo die Mörderin überführt, aber nicht verhaftet...

Als Pauer zwischendurch über leichte Schmerzen im Unterbauch klagte, riet Kitty ihm eindringlich, sofort zum Arzt zu gehen. Nicht, dass er glaubte, da sei etwas Ernsthaftes, er war einfach froh, Pauer los zu sein.

Kitty rief, damit er endlich mal wieder einen Bericht schreiben konnte, bei Frau Kaup an. Sie war nicht da.

Er machte sich noch einen Tee, aß ein Twix und stellte sich dann wieder zum Tisch.

„Tschau Kitty, bis morgen. Schönen Feierabend!"
„Danke! Dir auch Britta, tschau."

Kitty blinzelte erstaunt und schaute noch einmal auf die Uhr. Seit einer halben Stunde hatte er schon Feierabend und hatte es nicht bemerkt. Verwundert sammelte er die Unterlagen zum Fall Kaup zusammen und verstaute sie im Ordner.

Was genau hatte er in den letzten drei Stunden gedacht und gemacht? Ein Ergebnis hatte er jedenfalls nicht.

Immer wieder hatte er versucht die einzelnen Stücke zusammenzusetzen, war aber jeweils nach kurzer Zeit mit den Gedanken abgeschweift, hatte zwischendurch neuen Tee gemacht, die Blumen gegossen, sein Schreibtisch sah jetzt auch irgendwie sortierter aus als heute Morgen, ohne dass er bewusst bemerkt hatte, dass er aufgeräumt hätte. Gedankenbruchstücke über den knappen Kontostand, Geburtstagsgeschenke für seine Schwester, auch eine Gewaltphantasie, nach der Frau Geißlers Garten einer Mondlandschaft glich..., all das war ihm in Erinnerung. Das unangenehme Gefühl, dass ihn zwischendurch auch ein paar brauchbare Ideen zu Kaup gestreift hatten, er sie aber in dem großen Strom von Gedankenmüll hatte untergehen lassen.

Er nahm den Ordner mit.

Auf dem Nachhauseweg kaufte Kitty Hundefutter und Leckerchen.

Teddy starrte völlig bewegungslos auf Kitty, der über seinen Unterlagen brütete. Jedes Mal, wenn Kittys Hand eine Salzstange holte, verfolgten Teddys Augen und schwarze Nase genau den Weg der Salzstange von der Packung bis zu Kittys Mund. Dabei hielt er die Luft an. Wenn die Salzstange dann in Kittys Mund verschwunden war, seufzte Teddy, leckte sich über das Maul und atmete weiter. Ungefähr jedes vierte Mal hob er dabei auch noch gleichzeitig die rechte Pfote.

Plötzlich knurrte Teddy, rannte zur Tür und bellte laut. Als Kitty an der Tür ankam und öffnete, war nichts zu sehen. Teddy schnüffelte über den ganzen Flur, fand aber nichts und setzte sich vor Nadines Tür.

Kitty hatte inzwischen ein Spinnennetz in seinem Türrahmen entdeckt. Eine kleine Kreuzspinne betrachtete zufrieden ihr Werk. Das konnte Teddy aber doch nicht gehört haben?

Britta hatte mal gesagt, dass Hunde hundert Mal so gut hören können wie Menschen, aber das?

Bei Teddy hatte er bisher eher die umgekehrte Relation erlebt. Meistens hörte er deutlich schlechter als ein Mensch.

Natürlich blieben auch viele Verbrecher nicht stehen, wenn Kitty „Stehen bleiben!" rief. Aber dermaßen auf den Ohren sitzend wie Teddy... Einfach „Sitz" oder „Komm her" reichten fast nie. Erst wenn Kitty sich danach noch räusperte oder in die Hände klatschte reagierte der Wedler adäquat.

Zu viele Leckerchen verderben einfach den Charakter.

- 28 -
(c3,e4)

Da er sie telefonisch wieder nicht erreicht hatte, fuhr Kitty bei Frau Kaup vorbei.

Wie schon beim letzten Mal, als Kitty die vielsagenden Geräusche aus der Wohnung gehört hatte, stand ein für die Wohngegend viel zu teurer BMW aus Düsseldorf vor dem Haus.

Damals war gerade ein junger Mann aus dem Mehrfamilienhaus gekommen und so hatte Kitty ohne zu klingeln reingehen können, um dann an der Wohnungstür zu hören, wie auch im Mehrfamilienhaus jemand kam...

Kitty stand vor der Haustür und lauschte. Bis hier unten war jedenfalls nichts zu hören.

[Und bis zur Straße spritzte auch nichts. - Kleiner Insider...]

Statt bei Frau Kaup klingelte er eine Etage tiefer bei *„Sommer"*. Cooler Nachname. Könnte man beim Heiraten schöne

Doppelnamen draus machen. Kitty hatte zum Beispiel mal einen Arzt kennengelernt, der *Urlaub* mit Nachnamen hieß.

Es war nicht das erste Mal, dass er in ein Hochhaus wollte, ohne beim eigentlichen Ziel zu klingeln. Kitty hatte für solche Fälle immer einen *„Leuchtturm"* der Zeugen Jehovas in der Tasche. Wenn er den zeigte und dazu die passenden Fragen stellte, wurden die Wohnungstüren, in die er sowieso nicht wollte, zu gemacht, aber er war im Haus, in das er wollte.

Das hatte bis heute auch immer gut funktioniert.

Der Türsummer schnarrte und Kitty ging auf die Tür zu, den *Leuchtturm* in der Hand und ein erleuchtetes Lächeln auf den Lippen. Seine übliche Frage: „Möchten Sie gerne mit mir über Jesus sprechen?" blieb ihm allerdings im Hals stecken, als ihm bei *Sommer* eine, nur mit einem knappen Slip bekleidete, Dame asiatischer Herkunft öffnete.

„Komm rein, Schatz", sagte sie mit deutlichem Akzent und deutete in einen rötlich erleuchteten Flur, aus dem Kitty eine Wolke süßlichen Parfüms entgegen schlug.

„Oha! Ach nein. Äh... Danke. Ich hab mich da wohl..."

Natürlich ging gerade jetzt oben die Tür auf und er hörte Frau Kaups Stimme:

„Moment! Warte noch! Ich komme doch mit. Ich zieh mir bloß noch was über."

Ihr Liebhaber kam schon die Treppe runter und Kitty trat kurzentschlossen doch in den schummrigen Flur und machte die Tür zu.

„Du das erste Mal hier?"

„Äh, ja", antwortete Kitty zerstreut und versuchte auf den Flur zu horchen.

„Komm mit."

„Ich..., äh. Ist Pamela auch da?"

„Pamela? Hier nicht arbeitet Pamela. Hier arbeiten ich, Cindy und Beata."

„Cindy und Bert arbeiten hier?" Kitty lauschte immer noch ins Treppenhaus, wo er die beiden inzwischen vorbeigehen gehört hatte.

„Ich, Cindy und Beata."

„Ja, also wenn Pamela nicht da ist, dann geh ich wieder."

Kitty trat schnell ins Treppenhaus, die Tür unten fiel gerade ins Schloss. Er öffnete sie vorsichtig und sah durch einen schmalen Spalt Frau Kaup und einen ihm nicht unbekannten Mann in einen alten Volvo steigen und davon fahren.

Woher kannte er den Mann? Und wieso waren sie nicht wie erwartet mit dem BMW gefahren und...

Der BMW! Kitty fiel eine kleine Gruppe von Menschen ein, die auch oft einen teuren Wagen fuhren; vielleicht die einzigen, die sich in so einer Gegend rumtreiben würden, um ihre nach süßlichem Parfüm riechenden Geschäfte zu inspizieren...

Kitty wusste nichts Konkretes, hatte aber so ein Gefühl, dass sich Britta hierfür interessieren könnte.

Er holte die Kamera aus seinem Auto und ging, für den Fall, dass der Besitzer des Wagens gerade aus dem Fenster bei Sommer schaute, unauffällig weiter bis zur nächsten Straßenecke. Von dort machte er ein paar Fotos, erst vom Auto, später auch vom Fahrer.

Zu Frau Kaup hatte er nicht wirklich viel heraus bekommen; woher er den Mann kannte, fiel Kitty einfach nicht ein, aber Britta und Georg waren begeistert von den Bildern und Informationen über den Zuhälter und sein Auto.

„Kennt ihr den?"

„Ja, in der Tat. Manfred Wellersheim. Von allen nur Manni genannt. Eigentlich bisher nur in Düsseldorf aktiv."

„Ob sich da wohl jemand ein neues Betätigungsfeld freigemordet hat? Super, Kitty! Danke. Endlich ein neuer Anhaltspunkt!"

Kitty hatte viel Zeit zum Überlegen während er Prinke am Abend beobachtete. Wer war bloß dieser Mann bei Frau Kaup gewesen?

Verlorene Zeit.

Kitty fiel nicht ein, woher er den Mann kannte und auch Prinke verhielt sich unauffällig. Er trat zwar auf dem Nachhauseweg einem Bettler den Hut weg und beschimpfte ihn, das war aber leider kein ausreichender Grund ihn zu verhaften.

Kitty beschimpfte auf seinem Nachhauseweg sein Gedächtnis und trat ihm mittels Alkohol noch ein paar Gehirnzellen weg...

- 29 -
(c5,d5)

Kitty wusste schon, warum er die Zeitung abbestellt hatte. Als er auf dem Revier den Lokalteil aufmachte, lachte ihn schon wieder der in einer Ausschusssitzung sitzende Prinke an.

Kitty erinnerte sich dumpf, sogar von Prinke geträumt zu haben.

Abends, nachts, morgens, dauernd Prinke. Er könnte ihn auch gleich heiraten! Bei der Hausarbeit konnte man auch unauffällig morden...

Gerade wollte er weiter blättern, als ihn die Erkenntnis traf. Politik! Daher kannte er Frau Kaups Begleiter.

Kitty eilte einen Flur weiter. Das war doch irgendein Politiker gewesen, Landtag? Oder sogar Bundestag? Jedenfalls war der erpresst worden. Worum ging es noch mal und wie hieß er?

Eine Stunde später wusste Kitty den Namen, die Adresse, den Wahlbezirk und den Hintergrund der Erpressung. Die Akte war zwar geheim, aber die Schränke im Revier waren nicht wirklich einbruchsicher. Es hatte bloß ein bisschen gedauert, bis er alle Kollegen irgendwo anders hingelockt hatte.

Herr Schmidt von der FDP war ein guter Freund des Chefs und die Sache deswegen sehr diskret behandelt worden. Kitty hätte eigentlich gar nicht davon wissen dürfen.

Der Erpresser hatte damit gedroht, Fotos von der Affäre des verheirateten Politikers an die Ehefrau oder die Öffentlichkeit zu geben. Schmidt und was er machte, war auf den Fotos gut zu erkennen, die Frau unter ihm nicht, weil ihr die blonden Haare gerade übers Gesicht fielen. Die gleiche Haarfarbe und Länge wie bei Frau Kaup. Auch die Figur könnte hinkommen.

Kitty machte ein paar Kopien und setzte sich an seinen Schreibtisch. Konnte das sein? War Herr Kaup vielleicht hinter die Affäre seiner Frau gekommen und hatte Herrn Schmidt erpresst? Und dieser hatte dann einen Auftragskiller bestellt, womöglich Chris?

Also, als nächstes Schmidts Fingerabdrücke und am besten DNA bekommen. Kitty rief unter falschem Namen in seinem Abgeordneten-Büro an und erfuhr, dass Schmidt gerade an einer öffentlichen Sachverständigenanhörung im Ausschuss für Inneres teilnahm.

Als Kitty in Düsseldorf ankam, war die Anhörung gerade beendet. Nach seinen Erfahrungen im Kölner Rathaus konnte er seine Nichtteilnahme gut verschmerzen, insbesondere da er noch rechtzeitig kam, um Schmidt beim Rausgehen zu sehen.

Ja, tatsächlich, er war der Mann, den er mit Frau Kaup gesehen hatte.

So wenig, wie Kitty sonst für Raucher übrig hatte, für die Spurensicherstellung waren sie einfach praktisch. Kitty konnte zwei von Schmidt weggeschmissene Kippen unauffällig eintüten. Mit etwas Glück hatte er nun nicht nur Fingerabdrücke, sondern auch DNA.

- 30 -
(h3,g5)

Kurz vor Feierabend kam Kitty wieder im Büro an. Britta schaute erfreut auf.

„Ach, dann wird's vielleicht doch noch was. Nico hat eben angerufen. Er wollte dir was zeigen. Ist zwar eindeutig eine Selbsttötung, aber du würdest es trotzdem interessant finden. Hier, ich habe die Adresse aufgeschrieben."

Als Kitty am „Tatort" eintraf, kam ihm Nico entgegen.

„Hallo Kitty. Schön, dass du noch kommst. Das solltest du dir ansehen."

Er ging noch mal mit ihm in die Wohnung.

„Das ist zwar eindeutig kein Mord hier..."

„Natürlich ist das Mord, Selbstmord!"

Pauer schaute so ernsthaft, als wollte er die „Mörder" gleich verhaften.

„Nein, Pauer. So ungewöhnlich es sein mag, dir zu widersprechen. Überleg mal, die Merkmale von Mord sind: Niedere Beweggründe wie Mordlust, Habgier, Befriedigung des Geschlechtstriebes... Nein, also das kannst du hier wirklich nicht unterstellen. Auch nicht Heimtücke oder Grausamkeit oder Verdecken anderer Straftaten... Du musst zugeben: Selbstmord ist schon als Begriff völliger Quatsch. Und nun hier: Hast du jemals einen gelungeneren Tod gesehen?"

Kitty schaute sich die zwei Toten auf der Couch an. Vermutlich ein altes Ehepaar, Sie saßen Hand in Hand vor dem Fernseher, ihr Kopf war an seine Schulter gelehnt. Auf dem Tisch standen noch Reste von Erdnüssen, Chips, Pizza und jede Menge Alkoholika, insbesondere Sekt und Whisky.

Nico erzählte ihm, nachdem Pauer beleidigt abgerauscht war, dass die zwei nach bisherigem Wissensstand gestern ihren fünfundfünfzigsten Hochzeitstag gefeiert hatten. Die Nachbarn hatten sich gegen Morgen bei der Polizei beschwert, weil der Fernseher so laut lief und niemand aufs Klingeln öffnete.

Sie hatten ein Tütchen geraucht, Schlaftabletten, Schmerzmittel und dann reichlich Kalorien und Alkohol geschluckt und dabei noch einmal ihren Lieblingsfilm geguckt: *Jenseits von Afrika.*

Auf dem Tisch lagen alle Papiere, ihr Testament, Briefumschläge für alle Verwandten und Bekannten. Alles geregelt, das Leben erfüllt und selbstbestimmt abgeschlossen.

„Das einzig Traurige ist ja, dass ich den beiden nicht mehr gratulieren und danken kann. Sie haben mir mit ihrem Sterben deutlich mehr übers Leben klar gemacht, als alle Pfarrer und sonstigen Lebensverbesserungsexperten zusammen."

Kitty verstand sehr gut, was Nico meinte. Ja, so wollte Kitty auch irgendwann mal sterben.

Vergiss die Brücke Kitty! Hol lieber auch einen Sekt und geh damit zu Nadine und ihr schaut euch einen schönen Film an. Jenseits von Afrika?

- 31 -
(d8,d7)

Kitty wachte auf, Nadines Kopf auf seiner Brust, ihr Arm um ihn gelegt und sein erster Gedanke war: *Was hat das für Konsequenzen für das Schachspiel?*

Der zweite Gedanke: *Toilette. Wie komme ich aus dieser Umarmung raus, aus der ich eigentlich gar nicht raus will, aber laut Blase dringend muss?*

Beim ersten Versuch hielt ihr Arm ihn nur noch fester und sie kuschelte sich näher an, alles durchaus zärtlich, warm und wohlig, aber energisch wie ein Polizeigriff bei der Festnahme. Kitty leistete keinen Widerstand.

Ihr wunderbar heißer Körper ließ ihn in der Erinnerung an gestern Abend versinken. Der Film, der Sekt. Er hatte ihr auf der Couch den Rücken massiert und sie ihm zum Einschlafen den Kopf gekrault. Mit warmen und zärtlichen Gedanken schlief er wieder ein.

Nach kurzer Zeit weckte ihn dann aber doch wieder die Blase und diesmal konnte er erfolgreich entkommen. Auf dem Klo dann der dritte Gedanke und die größte Schwierigkeit:

Kaffee.

Nadine war eine passionierte Kaffeetrinkerin, das hatte er schon oft auf dem Flur gerochen. Kitty liebte den Geruch von Kaffee, aber getrunken hatte er bisher nur eine halbe Tasse im Leben und dabei hatte er es auch eigentlich bewenden lassen wollen. Also keine Kaffeemaschine, kein Pulver, nichts. Tee, jede Menge, Bier, Wein, Whisky, aber was er jetzt brauchte, war ein Kaffee.

Wieso nur hatte er sich nie die Mühe gegeben irgendjemand aus dem Haus kennenzulernen? Hier konnte er niemanden fragen. Der Einzige, der ihm einfiel, war Nico, aber der wohnte fünf Kilometer weit weg und ob er Sonntagmorgens, um kurz vor acht, schon wach war?

Aber welche andere Möglichkeit hatte er? Einbruch bei Frau Geißler? Mit der Dienstwaffe irgendwo eine Kaffeemaschine beschlagnahmen, wie in Filmen Autos:

„Ziehen Sie bitte den Stecker! Diese Kaffeemaschine wird für eine dringende polizeiliche Ermittlung benötigt!"

Es nützte ja nichts. Er wählte Nicos Nummer. Zu Kittys Erleichterung kam schon nach dem ersten Klingeln eine sehr wache Stimme:

„Wer stört?"

„Hallo Nico, Kitty hier. Ich hoffe, ich hab dich nicht geweckt."

„Geweckt? Wie spät ist es denn? Was?!? Schon August? Tja, dann sollte ich wohl mal langsam ins Bett... Aber dieses Level muss ich noch durchspielen! Was hat dich denn so lange wach gehalten?"

„Ich bin nicht noch, sondern schon wieder wach und brauche einen Kaffee."

„Du, einen Kaffee?!? Ich spreche doch mit Kommissar Kitty von der Mordkommission?"

„Ja. Ist ja gut. Ist nicht für mich, ist..."

„...für eine junge Dame, die da plötzlich unerwartet in deinem Bett liegt und von der du gar nicht so genau weißt, wie sie dahin gekommen ist?"

Normalerweise hasste es Kitty, unterbrochen zu werden und noch mehr, wenn jemand seinen Satz zu Ende führte, aber in diesem Fall war er ganz froh um Nicos recht treffenden Befund.

„Ja. So ähnlich."

„Okay. Also Kaffee... Geh ich Recht in der Annahme, dass du keine Kaffeemaschine hast?"

„Ja. Also, nein."

„Okay. Wie viel Zeit hast du noch? Ist sie schon wach?"

„Nein, aber um halb neun muss ich sie wecken. Sie spielt nachher Orgel in der Kirche."

„Kirche? Kitty, ich mach mir immer mehr Sorgen. Also halb neun. Okay... ... Gut, ich bin um kurz nach acht bei dir. Ich muss noch schnell das Level fertig spielen. Bis gleich!"

Kitty war es ein Rätsel, wie Nico so schnell da sein wollte, selbst wenn er direkt losfahren würde, aber tatsächlich, um kurz nach acht parkte Nicos blauer Mazda MX 5, mit dem großen Adler auf der Motorhaube und dem *Ich bremse nur für Tiere* - Aufkleber am Heck, vor Kittys Wohnung.

Kitty hatte auf einen Kaffeevollautomaten gehofft, wie er ihn von seiner Schwester kannte, aber Nico brachte ein seltsames Glasgefäß mit einem Sieb mit.

„Was ist das?"

„Damit macht man den besten, den einzigen richtigen Kaffee. Ist nicht so schwer wie es aussieht."

Den ersten Kaffee machte Nico für sich selber. Er sah doch etwas mitgenommen aus und konnte ihn offensichtlich gut gebrauchen.

Den zweiten Kaffee machte Kitty. Nico nickte nach dem ersten Schluck zufrieden.

„Geht doch! Bloß blöd, dass du selber keinen Kaffee magst. Zusammen trinken ist wesentlich romantischer! Vielleicht mit einem Schuss Rum? Oder, was haben wir denn hier stehen? *Glendronach*. Ein edles Tröpfchen." Nico nickte anerkennend.

„Hast du heute schon was getrunken oder warum steht der hier so rum?"

„Nein! Nie morgens. Also höchstens im Notfall."

„Naja, das hier ist ja wohl ein Notfall, wenn du mich so früh anrufst."

„Ja. Aber das hier ist ein angenehmer Notfall."

„Eine positive Katastrophe, wie Hanns Dieter Hüsch sagen würde."

„Genau."

„Ein morgendlicher Notfall wäre wohl eher eine Pressekonferenz von Pauer. Bring die Flasche doch einfach mit aufs Revier. Ach ne, du bist ja gerade erst eine Abmahnung los. Vielleicht ein Flachmann?"

„Immer noch zu auffällig."

„Flachmann! Das ist die Idee!"

Nico grinste. Also, er grinste eigentlich schon die ganze Zeit, aber bisher nur amüsiert, jetzt auch sehr zufrieden.

„Kitty, mach noch einen Kaffee, bin gleich wieder da."

Nico sauste zum Auto, holte seine große Tasche aus dem kleinen Kofferraum und kam die Treppe hoch. Kitty hatte den Kaffee gerade fertig. Nico zog ein flaches, unbeschriftetes Fläschchen aus der Tasche und lies sieben Tropfen in die Tasse fallen.

„So. Bitte umrühren und probieren."

Gespannt sah er Kitty an, als dieser einen Schluck nahm. Der skeptische bis leidende Gesichtsausdruck ging in ein erstauntes und begeistertes Nicken über. Nico lächelte zufrieden.

„Was ist das?", fragte Kitty.

„Streng geheimer Scheiß, Kitty. Darf ich dir nicht verraten. Das Rezept wird nur von einem Toten an den anderen weitergegeben, aber ich habe nachts heimlich am Kühlfach gelauscht...", sagte er mit verschwörerischem Blick. „Du solltest es allerdings besser niemandem sonst zeigen oder es im Labor untersuchen lassen. Es könnte sein, dass das in Deutschland nicht völlig legal ist..."

„Kein Problem."

„Gut. Noch zehn Minuten. Ich mach mir noch nen Kaffee, dann kann ich gleich aufbleiben und weiter spielen und du gehst dich mal frisch machen. So wolltest du doch hoffentlich nicht da rein gehen?!"

Oha! Nicht nur wegen des Kaffees gut, dass Nico vorbeigekommen war.

Um halb neun startete unten der MX5 und oben öffnete ein frisch geduschter Kitty, mit zwei Tassen dampfendem Kaffee auf einem Tablett, die Schlafzimmertür.

- 32 -
(b2,b3)

Diesen Sonntag saß Kitty oben auf der Empore der Kirche. Nadine hatte ihm dort einen Platz gezeigt, wo die Akustik so genial war, dass er das Gefühl hatte, mitten in den Orgelpfeifen zu sitzen.

Wenn gerade nicht gesungen wurde, setzte Nadine sich zu Kitty; wenn sie spielte, berührten ihre langen roten Haare oft die Tasten. Auch die Orgel musste sich sehr wohl fühlen.

Von Predigt und Bibeltexten bekam Kitty diesmal nicht viel mit.

Er war wieder der Einzige, der dem Orgelnachspiel lauschte, es war ja auch offensichtlich für ihn. Nadine spielte fast alle

Lieder von seiner Cassette. Selbst der Küster war schon gegangen, als sie endlich raus ins Freie traten.

Auch Kitty hatte etwas für diesen Sonntag vorbereitet:

Am Adenauer Weiher holte er einen Picknick-Korb aus dem Auto, dessen lecker riechender Inhalt zu Teddys Entsetzen nicht nur für ihn war. Mit dem großen Kauknochen war er allerdings erst einmal eine Stunde beschäftigt.

Nadine und Kitty legten sich satt und müde auf ihre Decke, ab und zu einen Seitenblick auf Hund und Kinder werfend, die noch gar nicht müde (und in Teddys Fall wohl auch noch nicht satt) auf der Wiese tobten.

Kitty konnte sich nicht erinnern, dass er schon mal so viele sonnige Sonntage hintereinander erlebt hatte.

Ein leichter wohltuender Nachmittag.

Irgendwann waren auch die Kinder und selbst Teddy müde und sie fuhren nach Hause. Eine lange Umarmung im Hausflur und dann ging Kitty alleine in seine Wohnung. Er machte sich einen Kaffee mit Zusatz, setzte sich auf seine Couch, starrte abwechselnd zu der Rothaarigen auf dem Schachbrett und aus dem Fenster und genoss die heiße und schmackhafte Erinnerung an den Morgen.

Teddy hatte sich inzwischen schon wieder im Schlafzimmer eingesperrt und diesmal sogar abgeschlossen... Nein. Das konnte nicht sein! Aber die Tür ging nicht auf. Mit Gewalt dann doch ein bisschen und endlich stand Teddy auf, der genau hinter der Tür tief eingeschlafen war. Kitty musste sich unbedingt einen Schlüssel für diese Tür besorgen!

- 33 -
(c4,b3)

Pauer war begeistert, dass Kitty endlich einen neuen Verdächtigen gefunden hatte. Offensichtlich glaubte er nun doch auch nicht mehr, dass Chris der Mörder war. Vielleicht hatte er aber auch einfach keine Lust mehr auf nächtelange Observationen mit stundenlangem Starren auf Fenster und Kotzen in die Büsche...

Als Pauer hörte, wer bei Frau Kaup rausgekommen war, wurde er blass.

„Kitty, bist du dir sicher?! Du weißt, wie gut Schmidt mit dem Chef befreundet ist?"

„Jo, ich bin informiert. Was allerdings nicht an der offensiven Informationspolitik des Chefs liegt."

„Also hör mal, unser Chef..."

„Ist ja gut. Also, ich habe Schmidts Fingerabdrücke prüfen lassen und sie sind identisch mit Fingerabdrücken, die die Spurensicherung auf Gläsern im Schrank gefunden hat. Er war also schon vor Kaups Ermordung Gast in der Wohnung, könnte demnach dort entweder alleine oder mit Frau Kaup den Mord vorbereitet haben, wer auch immer ihn dann letztendlich durchgeführt hat. Er soll ja in der Politik ein Mann der Tat sein..."

„Also selber gemacht hat er das bestimmt nicht."

Für Pauer schien das festzustehen und Schmidt irgendwie zu entlasten. Wenn man nicht selber mordete, sondern nur Anweisungen und Geld gegeben hatte, war man kein wirklicher Schwerverbrecher.

Kitty sah das genau andersherum. Wer nicht mal den Mumm hatte, das selber auszuführen, war trotzdem ein Mörder, aber halt ein feiger Mörder.

Pauer telefonierte nach Düsseldorf und Herr Schmidt konnte tatsächlich noch am Vormittag vernommen werden. Ein Blick auf den Terminplan erklärte Pauers Hektik. Nachher war große Besprechung und da würde sich ein frischer Ermittlungserfolg gut machen.

Kitty fiel es bei der Vernehmung mal wieder ungeheuer schwer, bei der Sache zu bleiben. Er hatte schon nach wenigen Sätzen das deutliche Gefühl, dass Schmidt mit dem Mord nichts zu tun hatte und ab da schweiften seine Gedanken dauernd ab. Mitten im Verhör wurde ihm überall warm und kribbelig im Körper, als er an die wenigen Berührungen von Nadines Körper dachte, an die kurze Zeit, die seine Hände ihren Rücken und Nacken massiert hatten... Kitty war völlig aus dem Gespräch.

Es fiel zum Glück nicht auf, da Pauer mit immer mehr Begeisterung und zu Kittys Überraschung durchaus gekonnt ein Verhör führte, in dem sich Schmidt in immer mehr Widersprüche verwickelte. Vielleicht waren die Lehrbücher doch nicht so schlecht.

Schmidt hatte anfangs noch alles abgestritten oder bagatellisiert, in der Hoffnung, aus der ganzen Sache ungeschoren rauszukommen und insbesondere so, dass seine Frau davon nichts mitbekommen musste. Als er endlich begriff, dass es dafür zu spät war, wurde er ehrlicher, aber jetzt war Pauer nicht mehr zufrieden mit Schmidts Geständnis der Affäre und dass er Kaup Schweigegeld bezahlt hatte. Pauer bohrte weiter. Er war überzeugt, dass er auch den Mord begangen oder veranlasst haben musste. Er war so im Element, dass er gar nicht mitbekam, dass Kitty raus ging und telefonierte. Die Kollegen im Bergischen waren immer noch nicht weiter bei ihren Ermittlungen.

Am Nachmittag fand das jährliche Treffen der verschiedenen Kommissariate des Umkreises statt. Pauer hielt schon seit fast zwanzig Minuten einen Vortrag über die Erfolge der letzten Jahre, genaugenommen der knapp zwei Jahre, die er jetzt dabei war, und Kitty war gerade mal wieder eingenickt, als sich Nico neben ihn setzte und ihn anstubbste.

„Soll ich Pauer kurz bitten, die letzten Minuten noch mal zu wiederholen? Seeeeehr interessante Erkenntnisse. Wahrscheinlich hat durch dein Schnarchen keiner was verstanden..."

„Hab ich echt geschnarcht?"

„Leider nicht. Es wäre nämlich angebracht. Kann der Mann denn nicht wenigstens zwischendurch mal einen Witz machen, oder die Stimme richtig heben? Ich weiß wirklich nicht, was die Presse an ihm findet. Eine sprechende und freilaufende Krankheit da vorne. Zum Glück gibt es jetzt ein Mittel dagegen."

Nico zog ein Dosieraerosol aus seiner Tasche und inhalierte zweimal kräftig. Ein zufriedenes Lächeln machte sich auf seinem Gesicht breit.

„Hier, probier auch mal."

Berodual stand auf dem Spraydöschen.

„Keine Angst. Da ist kein *Berodual* mehr drinnen. Ich habe es geleert, desinfiziert und eine wirklich wirksame Medizin reingetan."

Kitty nahm einen kräftigen Zug und musste husten.

„Ups. Tschuldige. Ich hätte dich vorwarnen müssen. Schmeckt aber gut, oder? Hier, nimm einen Schluck Wasser gegen den Husten und dann noch zwei Hub Medizin gegen *Morbus Pauer*."

Kitty trank die kleine Flasche Wasser aus und dann nahm er, deutlich vorsichtiger als eben und mit viel Genuss, zwei Sprühstöße *Glendronach* in sich auf. Wow! Fein gesprüht auf den Gaumen schmeckte der Whisky nochmal so gut und nochmal so rauchig. Das dürfte sicherlich in die Nähe des Betäubungsmittelgesetzes fallen. Kitty fühlte sich leicht unter Drogen.

Nico nahm auch noch einen Zug und strahlte Pauer an. Auch Kitty schaute ausnahmsweise mit einem freundlichen Gesicht zu Pauer nach vorne. Dieser redete selbstverliebt und selbstbewusst wie immer, bis er die Blicke der beiden mitbekam und stutzte. Er kam völlig aus dem Konzept und fing an zu stottern.

„Tja, da siehst du es Kitty. Wir sollten gar nicht zu freundlich zu ihm sein. Das tut ihm nicht gut, das schadet nur seinem Teint."

Pauer schaute konzentriert woanders hin und hatte sich nach wenigen Sätzen wieder gefangen:

„Wir werden den Mörder finden", verkündete er selbstsicher in die Mikrofone.

„Kitty wird ihn finden und Pauer wird's verkünden. Hex hex. Pling pling." Nico drückte Kitty noch zwei „*Berodual-Sprays*" in die Hand:

„Du musst ihn noch viel öfter ertragen als ich... Wenn du Nachschub brauchst, sag Bescheid." Dann war er wieder verschwunden.

Am Abend gab es *Glendronach* für die Ohren...

Auf dem Klavier hörten sich die Lieder noch deutlich schöner an als auf der Orgel. Kitty saß auf der Couch, hörte Nadine zu und schaute voller angenehmer Träume zu ihr oder aus dem Fenster.

Teddy kam schon nach kurzer Zeit aus der Ecke in der Küche und setzte sich neben Nadine. Er schnupperte kurz an ihrem Hosenbein und legte sich dann mit einem langen Seufzer hin. Mit dem Kopf auf seinen Pfoten schaute er Nadine zufrieden an. Wie einfach es Tiere haben, ihre Gefühle auszudrücken. Kitty hoffte sehr, dass man ihm auch ein bisschen ansehen konnte, wie glücklich er war.

- 34 -
(a2,b3)

Kitty machte sich nach drei Stunden Warten in leichtem Nieselregen Gedanken, ob es überhaupt Sinn machte, Prinke zu beschatten. Ein Topf Milch, den man beobachtet, kocht nie über, hatte seine Mutter immer gesagt.

Apropos gleich überlaufen... Kitty ging auf Toilette in die Kneipe gegenüber. Als er wieder zurück kam und in die *Heumarktschänke* schaute, war Prinke verschwunden.

Kitty überkam ein ungutes Gefühl. Er ging schnell Richtung Deutzer Brücke, über die Prinke normalerweise nach Hause ging.

Einer Eingebung folgend bog Kitty in eine kleine Nebenstraße unweit der Straßenbahnhaltestelle ab und tatsächlich: In vielleicht zehn Metern Entfernung stand Prinke und diskutierte mit jemand, mit ziemlicher Sicherheit einer Frau. Genaueres konnte Kitty von seiner Position aus nicht erkennen.

Die Unterhaltung wurde deutlich lauter. Prinke griff einen Arm der Frau, hielt ihr mit der anderen Hand den Mund zu.

Kitty sprang aus dem Schatten, rannte los und rief laut: „Hey!"

Prinke, der gerade zu einem Kopfstoß angesetzt hatte, drehte sich um. Die Frau nutzte das Überraschungsmoment und Prinke erhielt eine geballte Ladung Pfefferspray ins Gesicht. Prinke schlug die Hände vor die Augen und ging auf die Knie.

Kitty war nun auch zur Stelle. Die Frau, die bisher nur auf Prinke geachtet hatte, drehte sich erschrocken um und betätigte wieder das Spray. Kitty konnte gerade noch ausweichen.

„Stopp! Ich bin's! Kitty!"

„Kitty? Verdammt noch mal! Hast du mich erschreckt!"

„Tut mir leid. Ich wollte dir grad helfen."

„Oh Gott. Ich..." Rachel schwankte leicht und Kitty hielt sie am Arm fest.

„Das hast du gut gemacht."

Prinke richtete sich mühsam wieder etwas auf, konnte noch nicht wieder sehen, aber offensichtlich gut hören.

„Kittel? Das glaub ich ja wohl nicht! Eine Falle also. Alle Achtung, ein hübscher Lockvogel, aber das war nichts, Herr Kommissar! Ich habe nichts Unrechtes getan! Ganz im Gegenteil, diese kleine Schlampe hier..."

Weiter kam er nicht. Kitty stürzte sich auf Prinke, verpasste ihm einen Hieb auf die Nase und einen in den Bauch, hätte gerne noch mehr zugeschlagen, aber Prinke gewann, obwohl er kaum sehen konnte, sofort die Oberhand. Mit einem Griff hatte er Kittys Arm, mit einem schnellen Kopfstoß und einem weiteren Griff hatte er Kitty am Boden. Er war nicht nur kräftig, sondern auch schnell; die Griffe und Schläge saßen von jahrelanger Übung. Alleine wäre Kitty kaum aus der Umklammerung gekommen, aber ein Zischen über ihm und Prinke ließ schreiend von ihm ab und sank wieder auf die Knie.

„Scheiße!!! Verdammt! Das war's mit der Karriere, Kittel. Ich werde Sie anzeigen. Ich werde Sie fertigmachen! Ich werde..."

„Das trau dich mal, du Arschloch!" Rachel hatte sich, immer noch das Pfefferspray auf ihn gerichtet, vor Prinke aufgebaut. „Dann hole ich noch andere Gewürze und verarbeite dich zu Schweinefrikassee! ...Ach was, doch lieber zu Rührei!" Sie trat Prinke mit voller Wucht in den Unterleib.

Prinke sackte auf den Boden, stöhnte, röchelte und krümmte sich. Rachel nahm Kitty bei der Hand und zerrte ihn weg.

„Komm, lass uns schnell gehen. Sonst bring ich ihn doch noch um."

„Aber wir müssen ihn anzeigen!"

„Kitty. Ich fürchte, er hat inzwischen mehr Grund uns anzuzeigen."

„Aber ich kann bezeugen..."

Rachel blieb stehen und legte ihm die Hand auf die Schulter:

„Mein lieber Kitty. Du meinst es ja gut, aber ich fürchte, du giltst nicht gerade als unvoreingenommener Zeuge und selbst wenn... Du weißt doch, wie solche Prozesse ausgehen, schon gar, wenn noch nicht viel passiert ist und der Vergewaltiger so gut bezahlte Anwälte hat. Nein, zutreten war besser als jeder Prozess und jetzt will ich nur noch nach Hause!"

Rachel sah sich noch mal zu dem jetzt fast regungslos am Boden liegenden Prinke um. „Meinst du, er ist ernstlich verletzt? Wenn er stirbt, bekommst du eine Menge Ärger. Ich fürchte er ist mit Spuren von uns übersät."

Doch Prinke hustete kräftig, richtete sich etwas auf und schüttelte noch einmal die Faust Richtung Kitty und Rachel.

„Das werden Sie noch bereuen Kittel!"

Er klang sehr heiser und sein Gesicht war schmerzverzerrt.

„Meinst du wirklich, er zeigt uns an?" Rachel blieb stehen.

„Nein. Ich glaube nicht, dass er sich das traut." Kitty ging weiter und zog Rachel mit. „Er hätte selber viel zu viel zu erklären. Nein. Er kann uns nichts und wir können ihm leider auch nichts. Er wird irgendwie anders versuchen, mir das Leben schwer zu machen. Er hat viele Beziehungen."

„Und meinst du, er tut mir was?"

„Nein, ich glaub nicht. Vielleicht versucht er dich schlecht zu machen, Gerüchte zu verbreiten... Weiß er denn überhaupt, wer du bist?"

„Gute Frage. Nicht, dass ich wüsste. Er hat mich auf der Straße angesprochen. Ich habe ihm meinen Namen nicht gesagt und berühmt bin ich ja zum Glück noch nicht."

„Ich glaube auch nicht, dass er sich noch mal an dich ran macht. Er ist im Grunde feige und weiß jetzt, dass du dich wehren kannst. Alle Achtung übrigens. Du warst deutlich erfolgreicher als ich."

„Dank dir und deinem Pfefferspray."

„Na, der Tritt war aber auch nicht von schlechten Eltern."

„Ja und mit meinen spitzen Schuhen hoffentlich besonders erfolgreich. Oh Gott, dich hat er aber auch ordentlich erwischt."

Kitty blieb stehen. In der Tat: Aus seiner bedenklich schiefen Nase und von der Stirn lief reichlich Blut.

"Kitty, du musst ins Krankenhaus!"

„Nein, besser nicht. Das gibt zu viele Fragen. Ich habe keine Lust hierüber einen Bericht zu schreiben. Ich dürfte Prinke eigentlich nicht verfolgen."

„Wieso das denn nicht?!"

„Längere Geschichte. Die erzähl ich dir mal, wenn mir nicht dauernd Blut in den Mund läuft." Kitty spuckte in die Büsche.

„Entschuldige."

„Kein Problem. Aber als gleichberechtigte Frau..."

Rachel blieb stehen, zog geräuschvoll die Nase hoch und spuckte in hohem Bogen in den gleichen Busch.

„Das hatte ich vorhin bei Prinke schon machen wollen, aber in der Hektik habe ich das ganz vergessen... So, wie verarzten wir dich jetzt? Am besten kommst du mit zu mir."

„Okay."

Schweigend gingen sie bis zu Rachels Wohnung. Kitty fiel auf, dass es von hier nicht mehr weit bis zu Nico war.

„Danke auch für das Angebot mich zu verarzten, aber zufällig kenne ich einen Arzt hier in der Nähe, der mit Sicherheit noch wach ist und keine Fragen stellt. Meinst du, du kommst klar?"

„Ja, danke. Ich habe eine sehr gute Freundin nebenan, die ich auch jetzt noch wecken kann und die sofort rüber kommt. Ich werde nicht alleine sein. Aber meld dich mal bald."

„Mach ich."

Nico öffnete die Tür mit einem fröhlichen: „Ich hatte zwar keine Pizza bestellt, aber es passt grad... Oh..., Kitty! Du bist das. Ach, du Scheiße! Du siehst ja noch schlimmer aus als sonst. Komm rein!"

Kitty ging in die Wohnung und Nico musterte ihn genau.

„Wenn es dich tröstet - du siehst immer noch besser aus, als die Meisten, die zu mir in die Gerichtsmedizin kommen... Was ist passiert?"

„Ich hab mich mit Prinke geprügelt. Er ist verdammt stark."

„Und jetzt ist er tot?", fragte Nico hoffnungsvoll.

Kitty schaute ihn erstaunt an. Sah man ihm so deutlich an, dass er Prinke ermorden wollte oder war er womöglich nicht der Einzige, der mit dem Gedanken spielte?

„Also nicht. Schade."

„Nein. Er war zu stark. Ich glaub, ich muss mal ins Fitnessstudio."

„Oder du brauchst Hilfsmittel. Pfefferspray vielleicht?" Nico war schon wieder an seiner Tasche. „Oder noch besser, hier: K.-o.-Tropfen als Spray. Die bekommst du aber nur, wenn du mir versprichst, sie nicht für dein Liebesleben einzusetzen! Äh..., und auch das solltest du niemandem sonst..."

„Schon klar."

„Möchtest du vielleicht auch eine Pizza? Obwohl du siehst eher nach Nasi-Goreng aus."

„Danke. Nein. Nichts zu essen."

„Schade. Immer wenn es klingelt, bekomm ich Appetit auf Pizza... Egal. Jetzt kümmern wir uns erst mal um dein Gesicht. Brauchst du die Nase noch? Abmachen dürfte weniger aufwendig sein, als sie wieder zu richten..."

- 35 -
(h7,h6)

Kitty verbrachte die Nacht bei Nico auf der Couch. Während Kitty immer wieder in einen unruhigen Schlaf fiel, kam Nico noch mehrmals hellwach zu ihm und behandelte seine Wunden mit einer brennenden Salbe. Danach verschwand er wieder an seinen Computer. Schlief dieser Mann überhaupt?

Kitty träumte mehrmals sehr unangenehm von Prinke. Schon vorher war ihm klar geworden, dass er gegen Prinke im Kampf Mann gegen Mann wenig Chancen hatte und ihn wohl kaum von der Brücke geschmissen bekommen würde. Was also tun? Fitnesstraining? Karate? Die K.-o.-Tropfen?

Nico war von der Idee, dass Kitty etwas für seine Fitness tun wollte begeistert.

„Mensch Kitty, das fänd ich gut. Du läufst jetzt schön täglich ein paar Runden um den Adenauer Weiher, dann können wir im November zusammen beim Sektlauf mitmachen."

„Beim was?"

„Kennst du nicht? Am 11.11. um 11:11 ist am Adenauer Weiher immer Sektlauf. Da läuft man elf Runden, natürlich mit Kostüm, um den Weiher und jeder Läufer leert dabei eine Pulle Sekt. Ich hab dafür ein Känguruhkostüm mit Beutel. Letztes Jahr habe ich sogar schon drei Runden hüpfend geschafft, aber das geht in die Sprunggelenke. Isch kann dir saaajen!"

Nico schaute Kitty skeptisch an. „Hm, auf elf Runden bekommen wir dich so schnell wohl nicht. Vielleicht machst du bei den Damen mit, die brauchen nur drei Runden laufen, dürfen aber auch nur einen Piccolo leeren. Dafür müsste ich dich allerdings etwas aufwendiger operieren..."

„Ich trink eigentlich lieber Bier oder Whisky."

„Vielleicht Rotwein?"

„Auch mal gerne."

„Gut, dann betrachte das Ganze als Training für den *Bordeaux-Marathon*. Andererseits: Whisky? Ob es wohl auch einen Single-Malt-Lauf gibt? Das muss ich gleich mal recherchieren. Wart mal!" Und auf dem Weg zum Computer murmelte er vor sich hin: „Ein Marathon durch die Highlands... Cool! Wenn's den noch nicht gibt, führen wir den ein. *Fool On The Hill* oder *Full Through The Hills*..."

Nico war eine Weile beschäftigt und Kitty trank den Kaffee, den Nico ihm gemacht hatte. Was auch immer er diesmal dazu gemischt hatte, es schmeckte und tat gut. Kitty wurde deutlich ruhiger. Nico kam zurück:

„Es gibt schon so was Ähnliches: Den ‚*Malt-Whisky-Trail*'. Der ist allerdings fünfmal so lang wie ein Marathon und wird eher mit dem Taxi oder Fahrrad zurückgelegt. Ich werde mich mal weiter umhören. Was machen wir jetzt mit Prinke?"

Kitty erzählte ihm sein gesammeltes Wissen und Nico war sofort bereit, Britta und Kitty bei den Prinke-Beschattungen zu unterstützen. Kitty war sehr froh darum, insbesondere da er ein verlängertes Wochenende Urlaub machen wollte und Britta schlecht die ganzen Tage aufdrücken konnte.

Kitty hatte keine Lust, mit dem noch leicht zerschundenen Gesicht im Revier zu erscheinen. Nico dagegen hatte große Lust, bei Britta vorbei zu fahren und Bescheid zu geben. Auch dass Kitty am Tag offiziell krank feierte, aber am Abend seiner inoffiziellen Nebentätigkeit nachgehen würde.

Nico fuhr Kitty nach Hause. Beim Rausgehen und Einsteigen in den Mazda lenkte er Kittys Aufmerksamkeit auf den Garten rechts, so dass Kitty das grüne Fahrrad mit den orangen Streifen links neben dem Haus nicht bemerkte...

Bevor Kitty am Abend los ging, warf er einen Blick in den Spiegel. Das Gesicht war wieder völlig unauffällig.

Kitty war sich schon vorher ziemlich sicher gewesen, dass Prinke heute Abend nicht wagen würde, auf der Straße jemanden anzuquatschen. Und tatsächlich, er schien sich überhaupt nicht aus dem Haus zu trauen, oder noch besser: Vielleicht konnte er noch gar nicht wieder richtig gehen.

Kitty setzte sich trotzdem noch an den Außentisch eines Cafés in der Nähe und trank einen Baileys, abendlich errötete Wolken am Himmel, rote Haare im Gemüt...

- 36 -
(a4,a6)

Im Treppenhaus lief Frau Geißler mit der Zeitung in der Hand, der Nase hoch in der Luft und einem siegesfreudigen „Hab ich's doch immer gewusst – Blick" an Kitty vorbei.

Kitty ging zum Kiosk und holte sich auch ein *Kölner Tageblatt*. Prinke hatte offensichtlich seine Beziehungen und sein Geld spielen lassen:

„Ist der Polizist, der Stadtrat Prinke zu Unrecht beschuldigte, selbst ein Triebtäter?"

Der Zeitung lägen Zeugenaussagen mehrerer Frauen vor, die von Kitty während des Dienstes belästigt worden seien.

Das würde wieder einige unangenehme Fragen des Chefs nach sich ziehen. Zum Glück war der heute auf einem Empfang im Ministerium in Düsseldorf.

Kitty las den Artikel nicht zu Ende. Die Zeitung eignete sich, wie so oft, hauptsächlich zum Feuer anzünden. Kitty sollte sich dringend einen Kamin zulegen!

Am Nachmittag fuhr Kitty spontan mit Nadine und den Kindern zum FC. Wobei sie Nadine zusammen mit Teddy am Adenauer Weiher absetzten. Sie steckte ihre Nase in ein Buch und Teddy seine in die umliegenden Sträucher.

Die Kinder hatten von Kitty Schal und Mütze ausgeliehen bekommen, und bis zum Anpfiff brachte er ihnen noch die wichtigsten Lieder der Südkurvenliturgie bei.

Kitty machte es Spaß mit den Kindern, mit dem FC weniger, aber so kamen sie wenigstens dazu sehr laut und abwechslungsreich zu schimpfen.

In der Halbzeit erzählte Kitty den Kindern aus Zeiten, als der FC wenigstens ab und zu noch das Tor getroffen hatte.

In der zweiten Halbzeit ertappte Kitty sich zunehmend dabei, wie er jetzt lieber auf der Bank neben der lesenden Nadine säße, vielleicht seinen Kopf in ihrem Schoß...

Die Vorstellung legte sich wie eine warme, schalldichte Decke über ihn, und als der FC kurz vor Schluss einen Elfmeter verweigert bekam und 50.000 Leute um ihn herum brüllten und mit den Fäusten schüttelten, starrte Kitty mit einem zufriedenen Lächeln vor sich hin. Angenehme Ruhe, Erholung, Wellnessprogramm.

Die friedliche Stille in ihm hatte keine Mühe, den Lärm um ihn herum zu übertönen...

Als sich Kitty am Abend mit Teddy ins *Hemmer* setzte, herrschte immer noch eine zufrieden Stille in ihm.

Die Kneipe war, wie immer, laut und verraucht, aber Kitty gefiel dieses Gemisch aus völlig verschiedenen Menschen, die aus dem langweiligen Grau ihres Alltags in das abwechslungsreiche Grau der Kneipe flohen, tranken, sich unterhielten, mit sich und dem Gegenüber im Reinen oder auch Unreinen waren. Ob friedliches Erzählen, lautes Streiten oder betrunkenes Lachen - Eine authentische Atmosphäre.

Nur eine Flucht aus der Wirklichkeit? Nein! Eher umgekehrt. Immer wieder, wenn Kitty hier saß, Lärm aus den Lautsprechern, Rauch, belanglose Gespräche an der Theke zwischen Menschen mit unverbindlichen Beziehungen:

Das Gefühl, dass hier das Leben war, dass hier das richtige, wahre, womöglich sogar wichtige und sinnvolle Leben war und nicht in irgendeinem Ausschuss im Rathaus, nicht im Vorstandszimmer einer Bank, nicht im Oberlandesgericht.

Dort: Phantasieloses Funktionieren; nach vorgegebenen Gesetzen und Regeln das Pensum erfüllen. Festgefahrene Strukturen. Verlässlichkeit. Stagnation...

Hier: Leben. Unverfälscht, wild, tierisch. Da, wo wir herkommen. Da, wo wir hingehören.

- 37 -
(c8,b8)

Diesen Sontag musizierte der Posaunenchor in der Kirche und Nadine hatte frei. Stattdessen spielte sie bei Kitty Klavier, während der mit den Kindern ein Puzzle zusammensetzte. Die Kinder hatten voller Stolz selbstgebackene Plätzchen mitgebracht.

„Und was wollt ihr trinken?"

Noch vor dem Fragezeichen fiel Kitty auf, welch eine Falle er sich selbst mit dieser Frage stellte. Er hatte nichts Kindgerechtes im Haus. Kaffee für Nadine, kein Problem. Aber er hatte keinen Saft, keine Cola. Was tranken Kinder sonst noch?

Kitty überlegte schon, ob er Nico noch zu einem Notfalleinsatz Kakao anrufen könnte, da brachte ihn sein Hund auf die Lösung. Teddy musste raus und aus dem Garten brachte Kitty sieben Pfefferminzblätter mit und machte eine große Kanne Tee.

Die Kinder waren begeistert und bekamen die Erlaubnis, sich auch selber, an den für Kitty viel zu schnell nachwachsenden Pflanzen, zu bedienen. Und wenn sie dabei zufällig einen blauen Plastikbecher in Kittys Garten finden sollten, dürften sie den auch gerne in Frau Geißlers Garten rüber kicken...

Am Abend waren die Kinder zu einer Geburtstagfeier in Deutz eingeladen. Kitty fuhr sie hin und ging anschließend mit Nadine und Teddy zu der Stelle am Rheinufer, an die Chris ihn neulich geführt hatte. Nadine blieb einige Schritte vor dem Wasser mit einem verblüfften „Wow!" stehen und schaute auf den dahinziehenden Rhein, auf dem unzählige Farben und Lichter der sich spiegelnden Altstadt um die Wette schwammen, und natürlich den Dom, der versuchte mitzuschwimmen, aber immer wieder von der Welle dahinter zurückgezogen wurde.

Auch Teddy fand es anfangs sehr spannend, hier war er noch nie gewesen. Doch nach zehn Minuten intensiven Schnupperns wurde er ungeduldig. Ging das hier mal weiter?

Nein, ging es nicht. Herrchen und Frauchen beachteten ihn überhaupt nicht. Sie standen da und schauten, wie Teddy fand, völlig sinnlos auf das fließende Wasser... Sollte da irgendwas Essbares angeschwommen kommen? Teddy ging ganz nah an das Wasser, schnupperte und guckte auf den Rhein. Es schwamm wirklich viel vorbei, aber alles nicht lecker.

Teddy ging zurück zu den beiden, machte Sitz und streckte die Pfote aus. Nichts passierte. Herrchen hatte Frauchen von hinten umarmt und seinen Kopf auf ihre Schulter gelegt. Es sah so aus, als würde er an ihren Haaren riechen. Das zumindest machte irgendwie Sinn, aber warum so lange?

Teddy legte sich auf den Rücken und schrabberte sehr geräuschvoll mit Ächzen und Niesen das Fell auf den Pflastersteinen. Sie guckten nicht. Das funktionierte doch sonst immer! Was war bloß los? Er machte sich ernsthaft Sorgen um die beiden.

Teddy stand wieder auf, schüttelte sein Fell aus, ging noch mal näher ran und schnupperte äußerst gewissenhaft. Nein, unglücklich waren sie beide nicht, das konnte Teddy deutlich riechen. Herrchen schien sogar innerlich mit dem Schwanz zu wedeln...

Beruhigt machte Teddy neben den beiden Platz, legte die Schnauze zwischen die Pfoten und träumte davon, wie es wäre, wenn er den Kühlschrank aufbekäme...

- 38 -
(a1,a5)

Sie hatte es schon lange geahnt. Seit gestern war es eigentlich klar, aber heute würde sie es endgültig wissen.

Rachel saß am Klavier und musste sich mehr als sonst konzentrieren. Es fiel ihr nicht leicht, sich extra zu verspielen. Die rechte Hand jeweils eine Taste zu hoch. Es war kaum zu ertragen! Dann mal die Linke aus dem Rhythmus und zu tief.

Sie sah gespannt zu ihren Eltern hin. Diese schauten leicht gequält, lächelten sie aber an.

Tut es nicht! Bitte!

Sie gab sich noch mehr Mühe, kam völlig aus dem Takt und spielte einen Tritonus nach dem anderen. Sie hätte schreien mögen, so furchtbar klang das, aber die Eltern lächelten. Ihr Besuch starrte sie fassungslos an. Würde der vielleicht wenigstens was sagen? Etwas Ehrliches?

Rachel ließ den völlig verpatzten Schlussakkord noch lange hallen, schon ahnend, was nun kommen würde. Aber vielleicht wenigstens ihr..., ihr äh..., irgendwas entfernt Verwandtes... Cousin neunzehnten Grades? Egal. Die Eltern hatten ihm stolz verkündet, wie toll Rachel Klavier spielen könne und er wurde verdonnert zuzuhören.

Ihr müsst ja nicht sagen, dass es scheußlich war. Es würde mir reichen, wenn ihr diplomatisch sagt: „Das Klavier ist verstimmt." Oder „Du hast sie bestimmt nervös gemacht. Sonst spielt sie eigentlich sehr schön."

Sie wagte kaum zur Seite zu sehen.

Du wolltest es wissen. Jetzt stell dich der Realität!

Rachel schaute zu ihrem Publikum. Die Eltern klatschten mit liebevollem Lächeln und ihr Schwippneffe, oder was auch immer, sagte: „Toll!"

Rachel rannte, noch gerade bis zur Tür die Tränen unterdrückend, aus dem Wohnzimmer, die Treppe hoch, in ihr Zimmer. Auf ihrem Bett ließ sie den Tränen freien Lauf. Alles brach in diesem Moment zusammen.

Seit genau fünfzehn Jahren lebte sie, oft war sie gelobt worden, oft hatten die Eltern oder Freunde sich für selbstgemachte Geschenke überschäumend bedankt. *Toll* hätte ihr zweiter Vorname sein können...

Alles gelogen!

Die Tränen waren schnell aufgebraucht, aber da war jetzt auch keine Trauer mehr, nur noch Wut!

Sie riss all die selbstgemalten Bilder von den Wänden, zerknüllte sie und warf sie eins nach dem anderen in die Toilette. Jedes wurde einzeln abgerauscht. Nur das von Kitty nicht. Der Ursprung ihres Unglücks. Sie würde es behalten, als Beweis für die Verlogenheit der Welt.

Sie hatte sein Bild gestern in der Schule aus Versehen eingesteckt, ihr Missgeschick zuhause bemerkt und Kittys Werk auf den Tisch gelegt, damit sie daran denken würde, wenn sie Sonntagabend den Ranzen packte.

Dann waren ihre Eltern reingekommen. Warum genau, wusste sie schon nicht mehr. Irgendeine Frage zur Geburtstagsfeier. Jedenfalls hatten sie das Bild gesehen und sich kaum eingekriegt.

„Oh, schau mal, was Rachel gemalt hat! Ein ganz neuer Stil. Toll! Was du alles kannst!"

„Ach, sie kann einfach anfassen, was sie will... Es wird immer genial!"

„Wunderschön! Malst du mir so eins zum Geburtstag?"

„Ach Kind! Du bist so vielseitig. Unglaublich!"

Unglaublich? Ja, in der Tat. Das war unglaublicher Scheiß das Bild! Sie mochte Kitty sehr gerne, aber bestimmt nicht, weil er künstlerisch begabt war.

„Ihr findet das toll?!?"

„Natürlich, Rachel. Du bist so begabt!" Um die Farce zu vervollkommnen, umarmte ihre Mutter sie auch noch und flüsterte mit Tränen in Augen und Stimme: „Du wirst irgendwann ganz groß rauskommen!"

Als sie draußen waren, hatte Rachel noch einmal ungläubig Kittys Bild angeschaut. Nein! Da war definitiv nichts Schönes dran zu finden, außer man stand auf so einen Mist wie Müll als Kunst.

Aber..., ihr wurde schlecht bei der Erinnerung: Was waren all die früheren Lobe und Entzückungsbekundungen jetzt noch wert, wenn sie etwas so Grauenhaftes euphorisch lobten? War irgendetwas davon wahr und ehrlich gewesen? Hatten sie überhaupt ein Gespür für Kunst? Geschmack?

Rachel schaute auf ihr eigenes Bild. Bis eben hatte sie es noch richtig schön gefunden. Auch ihre Nachbarin in der Schule hatte sie sehr gelobt, aber hatte sie dabei nicht furchtbar müde geguckt? Vielleicht, weil es eigentlich langweilig war?

Waren alle einfach nur höflich zu ihr, während sie ihnen in Wirklichkeit mit ihrer Kunst auf den Keks ging?

Was sollten denn auch andere überhaupt toll finden können an ihren so persönlichen Werken? Eigentlich malte sie ja nur sich, das was sie fühlte, was sie sah. Sah und fühlte denn sonst noch irgendjemand die Welt auch nur ansatzweise so ähnlich wie sie?

Klar, es ist ja auch irgendwie die Aufgabe von Eltern, alles was ihre Kinder machen, toll zu finden. Lob und Entzücken bei jedem Scheiß, in oder außerhalb der Windel... Aber..., woran erkennt man dann ein ehrliches Lob?

Über zehn Jahre war das jetzt her. Sie wusste es immer noch nicht.

Fast drei Jahre hatte sie damals nichts mehr gemalt, nichts geschrieben und das Klavier ignoriert.

Irgendwann spielte, malte und schrieb sie dann doch wieder, weil es ihr so furchtbar fehlte, aber nur für sich selber. Einige wenige, denen sie etwas zeigte. Naja, und später halt notgedrungen, um ein bisschen Geld zu verdienen. Aber hier wurde sie ja auch kaum beachtet. Ab und zu sagte jemand ein paar wirklich nette Worte. Womöglich meinten einige es sogar ernst. Aber sie konnte die Komplimente nicht mehr glauben.

Doch, manchmal gelang es ihr, zu glauben, aber der Zweifel im Hinterkopf dämpfte alle aufkommende Freude.

Ein etwas müder Blick beim Lob, abwesendes Starren, Dazwischenreden, während sie Klavier spielte. Missverstehen von Geschriebenem, was ja nicht ausschließt, dass es doch gefallen hat. Großes Lob für sie und dann liest der gleiche Mensch schlecht Geschriebenes und der Schreiber bekommt auch Lob, weil man ihn ja nicht frustrieren will, den alten Bekannten...

Alle loben ist niemanden loben.

Freunde..., ach, man bräuchte nur einen, einen **richtigen** Freund; einen, bei dem man weiß, dass er einem sagt, wenn man grottenschlecht ist, wenn man nervt und wann man einfach nur genial ist...

„Noch was zu trinken für euch beide?"

Rachel zuckte vor Schreck zusammen, so tief war sie in ihren Erinnerungen versunken gewesen.

Kitty bestellte einen Whisky für sich.

„Für mich bitte ein Wasser."

Rachel war sehr bemüht, sich ihre Spannung nicht anmerken zu lassen. Kitty las weiter in dem Entwurf, den sie ihm gegeben hatte, war schon auf der vorletzten Seite. Zwei Bücher von ihr hatte er schon gelesen und seine Begeisterung hatte echt geklungen.

Kitty runzelte die Stirn und blätterte um. Die letzte Seite, die letzten Sätze...

„Und..., was meinst Du? Das könnte doch endlich der Durchbruch werden. Ich glaube, diesmal hab ich's echt getroffen!" Rachel schaute ihn mit hoffnungsvollen Augen an. Kitty nickte und gab ihr die Blätter zurück.

„Ja. Du, das kann sein. Das wäre toll. Ich würde es dir von Herzen gönnen. Es wird ja nun wirklich alles Mögliche verlegt..." Kitty biss sich auf die Unterlippe. „Aber, ganz ehrlich: Deine anderen Sachen haben mir viel besser gefallen. Tut mir leid. Das muss nicht schlecht sein hier, aber für mich ist das nichts."

Rachel hätte beinah den Tisch umgeschmissen, so schnell und heftig umarmte sie Kitty. Auch das Schreiben eines grauenhaften Textes war ihr schwergefallen, aber diesmal hatte es sich gelohnt. Sie hatte einen Lektoren gefunden.

Und, viel wichtiger: Einen ehrlichen Freund.

- 39 -
(d5,b3)

Rachel schien wirklich gut zugetreten zu haben. Prinke verließ schon seit fünf Tagen sein Haus nicht. Das war einerseits erfreulich, andererseits wäre es Kitty deutlich lieber gewesen, er hätte das Kapitel Prinke schon vor seinem Kurzurlaub in Varel abschließen können.

Der Geburtstag seiner Schwester war für Kitty der einzige feste Termin im Jahr, auf den er sich freute. Mit Weihnachten und seinem eigenen Geburtstag konnte er nicht viel anfangen. Aber zu seiner Schwester Sandra an die Nordsee, einen Sonnenuntergang im Spätsommer über dem Wattenmeer und einen Rhabarberkuchen im Alten Kurhaus... Das war Kult.

Und natürlich seine große Schwester. Das einzige Familienmitglied, das ihm wirklich fehlte, seitdem der Rest der Familie wieder in den Norden gezogen war.

Die Zeitung von heute Morgen hatte ihm den Abschied von Köln noch etwas leichter gemacht: Ein weiterer verleumderischer Artikel über Kitty, zum Glück wegen eines groß aufgemachten Artikels über ein Straßenbahnunglück erst auf den hinteren Seiten.

Kitty schaute sich noch mal in der Wohnung um. Sie sah aus wie vor zwei Monaten und doch wirkte sie auf einmal leer und unvollständig ohne Teddys Körbchen und seine Futterschüssel. Teddy war für vier Tage zu Nadine gezogen. Ob er danach überhaupt zurück wollte?

Kitty machte einen Zug mit der Dame. Sein König hatte inzwischen einen kleinen selbstgestrickten grauen Pullover an. Kitty selber hatte einen ähnlichen in groß bekommen, damit es ihm an der stürmischen Küste auch warm genug sein würde.

Auf dem Weg zur Autobahn lag ein toter Igel neben der Fahrbahn. Kitty musste an seinen verstorbenen Großvater denken, der mit seinem alten Mercedes jedes Mal scharf gebremst hatte, wenn er ein totes Tier am Straßenrand gesehen hatte.

Er hatte dann seinen Hut abgezogen, war einige Sekunden stehen geblieben, hatte ein stilles Gebet gesprochen, seinen Hut wieder aufgezogen und war weitergefahren.

Mehrere harmlose Auffahrunfälle.

Kleine Korrektur: Seine Schwester war Kittys einziges lebendes Familienmitglied, das ihm fehlte.

Nicht gefehlt hatten ihm die Krankheitsgeschichten seiner Tante Gerlind, die diese während des Essens ausbreitete und die irgendwie genauso klangen wie letztes Jahr und zum Verwechseln ähnlich mit denen von vor fünf Jahren und von 1892... Sie zeigte sogar Fotos von ihrem offenen Bein herum. Zum Glück nur im Familienkreis und nicht auch den anderen Besuchern im *Alten Kurhaus*. Kitty steckte heimlich ein Bild ein und nahm sich vor, das Pauer irgendwann mal zwischen irgendwelche Tatortfotos zu mischen...

Dieser Teil des Besuchs war immer ziemlich krank, nicht nur wegen des Beines. Am unerträglichsten war die Begeisterung seines Onkels Achim für Atomkraft. Für Kitty waren Atombosse freilaufende und gutverdienende Verbrecher.

Er war sich bloß mal wieder nicht ganz über die juristischen Feinheiten im Klaren. War das jetzt versuchter oder fahrlässiger Massenmord oder nur billigend in Kauf genommen?

Hätte er nicht statt Hypochondern und FDP-Wählern auch einen Anwalt in der Familie haben können?

Obwohl..., meistens konnte er die ja auch nicht leiden.

Seine Schwester die einzige Verwandte mit einem ehrenwerten Beruf: Hausfrau und Mutter.

Der Rhabarberkuchen entschädigte für Einiges.

Danach saß er noch mit seiner Schwester am Sandstrand und beide schauten auf die unendlich vielen intensiven Farben am Himmel, gespiegelt im feuchten Watt.

Kein Wunder, dass so viele Künstler nach Dangast gekommen waren zum Malen.

Kitty hatte keine Ahnung, was genau das Besondere am Licht war, das sie gerühmt hatten, aber sie hatten Recht. Was Rachel hier wohl draus gemacht hätte?

Am Samstag ging Kitty, wie immer wenn er in Varel war, ins *Teehaus Gerdes*, probierte verschiedene Tees und schnüsterte durch den Laden. Diesmal kaufte er eine warme Wollmütze und Handschuhe für Nadine und einen Jahresvorrat *Schietwettertee*.

Ein Spaziergang durch die schön altmodische Innenstadt und um den Mühlenteich, am Abend ein sehr leckeres Essen im *Opatja*.

Aus kriminalistischer Sicht ein verlorener Tag. Das sind ja oft die Schönsten...

- 40 -
(a6,c6)

Am Sonntag ging die ganze Familie in die Schlosskirche in Varel. Die Akustik war hervorragend, der Organist aber leider nicht ansatzweise so begabt wie Nadine. Dafür war der Predigttext mal aufbauend:

„Wohlan, mache dich ans Werk, und der Herr wird mit dir sein."

Als der Pfarrer in der Predigt noch *„Der Herr wird mit dir sein bei allem was du tust und es zum Guten wenden."* sagte, überkam Kitty das Gefühl, dass Gott in den letzten Wochen eine Fortbildung zur Mitarbeitermotivation besucht haben musste. Das war doch jetzt mal wirklich aufbauend.

Beim Orgelnachspiel blieben alle, inklusive Pfarrer sitzen. Einfach der entspanntere Menschenschlag hier.

Mittags half Kitty seiner Schwester beim Kochen.

Er setzte sich auf den Barhocker an der Küchentheke und schnitt ein Bund Lauchzwiebeln in Ringe, während Sandra einen Esslöffel Olivenöl in der Pfanne erhitzte.

„Der Fall Prinke war sogar hier in der Presse. Zum Glück wurde dein Name nicht erwähnt, ich glaub Vater hätte sonst einen Herzinfarkt bekommen. Unangenehme Sache. Kommt ihr denn irgendwie weiter?"

„Ich bin mir nicht sicher. Ich glaub aber schon. Wo der Pfarrer doch gesagt hat, dass der Herr alles zum Guten wenden wird. Das wird schon."

„Naja, ein bisschen wirst du dem Herrn schon unter die Arme greifen müssen... Zerdrückst du hier mal grade die Knoblauchzehe? Danke."

Sandra gab die Lauchzwiebeln, kleingeschnittenes Hähnchenbrustfilet (500 Gramm) und den zermatschten Knoblauch in die Pfanne und ließ alles garen. Kitty schälte inzwischen Kartoffeln.

„Und woran war es jetzt gescheitert? Ihr hattet doch Beweise?"

„Ja, es gab einen Beweis, aber mein werter Kollege... Gibst du mir mal das Messer?"

Kitty halbierte mit viel Wut und ausladenden Messerbewegungen 250 Gramm Kirschtomaten.

„Es gab eine Zeugin, die eines der Opfer kurz vor deren Tod mit Prinke zusammen gesehen hatte", erzählte Kitty, während er mit einem Küchentuch die Tomatenspritzer vom Boden wischte. „Wir sind zu ihm gefahren. Ich klingelte bei Prinke und wartete, während Pauer ums Haus ging. Er kam stolz mit einer Art Tagebuch von Prinke zurück, das auf der Terrasse gelegen hatte. Da hatte er einiges über seine Opfer notiert. Ihre Gewohnheiten und die Entwürfe für die Abschiedsbriefe.

Ich hatte gerade einen kurzen Blick in das Buch geworfen, da kam Prinke an die Tür und entschuldigte sich, er sei gerade auf Toilette gewesen. Pauer hielt ihm seine Aufzeichnungen unter die Nase. Er war wohl davon ausgegangen, dass Prinke gleich zusammenbrechen und alles gestehen würde."

Kitty verdrehte die Augen und sprach in sehr gekünsteltem Ton weiter:

„Herr Prinke! Ich verhafte Sie wegen Vergewaltigung und Mordes an... Weiter kam er nicht, da nahm ihm Prinke schon das Buch aus den Händen und sagte seinerseits: *Und wenn Sie nicht gleich verschwunden sind, zeige ich Sie wegen Hausfriedensbruch an! Guten Tag die Herren.* Dann war er im Haus verschwunden."

„Und das Buch hat er vernichtet?"

„Klar. Bis wir einen halben Tag später endlich einen Durchsuchungsbefehl hatten, war nichts Verwertbares mehr in der Wohnung.

„Aber es ist doch trotzdem noch zur Anklage gekommen?"

„Ja. Inzwischen glaub ich, dass das sogar Prinkes Absicht war, um uns eins auszuwischen und um die Presse umzustimmen, die am Anfang wild gegen ihn spekulierte. Pauer bekam auf einmal anonyme Hinweise auf einen weiteren Mord durch Prinke. Auch viele Indizien, die so aussahen, als würden sie für eine Verurteilung reichen. Aber dann, rein zufällig am letzten

Gerichtstag, präsentiert sein Verteidiger den Beweis der Unschuld Prinkes und auch noch mehrere Fakten, die die Glaubwürdigkeit der Hauptzeugin zerstörten und auf einmal sah es so aus, als hätten wir ihm Beweismaterial untergeschoben und die Zeugin gekauft; als hätten wir den ganzen Fall... Hast du nicht noch irgendwas Großes zum Zerhacken oder könnte ich vielleicht den Kürbis dahinten mit den Fäusten pürieren?"

„Du darfst gerne gleich noch ein bisschen Holz hacken, das hilft bestimmt."

Sandra gab einen Becher Sahne und die zerteilten Tomaten in die Pfanne und setzte die Kartoffeln auf. Fasziniert schaute Kitty ihr beim Würzen und Abschmecken des Salates zu. Das musste Spaß machen, wenn man es konnte. Vielleicht würde er sich da mal einarbeiten, wenn er im Ruhestand war.

„So, noch zwanzig Minuten. Willst du inzwischen Holz hacken?"

„Ich glaub, ich hacke doch lieber ein Bier."

„Oder mehrere, bis du hacke dicht bist. Da nimmst du am besten Hacke-Beck."

„Ach ne, doch lieber ein Jever."

Sandra und Kitty setzten sich, jeder mit einer grünen Flasche bewaffnet, auf die Terrasse.

„Unser jüngster Mordverdächtiger ist übrigens genauso alt wie deine Steffi."

„Zehn Monate?"

„Naja, gut ein Jahr."

„Mord durch penetrantes nächtliches Schreien, bis die Mutter verzweifelt aus dem Fenster sprang?"

„Nein. Mit der Pistole den Vater erschossen."

„Ach, du Quatschtüte!"

„Echt! Er hatte die Tatwaffe in der Hand und nach dem Schusswinkel zu urteilen, muss die Waffe aus dem Bettchen abgefeuert worden sein."

„Und jetzt sitzt er in Untersuchungshaft?"

„Schon wieder freigelassen. Das Verfahren wurde eingestellt und er kann doch ohne Vorstrafe in den Kindergarten..."

„Ach, hör auf. Er hatte doch nicht wirklich die Waffe in der Hand?"

„Doch, sie lag auf der Bettdecke und er hielt sie mit einer Hand fest, als wenn er damit schießen wollte. Der Täter hat sie ihm entweder direkt in die Hand gedrückt oder aufs Bett fallen lassen und das Kind hat sie genommen."

„O Gott. Der Vater wurde direkt vor seinen Augen erschossen? Das ist ja furchtbar! Der muss doch völlig traumatisiert sein."

„Ja. Leider. Wobei es um den Vater nicht wirklich schade ist. War ein Säufer und hat die Mutter oft verprügelt."

„Und wisst ihr, wer es war?"

„Nein. Ehrlich gesagt, bin ich auch nicht hochmotiviert, den Täter zu finden. Er hat eigentlich eine gute Tat getan, wenn es nicht gerade vor dem Kind gewesen wäre!"

Kitty schaute in die leere Flasche und schüttelte leicht den Kopf.

„Was ist?"

„Ach, nur dummes Zeug. Frag mich lieber nicht."

„Das brauch ich nicht, du erzählst es mir auch so."

„Ich glaub, das Kind war es wirklich."

„Du kriegst kein Bier mehr!"

„Nein. Im Ernst. Kann er nicht irgendwie aus Versehen...?"

„Aber so eine richtige Pistole könnte der doch gar nicht abdrücken."

„Ja. Das ist eins der Probleme..."

Zum Essen bekam Kitty dann doch noch ein Bier. Als die Kinder aus dem Zimmer waren, erzählte Sandra ihrem Mann von Kaup und von Kittys „Verdacht".

„Ach, das Abdrücken ist nicht das Problem. Weißt du noch letztes Jahr? Als der kranke Vorsitzende unseres Schützenvereins noch einmal schießen wollte, haben wir ihm auch seine Pistole so präparieren lassen, dass er sie selbst mit seinen schwachen Fingern noch abdrücken konnte. Das Schwierigere ist doch der Rückstoß, der würde so einen Kinderarm leicht brechen. Da müsste er schon Krafttraining gemacht und den Arm auch noch richtig gehalten haben... Ja, doch. Ich denke, mit einer leichten Pistole und viel Übung, vielleicht würde es gehen."

Kitty hätte sich fast an seinem Jever verschluckt.

„Also, Torge hat sehr kräftige Arme. Aber eine präparierte Pistole? Das hätte unsere Spurensicherung doch bemerkt."

„Nicht unbedingt. Es ist im Prinzip nur ein erweitertes Vorspannen und reicht dann auch nur für den einen Schuss. Danach funktioniert die Waffe wieder ganz normal."

„Aber Kitty! Du glaubst doch nicht im Ernst, dass das Kind einen Mord an seinem Vater geplant und nach wochenlanger Übung ausgeführt hat?"

Sandra war entsetzt.

„Nein, so nicht, aber irgendwas geht in die richtige Richtung. Irgendwer hat die Pistole präpariert, um Kaup umzubringen. Es gibt genügend Leute mit Motiv."

Es waren allerdings noch viele Fragen ungeklärt. Wer hätte Torge so gut Schießen beibringen können? Frau Kaup wäre die Einzige, die dafür genügend Zeit mit dem Kind verbracht hatte, aber er war sich sicher, dass sie es nicht gewesen war. Irgendjemand hatte doch offensichtlich versucht, ihr mit den Fingerabdrücken den Mord unterzuschieben, aber wer? Ihm war niemand aufgefallen, der Frau Kaup nicht leiden konnte.

Kitty spürte, wie es in ihm arbeitete. Er brauchte gar nicht bewusst zu denken, es hatte sich längst verselbständigt.

Er spielte noch mit Sandra und Phillip Karten und *Cluedo* (Natürlich fand Kitty als erster Mörder, Tatort und Tatwaffe heraus) und brachte dann seine kleine Nichte, die beim Zugucken eingeschlafen war, ins Bett.

Kitty deckte Steffi zu und schaute noch eine Weile auf die friedlich schlafende Gestalt vor sich. Ausgeschlossen, dass seine kleine Nichte ihn umbringen könnte..., aber manchmal würde sie es vielleicht im Affekt tun wollen. Als er ihr vorhin die Zeitung aus der Hand nahm, die sie gerade aufessen wollte, sah sie ihn kurz dermaßen böse an, dass er stutzte. Danach hatte sie geschrien und gestrampelt und die Luft geboxt, aber was hat ein zehn Monate altes Kind auch für Möglichkeiten? Ab wann würde er ihr mehr zutrauen?

Ihm war kein Fall bekannt, dass Kleinkinder Kapitalverbrechen begangen hätten. Wieso eigentlich nicht? So viele Eltern tun ihren Kindern was an; ist es vielleicht wirklich nur das mangelnde Wissen, wie man sich effektiv wehren oder rächen könnte? Die fehlende Waffe? Vorhin beim Essen hatte Steffi ihn angelacht und dann mit dem Löffel auf ihn gezielt. Kitty war es übel geworden bei der Vorstellung, dass da jetzt eine Pistole wäre.

Nein, Steffi bekam nicht mal eine Wasserpistole gedrückt. Der kleine Kaup war allerdings deutlich kräftiger. Eine präparierte Pistole, aber woher? Frau Kaup war den ganzen Tag vorher nicht zuhause gewesen.

Kitty schüttelte den Kopf und ging leise raus. Unten stellte er den Babyphon an. Den Babyphon? Das Babyphon? Er wusste es nicht, aber das sollte er ja auch nicht herausfinden!

Nach zwei Stunden Skat war es dann auch für die oben spielenden großen Kinder Zeit, ins Bett zu gehen. Kitty ging noch einmal die Treppe hoch, sagte den beiden Bescheid und wünschte Gute Nacht.

Als er schon halb wieder unten war, fiel ihm ein, dass die Kinder morgen noch schlafen würden, wenn er fuhr, und er ging nochmal die Treppe hoch, um sich zu verabschieden.

Als Kitty die Kinderzimmertür öffnete, wurde er von seinem Neffen erschossen. Mit der Wasserpistole genau in den Schritt.

„Oh, tschuldige! Ich hab nicht gedacht, dass du noch mal rein kommst. Ich dachte Brianna käme rein. Die hätte ich ins Herz getroffen..."

Und genauso überraschend wie seine Hose nass geworden war, hatte Kitty auf einmal eine Vorstellung davon, wie Kaups Tod abgelaufen sein könnte:

Kaup holte gerade ein neues Bier aus dem Kühlschrank, als das Telefon klingelte.

„Hallo Martin? Bettina hier. Mach die Kaffeemaschine an. Ich bin in fünfzehn Minuten da."

„Mann, das wird aber auch Zeit! Wo treibst du dich wieder rum? Du wolltest doch längst da sein, du..., du wolltest doch nur Kuchen holen! Ich verhunger hier!"

Es bereitete Kaup viel Mühe, höflich zu bleiben. Er hatte ganz andere Worte und Sätze auf der Zunge, aber er hielt sich zurück. Wenn er jetzt wieder zu beleidigend wurde und das Wort mit *Sch* am Anfang und *Lampe* am Ende sagte, würde sie womöglich nicht gleich nach Hause kommen. Nein, er war so wütend, er wollte es endlich hinter sich bringen.

„Tut mir leid Martin, sei mir nicht böse! Ich hab noch Andrea getroffen und mich ein bisschen verquatscht. Ich bin ja gleich da. Und trink nicht noch mehr!"

„Ist ja gut. Ist nur..., du musst gleich nach Torge sehen. Ihm geht's nicht gut."

„Was ist mit ihm? Sag ihm, ich bin gleich da. Fünfzehn Minuten. Ich muss jetzt los, die Bahn kommt."

Ha! Von wegen verquatscht! Doch wohl eher Schmidt als Andrea getroffen und dann wohl kaum verquatscht!

Eigentlich hatte Kaup noch länger üben wollen, aber die Gelegenheit war einfach zu günstig heute. Er wusste genau, wann Bettina wiederkommen würde und die letzten Wochen hatte Torge ja auch jedes Mal genau den Kopf getroffen. Gut, dass er genauso groß wie seine Frau war.

Kaup zog sich fertig an. Um die Pistole aus seinem Tresor zu holen, zog er noch zusätzlich Handschuhe an. Dann ging er zu Torge und legte die Pistole vorsichtig auf seine Decke. Er wusste wie leicht sie losging, allerdings nur dieses eine Mal. Danach sähe sie aus wie eine ganz normale Pistole, ohne seine Fingerabdrücke, aber mit Fingerabdrücken vom Liebhaber seiner Frau. (Dass er aus Versehen auch einen Fingerabdruck seiner Frau von dem Glas des Liebhabers aufgenommen hatte, wusste er nicht.)

„Ich hab hier eine neue Pistole für dich. Die ist noch viel cooler. Wir machen es wie immer: Ich gehe raus und wenn du die Wohnungstür hörst, hältst du dich bereit. Wenn die Tür hier aufgeht, schießt du. Kann aber sein, dass das heute ein bisschen länger dauert als sonst, ich muss schnell was besorgen. Also: Klar? Wenn du die Wohnungstür hörst, hebst du die Pistole von der Decke und zielst auf die Tür und wenn ich reinkomme... Buff!"

Der Kleine lachte. Kaup schaute nervös auf die Uhr. Ja, in gut zehn Minuten müsste Bettina zurück kommen und er wäre dann schon im *Kalker Hof* und hätte dort das perfekte Alibi für den Zeitpunkt, wenn Bettina von ihrem eigenen Sohn erschossen werden würde. Seit drei Monaten hatte er Torge mit einer Pistole üben lassen und inzwischen traf er perfekt. Das Schwierigste war gewesen, eine Spielzeugpistole so präparieren zu lassen, dass sie gleich groß und schwer wie die spätere Tatwaffe war und auch noch vergleichbar mit kleinen Kügelchen schoss. Ein sauteures Gerät, aber mit dem nötigen Geld gab es offensichtlich nichts, was man nicht herstellen konnte. Und das nötige Geld hatte er dank dem ollen Schmidt jetzt ja.

Draußen fing es an zu regnen. Kaup zog die Handschuhe aus und eine wetterfestere Jacke an, dann schaute er noch einmal zu Torge:

„Alles wie immer! Und volle Konzentration! Wenn du diesmal wieder triffst... Könnte ja sein, dass ich gerade eine Belohnung holen gehe..."

Kaup schloss die Kinderzimmertür und ging in den Hausflur, wo noch die halbleere Flasche stand. Er trank sie in einem Zug aus. Noch ein paar Bier in der Kneipe und er würde dermaßen betrunken sein, dass man ihn wohl kaum eines Mordes verdächtigen könnte.

Gut gelaunt verließ Kaup die Wohnung. Erst auf der Straße fiel ihm das fehlende Portemonnaie auf. Mist! Nochmal anschreiben lassen ging nicht mehr, das hatte der Wirt recht deutlich gesagt.

Es war aber auch zu albern, er hatte doch jetzt genug Geld! Wieso ließ er es bloß immer irgendwo liegen?

Er ging zurück ins Haus. Jetzt aber schnell! Bettina würde gleich ankommen. Auf der Kommode nicht, auch in der Küche nichts, in seinem Schlafzimmer nicht. Es war doch noch vorhin in der Jacke gewesen... *Ach ja!* Kaup war erleichtert. Endlich konnte er sich erinnern. Er hatte sich ja noch die dickere Jacke angezogen, während er Torge Anweisungen gab. Dann war es wohl noch in der dünnen Jacke.

Kaup öffnete die Tür zu Torges Zimmer... Buff!

Kitty rief bei Nico an. Der war nicht da, womöglich damit beschäftigt, Prinke zu beschatten. Sonst fiel ihm keiner ein, den er kurz vor Mitternacht noch anrufen konnte.

Eigentlich hatte er erst morgen früh fahren wollen, aber jetzt hatte Kitty keine Ruhe mehr. In knapp drei Stunden war er, über die um diese Zeit angenehm leere Autobahn, wieder in Köln und fuhr direkt zu dem selbstverständlich wachen Nico, der ihm mit einem großen Stück Pizza in der Hand und halb vollem Mund öffnete.

„Hallo Kitty! Ich dachte, du wolltest morgen wiederkommen?"

„Ja, wollte ich ursprünglich, aber ich glaube, ich weiß jetzt, wie Kaup umgekommen ist."

„Ja, Kitty, wir auch. Er wurde erschossen. Stimmt's?"

„Du hast es auch schon rausbekommen? Mist."

„Jetzt hol ich erst mal ein Bier und dann erzähl mal in Ruhe. Prinke war übrigens wieder nicht in der *Heumarktschänke*, nur seine braunen Freunde. Und nach der braunen Flüssigkeit, die ich denen in ihr *Küppers* gemischt habe, dürften die jetzt damit beschäftigt sein, viele kleine braune Geschäfte zu machen... Möchtest du vielleicht ein bisschen Schokopudding?"

„Nein danke. Lieber wirklich ein Bier..., aber kein *Küppers*!"

„Ich kann mit Stolz behaupten, dass dieser Kühlschrank noch nie von einem *Küppers* entweiht wurde. Was möchtest du, *Gilden* oder *Reissdorf*?"

„*Gilden*."

„Gut."

Nico benutzte die leere Augenhöhle eines Totenschädels als Flaschenöffner. Kitty hoffte, dass der künstlich hergestellt worden war und sich Nico nicht Arbeit mit nach Hause genommen hatte.

„So, jetzt erzähl mal."

Kitty war stolz auf sich. Es war nicht so einfach, Nico zu verblüffen.

„Das ist ja cool. Das einzig Blöde dabei ist, dass wir Kaup nicht mehr in den Knast stecken können."

„Meinst du denn, dass man eine Pistole so präparieren kann?"

„Ich bin mir ziemlich sicher. Und ich weiß auch, wen man da fragen muss. Der ist jetzt aber nicht mehr wach. Ich fahr morgen mal vorbei."

„Da komm ich mit."

„Nein. Erstens hast du Urlaub und du brauchst ihn auch ganz dringend und zweitens mag derjenige sowas von keine Polizei, verständlicherweise. Ich fahr alleine hin und danach kann ich dir hoffentlich mehr sagen. Kitty, du fährst jetzt nach Hause und schläfst dich mal ordentlich aus, und dann fängst du endlich mit deinem Lauftraining an. Eine Runde um den Adenauer Weiher für den Anfang. Das ist ein Befehl! Sonst bekommst du beim nächsten Mal wirklich *Küppers*!"

- 41 -
(b3,b7)

Um kurz nach Zwölf, Kitty war gerade aufgestanden, rief Nico an.

„Hallo Kitty. Ich glaub, ich weiß, wer die Pistole von Kaup präpariert hat."

„Okay. Ich komme vorbei."

„Nix da. Du läufst jetzt erst mal um den Adenauer Weiher oder warst du schon?"

„Nein. Aber..."

„Nix aber. Ich gehe da zusammen mit einem Profi hin und ich nehme an, dass..."

„Du willst mit Pauer da hin?!?"

„Kitty. Wenn ich sage, mit einem Profi, dann meine ich einen Profi. Ein wirklicher Profi, würde nie von sich sagen, dass er ein Profi ist."

„Wer?"

„Georg. Er holt mich gleich ab."

„Oh. Gut."

„Genau. Soll ich noch vorbeikommen und dir die Turnschuhe zubinden oder schaffst du das alleine?"

„Viel Glück!"

„Danke."

Kitty konnte sich nicht erinnern, wann er zuletzt ernstlich Sport getrieben hatte. Die alten Laufschuhe passten zum Glück noch und einen halbwegs akzeptablen Jogginganzug fand er auch in einer Kiste ganz hinten im Kleiderschrank.

Er fuhr mit dem Fahrrad bis zum Adenauer Weiher. Nach den zwanzig Minuten waren seine Muskeln schön warm, aber eigentlich auch schon ausreichend erschöpft.

Die ersten zweihundert Meter waren furchtbar, aber dann hatte Kitty seinen Rhythmus gefunden und das Laufen machte richtig Spaß. Das Wasser glitzerte in der Sonne und die Luft war angenehm kühl.

Kitty lief sich in einen Rausch. Die Beine wollten immer weiter, der Atem ging regelmäßig und ruhig. Nach der ersten Runde hatte er keine Lust aufzuhören und er lief noch sechs weitere Runden, bis es anfing in Strömen zu regnen.

Für den Rückweg mit dem Fahrrad benötigte Kitty über eine Stunde. Abwechselnd schmerzten die Beine höllisch, dann hatte er kein Gefühl in den Waden. Zuhause angekommen war er völlig erschöpft und durchnässt. Die Treppe schaffte er nur mit Hochziehen am Geländer.

Im Flur begrüßte ihn Frau Geißler mit freudigem Schwanzwedeln...

Naja, so ähnlich. Sie wedelte aufgeregt mit der Zeitung in der Luft herum, wahrscheinlich wieder irgendwelche Unterstellungen über Kitty.

„Ich habe schon mit allen anderen Mietern hier gesprochen..."

Nach einem fragenden Seitenblick Kittys zu Nadines Tür:
„Ich habe schon mit allen anständigen Mietern hier gesprochen und wir sind der Meinung..."

„...dass Sie dieses Schundblatt endlich abbestellen? Find ich gut."

„...dass Sie, und am besten auch Frau Reichelt..."

„Machen wir doch gerne, Frau Geißler! Ich würde sagen, Sie sammeln mal alle für uns, und wenn sie dreihunderttausend

Euro zusammen haben, kaufen Frau Reichelt und ich das Häuschen nebenan und machen kleine Kinder, die dann über die Mauer in Ihren Garten klettern, die Kirschen klauen und blaue Plastikbecher liegen lassen."

Die Zeitung verharrte regungslos in der Luft. Für einen Moment sah Frau Geißler wie die Freiheitsstatue aus, bloß halt eine Zeitung statt der Fackel und einen Heiligenschein statt der Krone... Und die Freiheitsstatue hatte, Kittys Wissen nach, keinen offen stehenden Mund.

Kitty ging an der Statue vorbei in seine Wohnung. Das sympathischere Schwanzwedeln kam hinter der Tür.

Nico rief gegen Abend an.

„Kitty. Du hattest mal wieder recht. Kaup war es selber. Und Georg hat auch schon ein Geständnis aus ihm rausbekommen."

„Aus Kaup?"

„Ja genau. Ich hatte das damals übersehen. Er konnte gar nicht tot sein, da war ja nichts im Kopf, was kaputt gehen konnte. Nein. Aus dem kleinen Waffenbastler. Wir haben sogar noch die Anforderung von Kaup mit Zeichnung und Gewichtsangaben sichergestellt. Wasserdicht würde ich sagen... Apropos Wasser. Warst du am Weiher?"

„Ja. Ich bin sogar siebenmal drumherum gelaufen."

Nico war einen Moment still. Ungewöhnlich.

„Sieben Runden um den Weiher? Sieben Kilometer? Kann dieser Mann nicht einfach mal das machen, was man ihm sagt? Ich hatte von einer Runde gesprochen. Kitty, hast du sonst in den letzten Jahren mal ernsthaft Sport getrieben?"

„Nicht so regelmäßig..."

„Irgendwann die letzten drei Monate gejoggt?"

„Nein."

„Tja. Schaun mer mal. Falls du morgen nach längerem Gehen Schmerzen in einem deiner Füße kriegst, ruf mich noch mal an oder geh gleich zu deinem Hausarzt und sag ihm, du hättest wahrscheinlich einen Ermüdungsbruch."

„Ermüdungsbruch? Noch nie gehört."

„Ist auch nicht so häufig, aber typisch bei übertriebenem Sport, wenn man vorher nichts gemacht hat. Egal. Ist auch gar nichts Schlimmes und es gibt fast keine bessere Diagnose zum Krankfeiern und trotzdem kaum eingeschränkt sein. Du kannst nämlich kurze Strecken ohne Probleme gehen. Also zum Beispiel Bier aus dem Kühlschrank holen, später zur Toilette und wieder zum Kühlschrank und so weiter. Das, was wir Mediziner Kreislauf nennen. Nur Teddy sollte dann wohl mit Nadine ausgehen. Warten wir mal ab. Jetzt feier jedenfalls erst mal schön. Du hast den Fall gelöst. Auch wenn sich das auf Pauers Pressekonferenz irgendwie anhörte, als hätte er die Lösung gefunden. Ich glaube, irgendwer hatte mal irgend so etwas prophezeit..."

- 42 -
(a5,b5)

Auch Nicos neuste Prophezeiung ging in Erfüllung:

Als Kitty am nächsten Tag im Revier ankam, hatte er Halsschmerzen, Schnupfen und sein linker Fuß schmerzte.

Die lange Dienstbesprechung war aufgrund einer gewissen Medizin durchaus erträglich.

Kurz vor Feierabend kam Nico vorbei, untersuchte Kittys Mittelfußknochen und zeigte ihm die kleine Schwellung dort.

„Soll ich mich selbst loben oder willst du das übernehmen? Ach ne, übernommen hast du dich ja schon beim Laufen..."

Kitty schaute zu Britta und Georg, und auf sein Zeichen sangen sie alle drei hintereinander:

„Toll..............."

„Toll........."

„Toll...", jeweils eine Terz tiefer, so dass sie in einem Dur-Dreiklang zusammenkamen, um dann zu dritt weiter zu singen:

„Nico... Das hast du toll gemacht."

[Bei Interesse an den Noten bitte eine kurze Mail an Kommissar-Kitty@web.de]

Nico war gerührt.

„Danke. Ihr habt ja recht. Und ich habe immer gewusst, dass ihr in irgendeinem Gebiet doch Begabung haben müsst..."

„Und du kannst eigentlich alles außer Bescheidenheit!", lachte Britta.

„Ach nein, seitdem ich perfekt bin, hält sich meine Arroganz eigentlich in Grenzen... Aber genug von mir! Ich nehme an, Kitty wurde in der Dienstbesprechung noch nicht ausreichend gefeiert?"

„Nein. Der Chef und Pauer konnten sich nicht ganz einigen, wer von ihnen beiden den größeren Verdienst an der Aufklärung des Falles hatte. Kitty wurde glaub ich nicht erwähnt."

„Gut, dann kommt mit. Ich gebe einen aus. Kitty muss gefeiert werden. Schließlich hat er wahrscheinlich den jüngsten Mörder in der Kriminalgeschichte überführt. Kitty, wohin geht's? Heute darfst du Ort und Waffen bestimmen."

Die vier setzten sich, auf Kittys Wunsch, ins *Hemmer* zu Cora. Anfangs mäkelte Nico noch über Kittys Wahl der Waffen (*Peters-Kölsch*), musste aber im Verlauf des Abends zugeben, dass aus Coras Hand womöglich sogar ein *Küppers-Kölsch* geschmeckt hätte.

„Und was macht euer Zuhältermord?" Kittys Stimme mutierte immer mehr zum Krächzen.

„Der sprengt jeden Rahmen. Da hängt tatsächlich auch noch die Russenmafia mit drinne." Georg nahm einen gut gelaunten Schluck Kölsch. „Wir haben Manni abgehört. Vielen Dank noch mal Kitty! Sie haben sich für morgen Abend im *Steffens* verabredet. Könnte sein, dass wir da einen richtig großen Fisch fangen."

„Na dann viel Glück. Soll ich euch helfen?"

Britta schüttelte den Kopf: „Danke. Wir werden zurechtkommen, schließlich bekommen wir sogar Unterstützung vom BKA. Du feierst mal schön krank und schonst deine Stimme und deinen Fuß."

„Genau", ergänzte Nico. „Den Fuß gewärmt hochlegen und das Bier gekühlt runter schütten. Nicht umgekehrt. Hör auf den Arzt deines Vertrauens!"

„Ich soll einem Arzt vertrauen, dessen Kunden allesamt tot sind?"

„Also einige sind bestimmt inzwischen wiedergeboren."

Britta stand auf und ging zur Toilette. Nico lästerte mit Georg über die Pressekonferenz von gestern. Er rezitierte die Lobesrede Pauers über Pauer perfekt; wörtlich wie es Kitty schien.

Auch Georg verschwand zur Toilette und Kitty fragte Nico fasziniert:

„Wie kannst du dir das alles so genau merken?"

„Tja, die Wunder der Medizin. Schon mal was von *Alzagra* gehört?"

„Nein."

„Ist auch besser so. Brauchst du dir wahrscheinlich nicht zu merken. Ist ein Mittel gegen Alzheimer-Demenz, das gerade im ersten Testlauf ist. Hat ein paar interessante Nebenwirkungen. Wird aber wohl kaum auf den Markt kommen. Kompliziertes Thema. Muss ich dir mal in Ruhe erzählen..."

Britta kam von der Toilette zurück und als Kitty Nico strahlen sah, ging auch er zur Toilette und verabredete mit Georg, dass sie sich gleich verabschieden würden.

„Viel Glück morgen!"

„Danke."

Kitty wusste nicht warum, aber irgendwas sagte ihm, das alles anders kommen würde, als die beiden sich das gedacht hatten.

Auch die Schlafzimmertür funktionierte anders, als Teddy sich das dachte. Er hatte sich mal wieder eingesperrt. Kitty hatte diesmal zwar zugeschlossen, dabei allerdings bemerkt, dass die Tür trotzdem bei kräftigerem Druck aufging. Er würde sie neu ausrichten oder ein neues Schloss einbauen müssen.

- 43 -
(d7,c7)

Das Krankfeiern gestaltete sich sehr angenehm. Nadine ging mit Teddy aus und brachte auf dem Rückweg einen Streifen Bienenstich mit, den sie unter Teddys neidischen Blicken vertilgten.

Nadine spielte Klavier, Teddy schnarchte, Kitty trank Tee und träumte.

Später strickte Nadine und Kitty las ihr aus Rachels Buch vor.

Ein schöner, ruhiger Tag. Aber als Nadine am Abend zu den Kindern musste, war das Kitty durchaus recht. Seine Ahnung, dass irgendwas schief laufen würde beim Zugriff im *Steffens*, wurde immer unerträglicher. Aber er wusste ja, wenn er da jetzt in seinem Zustand hin ginge, wäre er mehr Gefahr als Hilfe. Abgesehen davon, dass er das *Steffens* nicht von innen kannte.

Stattdessen ging Kitty in den *Kyffhäuser Keller*, um zu schauen, ob das nicht vielleicht ein nettes Ziel für einen gemeinsamen Abend mit Nadine wäre...

Der Keller war allerdings voll und so setzte sich Kitty oben an einen Tisch und trank *Reissdorf-Kölsch*. Eine neue Bedienung namens Katja. Dunkelhaarig und mit sehr aufmerksamen Augen und einer atemberaubenden Bediengeschwindigkeit. Nach dem dritten Kölsch musste Kitty in den Keller auf Toilette. Ob es auch sowas wie einen Ermüdungsbruch in der Blase gab?

Einen Ermüdungsbruch in der Seele, den gab es. Der war gerade am Ausheilen...

Als Kitty nach oben kam, wurde seine Ahnung zur Gewissheit: Am Fass neben dem Eingang stand Manni und schaute ihn an. Zum Glück hatte er ihn damals nicht gesehen. Manni schaute schon wieder auf sein Glas und dann zur Tür. Er wartete auf jemand.

Kitty fragte Katja nach dem Telefon und rief bei der Zentrale an.

„Hallo, hier ist Kitty. Kitty! Kommissar Kittel! Ja. Ich kann nicht lauter sprechen. Ihr müsst unbedingt Britta und Georg erreichen. Die warten, meines Wissens nach, im *Steffens* auf Manni, der ist aber hier im *Kyffhäuser Keller*... Ja, *Kyffhäuser Keller*. In der Kyffhäuser Straße... Ich weiß doch keine Hausnummer! Mein Gott, so lang ist die Straße nicht. Könnten sie sich eventuell nicht noch stundenlang mit Details abgeben, sondern schnell Bescheid geben? Was? Nein! Pauer sagen sie besser nicht Bescheid! Ja, danke."

Als Kitty zum Tisch zurück ging und noch einen Blick Richtung Tür warf, fiel er in Ohnmacht. Zum Glück nur innerlich. Äußerlich ging er gelassen zu seinem Platz zurück. Unter dem Tisch kniff er sich einmal kräftig in das Bein. Nein, das war kein Traum. Da neben Manni stand Chris.

Chris? Der Boss eines großen Drogen- und Zuhälterrings? Absurd. Aber war ein einjähriger Todesschütze nicht auch absurd? Chris war immerhin dreiundzwanzig...

Allerdings beachteten sich Chris und Manni in keiner Weise.

Chris schrieb wie immer auf seinen Block, war dabei aber extrem nervös und sah sich immer wieder zur Tür um.

Warteten beide auf den Boss?

Gute Güte, hing das vielleicht alles irgendwie zusammen? Chris ein Zuhälter, Kaup hatte über einem Puff gewohnt, war womöglich auch ein Zuhälter gewesen, oder hatte er im Puff zu viel mitbekommen?

Doch so sehr Kitty versuchte einen Zusammenhang herzustellen, irgendwas stimmte am Ende immer nicht. Desto mehr er versuchte zu sortieren, umso mehr versanken seine Gedanken im Chaos...

War Chris vielleicht doch einfach zufällig hier? Was heißt zufällig? Kitty hatte Pauers Berichte gelesen. Chris war fast jeden Abend hier, wenn er nicht gerade im *Hemmer* saß und immer hatte er geschrieben. Alle anderen Tische waren besetzt. Wenn Chris also wie üblich zum Schreiben gekommen war,

war das Fass die einzige Ablagemöglichkeit für den Block gewesen. Auch die Theke war voll... Also nicht zufällig hier, aber zufällig neben Manni?

Die Tür ging auf, Manni drehte nervös den Kopf, Chris schrieb weiter. Zwei junge Frauen kamen ans Fass und begrüßten Chris. Kitty erkannte die hübsche Blonde, die Chris im Wohnheim die Treppe hochbegleitet hatte und ihn an Frau Kaup erinnert hatte.

Nach kurzer Unterhaltung verschwand erst Chris und als der wieder oben war, die beiden Frauen im Keller. Kitty hatte das Gefühl, das ihm hier ein Theaterstück vorgespielt wurde.

Katja stellte ihm ein neues Kölsch hin. Hätte er bloß nicht schon so viel getrunken, aber mit Arbeit und dann auch noch so chaotischer, hatte er nicht gerechnet. Zum Glück hatte er wenigstens seine Pistole mit. Seit der Schlägerei mit Prinke trug er sie jetzt immer bei sich.

Kitty schaute wieder zu Chris, der ihn mit entsetztem Blick anstarrte. Auch Manni sah zu Kitty hin, als würde er begreifen, dass er Polizist war. Hatte Chris etwas gesagt?

In diesem Moment ging die Tür wieder auf und Georg kam rein. Ein wirklicher Profi, der sich nicht anmerken ließ, dass er Manni sofort erkannt hatte. Georg ging ohne zu grüßen an Kitty vorbei, steckte ihm dabei einen Zettel zu und verschwand im Keller.

Kitty las die Notiz: Britta war mit der Einsatztruppe im *Steffens* geblieben, aber hierhin sei auch schon Verstärkung unterwegs.

Zu spät.

Manni sah aus dem Fenster und erblickte offensichtlich den Erwarteten. Auch Kitty schaute aus dem Fenster. Der Mann kam ihm vage bekannt vor. Ja, genau: Butikov!

Kitty machte sich zum Aufspringen bereit und langte nach seiner Pistole. Manni sah zu ihm hin, begriff und zog ein Messer, das er Chris an die Kehle..., hatte halten wollen, aber Chris, der gerade sein Kölschglas gehoben hatte, erschreckte sich dermaßen, dass ihm das Glas aus der Hand und gegen Mannis Kopf flog. Kitty hatte die Pistole bereits auf Manni gerichtet, der für einen Moment benommen sein Messer sinken ließ.

Kitty wollte etwas rufen, brachte aber nur ein leises Krächzen zustande. Chris raste zur Tür raus, schmiss dabei den gerade reinkommenden Butikov um und rannte nach rechts davon. Manni half Butikov auf die Beine und die beiden rannten, dicht gefolgt von Kitty, nach links die Kyffhäuser Straße runter.

Sie waren schon fast an der nächsten Ecke angekommen, als Kitty Georgs Stimme „Stehen bleiben!!" und einen Warnschuss hörte. Manni blieb überraschenderweise tatsächlich stehen und drehte sich mit erhobenen Händen um, aber nur damit Butikov, hinter Manni versteckt, nun selbst schießen konnte. Kitty schmiss sich noch gerade rechtzeitig zur Seite, hörte aber Georg hinter sich schreien: „Scheiße!"

Nun, solange er noch kraftvoll *Scheiße* schreien konnte, war er hoffentlich nicht schwer verletzt. Kitty rollte ab und stand schon wieder auf den Beinen. Butikov lief gerade um die Ecke in die Dasselstraße. Auch Manni hatte sich wieder gedreht und wollte hinterher, als ihn Kittys Kugel in die rechte Wade traf und er mit einem Schrei auf das Pflaster stürzte. Kitty sah sich um, Georg humpelte schnell auf ihn zu.

„Kitty, schnapp dir Butikov! Ich kann nicht mehr laufen, aber ich kann den hier festhalten."

Kitty lief um die Ecke in die Dasselstraße. Butikov hatte fünf Meter weiter nur darauf gewartet. Ein Schuss verfehlte

Kitty knapp, der zweite hätte Kitty wahrscheinlich getroffen, wenn er nicht über einen am Boden liegenden Müllsack geflogen und unsanft auf der Straße gelandet wäre. Butikov schien nicht genau zu wissen, ob er Kitty getroffen hatte, schaute noch einen Moment in die Richtung und lief dann davon.

Kitty rappelte sich auf und rannte hinterher. Kurz vor der nächsten Straßenecke, Kitty war schon wieder auf knapp fünf Meter rangekommen, schaute sich Butikov um und sah Kitty. Er drehte sich halb und wollte im Laufen gerade auf Kitty schießen, da prallte er mit einem Passanten zusammen, der um die Ecke gekommen war und wegen dem Kitty nicht hatte schießen können.

Butikov flog über den Mann, schoss aber noch im Flug eine Kugel ab. Kitty warf sich schon wieder zur Seite, aber diesmal traf die Kugel seinen rechten Arm und er verlor die Pistole, als er bäuchlings auf das Pflaster knallte.

Mühsam richtete Kitty sich wieder auf und sah das letzte Bild seines Lebens:

Der Passant lag auf dem Boden, Butikov stand vor ihm und richtete seine Pistole auf Kitty. Höchstens drei Meter.

Chancenlos...

Butikov drückte ab.

Im selben Moment trat der liegende Passant Butikov von hinten voll in beide Beine, so dass dieser nach hinten stürzte und der Schuss fast senkrecht in die Luft ging.

Kitty stand schnell auf, konnte aber seine Pistole nicht sehen. Er stürzte sich auf Butikov, der sich gerade wieder aufrichten wollte und drückte ihn zu Boden. Jetzt spürte Kitty aber doch die Wunde am rechten Arm, er hatte nicht genügend Kraft, um Butikov unten zu halten. Der stieß Kittys Arm weg und zog ein Messer. Kitty griff mit links in seine Jackentasche und setzte Butikov mit Rachels Pfefferspray endlich außer Gefecht.

Georg kam angehumpelt; ihm folgend die Verstärkung und auch zwei Krankenwagen bogen kurz darauf in die Dasselstraße ein.

Kitty setzte sich auf den Gehweg. Die Beine versagten ihm den Dienst, als wären sie auch von Kugeln getroffen worden, und sein linker Fuß schmerzte höllisch. Immerhin war wieder etwas Stimme da:

„Alles klar, Georg?"

„Ja, wird schon, und du?"

„Hat mich am Arm getroffen, aber... Ohne ihn wäre ich jetzt tot."

Kitty zeigte auf den Passanten, der gerade wieder mühsam aufgestanden war.

Ein schon etwas älterer Mann, vielleicht knapp sechzig, mit ziemlich wirren grauen Haaren. Sah ein bisschen aus wie Einstein. Anscheinend wollte er einfach gehen.

Kitty stand nun doch auch wieder auf.

„Hallo! Moment! Warten Sie!"

Der Mann blieb stehen.

„Wie heißen Sie?"

„Moning."

„Danke, Herr Moning. Sie haben mir das Leben gerettet. Ich bin Kommissar Kittel. Dank Ihnen haben wir da gerade einen wirklich großen Fang gemacht."

„Ach was."

„Ich brauche noch gerade ihre Personalien für den Bericht und die nächsten Tage melden wir uns wegen einer Zeugenaussage."

„Ja." Herr Moning sah verwirrt aus. Sicherlich der Schock.

„Nur gerade ihre Adresse und die Telefonnummer."

Georg hatte schon seinen Block gezückt.

„Ja. Das ist wirklich witzig, dass Sie das fragen. Ich suche nämlich schon die ganze Zeit mein Zuhause. Ich habe hier früher mal gewohnt, hab aber vergessen, wo ich hingezogen bin."

Georg und Kitty sahen sich an.

„Okay. Für ihn auch noch einen Krankenwagen."

- 44 -
(b5,b7)

Die Wunde war nicht tief, am nächsten Vormittag fast schmerzfrei und der Arm frei beweglich. Die Stimme weiterhin angeschlagen.

Kitty fuhr zum Krankenhaus, doch Herr Moning war schon entlassen. Der Stationsarzt, Doktor Verheugen, erklärte ihm, dass Herr Moning schon häufiger da gewesen sei.

„Wir können hier nichts für ihn tun. Eine fortgeschrittene Demenz. Kein Wunder, dass der nicht mehr wusste, wo er wohnt. Der weiß nicht mal mehr, in welcher Reihenfolge er seine Kleidung anziehen soll."

Kitty fiel Nicos Bemerkung ein und er fragte den Arzt:

„Bekommt Herr Moning *Alzagra*?"

„Nein. Das geben wir hier nicht mehr. Hat er mal bekommen, ja. Aber das ist ein völlig unwirksames Medikament."

„Hat er denn etwas von gestern gewusst?"

„Nein. Als ich ihn gefragt habe, ob er sich vielleicht noch an die Schüsse erinnern könne, hat er gesagt: Schüsse? Ach ja, ich hab doch den Tatort mit Schimanski gesehen... Nein. Den können Sie als Zeugen vergessen."

Der Arzt schien Kitty ein ähnlicher Hohldampfplauderer wie Pauer zu sein. Man muss ja nicht immer lügen, um etwas Unwahres zu sagen, es reicht manchmal auch, keine Ahnung zu haben. Kitty würde Nico nochmal über *Alzagra* und Demenz befragen. Was auch immer sonst Herr Moning nicht hinbekam... Gestern Abend schien er sehr gut zu wissen, was er tat.

Nico hatte mal von Demenzkranken erzählt, die nicht mehr wussten, wo sie wohnten, ob Tag oder Nacht war, wie man sich wusch, aber trotzdem Sachen, die sie schon immer gerne und gut gemacht hatten, beherrschten, zum Beispiel Stricken oder Melken. Vielleicht war Herr Moning Leibwächter gewesen? Was wohl ein dementer Auftragskiller so anstellen würde?

„Kann ich bitte trotzdem die Adresse haben?"

Kitty wusste noch nicht genau, was er damit anfangen wollte. Aber er würde seinen Lebensretter gerne kennenlernen, vielleicht konnte er ihm irgendwas Gutes tun. Altenbesuchsdienst organisieren. Irgendwas würde ihm einfallen.

Aber Herr Moning war ja nicht der einzige undurchschaubare Mann gestern Abend gewesen. Hatte Chris vielleicht doch irgendetwas zu verbergen? Warum war er weggelaufen?

Kitty fielen die Kopien wieder ein, die er damals im Wohnheim gemacht hatte. Er war zu viel mit den Mordvorbereitungen für Prinke beschäftigt gewesen, als dass er zum Durchlesen Zeit gefunden hätte. Mal abgesehen davon, dass er ja der Überzeugung gewesen war, dass Chris nichts mit den Morden zu tun hatte.

Kitty machte sich einen Tee und setzte sich mit den Kopien an den Tisch im Wohnzimmer.

Direkt auf der ersten Seite fand er ein Geständnis. Nichts mit den Mordfällen. Aber völlig neue Erkenntnisse zu der ersten überhaupt begangenen Straftat aller Zeiten:

Nachdem Eva, von der Schlange verführt, oder vielleicht auch nur, weil sie im Gegensatz zu Adam einen eigenen Willen hatte, von der verbotenen Frucht gegessen hatte, musste sie das Paradies verlassen.

Adam durfte im Paradies bleiben, aber es wurde zur Hölle für ihn. Er vermisste Eva furchtbar und alles, was er machen konnte, war Briefe schreiben.

Stundenlang saß er unterm Apfelbaum und versuchte, Worte für seine Liebe zu finden, Worte, die beschreiben sollten, wie unsagbar (Tja...) er sie vermisste, wie jede Stelle im Paradies ihn an Eva erinnerte! Die sonnige Wiese, auf der sie sich so oft geliebt hatten, der kristallklare Bergsee, in dem sie hinterher gebadet hatten, die Quelle, aus der sie getrunken hatten, die Löwen, an deren weiches Fell sie sich gelehnt hatten, um in der Sonne zu dösen; die Koalas, Evas Lieblingsgeschöpfe.

All das war auf einmal so leer, so bedeutungslos für ihn.

Leben im Paradies und träumen von der Erde...

Irgendwann hielt er es nicht mehr aus und aß auch von der verbotenen Frucht, obwohl die ihn überhaupt nicht reizte, aber es funktionierte:

Er „musste" aus dem Paradies, hinaus in die kalte Realität, die harte Arbeit im Schweiße seines Angesichts..., hinein in seine Traumwelt, hin zu ihr!

Zwei Stunden später war Kitty endgültig sicher, dass Chris nichts mit den Morden zu tun hatte. Frau Kaup hatte er damals im *Hemmer* doch nicht gekannt, sie hatte ihn nur sehr an seine erste Freundin erinnert und den offensichtlich ziemlich verklemmten Spätpubertierer mit ihrer eindeutigen Flirterei sehr nervös gemacht. Auf dem Weg zur Toilette hatte sie ihn lediglich in den Bauch gepikst. Es war wohl eine Aufforderung zum Mitkommen gewesen, die Chris aber nicht verstanden hatte. Dafür und für gut lesbares Schreiben war er einfach zu knülle gewesen.

Einige der anderen Texte waren richtig gut. Falls Rachel jemals einen Verlag finden sollte, der einfach schöne und ein bisschen anspruchsvolle Literatur veröffentlicht, würde er Chris empfehlen, da auch mal was hin zu schicken.

Kitty träumte sehr unruhig. Zuerst noch recht lustig von einem an Demenz erkrankten ehemaligen Türsteher, der jetzt im Altersheim wohnte, sich beim Abendessen vor den Speisesaal stellte und nur die angesagten Ömchen rein ließ...

Dann saß er im *Kyffhäuser Keller* und Pauer bediente und aus seiner Hand schmeckte *Reissdorf* irgendwie nach *Küppers*... Chris und Prinke standen nebeneinander beim Fass am Eingang und schauten jedes Mal nervös zur Tür, wenn diese sich schaurig quietschend öffnete. Beide waren bis an die Zähne bewaffnet. Chris hatte eine Maschinenpistole umhängen, Prinke hielt eine Handgranate in der einen und eine Schrotflinte in der anderen Hand. Kitty hatte nur ein Pfefferspray mit.

Wieder quietschte die Tür und Chris, Prinke und Kitty schauten hin: Durch die Tür kamen erst dichte Nebelschwaden, dann sah man einen verzerrten Schatten und schließlich kam Teddy fröhlich wedelnd rein. Chris und Prinke zogen die Waffen, aber mit einigen kräftigen Schwanzwedlern schmiss Teddy sie einfach um. Chris flog sein Kölschglas aus der Hand und landete an Pauers Kopf. Es gab ein auffällig hohles Geräusch.

Kitty wachte mit einem nassen Gefühl im Gesicht auf. Teddy stand wedelnd vor seinem Bett und hatte wohl gerade seine Nase an Kitty abgewischt. Das ging jetzt deutlich zu weit. Morgen würde er das Schloss austauschen oder wenigstens erst mal die Tür ölen!

- 45 -
(c7,b7)

Am Morgen rief Britta bei Kitty zuhause an.

„Prinke ist wieder auf der Piste und ich glaube fast, er hätte gestern Abend schon wieder zugeschlagen, wenn ich in der Nähe nicht zufällig eine Menge Lärm gemacht hätte... Was sollen wir bloß machen? Das kann doch nicht ewig so weiter gehen!"

Kitty hatte da so eine Vorstellung. Er hoffte sehr, dass der Sonntagsspruch *„Wohlan, mache dich ans Werk, und der Herr wird mit dir sein."* auch noch für heute galt!

Alles hat seine Zeit und jetzt hatte der Wecker geklingelt.

Kitty machte sich an die Vorbereitungen. Er hatte allerdings erhebliche Mühe, glaubwürdige Worte für Prinkes Abschiedsbrief zu finden. Immer wieder der übermächtige Wunsch etwas wie *Kommissar Kitty hatte in allem Recht!* einzubringen. Es nützte nichts. So ging das nicht weiter. Kitty schrieb seine Lieblingsversion hin:

Kommissar Kitty hatte in allem Recht: Ich bin ein perverses, asoziales, stinkendes Arschloch und will nun wenigstens als letzte Tat einmal etwas Gutes und Sinnvolles tun: Diese Welt von mir befreien. Prinke.

So, das war mal vom Gemüt. Jetzt fiel es leichter die offizielle Version zu schreiben. Kitty hatte schon mehrere echte Abschiedsbriefe gelesen und mischte nun ein bisschen. Einfach, unkonkret und mit hektischer Schrift.

Auch sein Plan für den Abend war eher unkonkret. Die Details würden sich ergeben. Er wollte Prinke irgendwo auf dessen Nachhauseweg mit Nicos Spray betäuben, zur Brücke schleppen und ihn, gerade wenn er wieder wach würde, von der Brücke schmeißen. Nico hatte mal erwähnt, dass man herausfinden konnte, ob jemand bewusstlos oder bei Bewusstsein irgendwo aufgeprallt ist.

Der Herr schien wirklich mitzuspielen. Dichter Nebel war aufgezogen, sogar die Deutzer Brücke war leicht verhüllt. Es würden nicht viele Menschen unterwegs sein und die Wenigen würden nicht viel sehen.

Nachdem er sich überzeugt hatte, dass Prinke in der *Heumarktschänke* war, fuhr Kitty zu dessen Wohnung und platzierte die Indizien, besser Beweise, dass er gleich Selbstmord begehen würde. Prinkes Abschiedsbrief, die Risiko-Lebensversicherung sichtbar raus gelegt, mit Anweisungen für seine Schwester, wie sie einzulösen sei. Ein aufgeräumtes, abgeschlossenes Leben. Pedantisch bis zuletzt.

Als Kitty wieder bei der *Heumarktschänke* ankam und durch ein Fenster schaute, war Prinke auf seinem Stammplatz nicht zu sehn. Kitty ging schnell in die Schänke. Prinke war nirgends zu finden, auch auf der Toilette nicht. *Scheiße!*

Normalerweise war Prinke hier nie vor Zweiundzwanzig Uhr gegangen!

Was, wenn Prinke jetzt gerade nach Hause kam und „seinen" Abschiedsbrief sah? Wen außer Kitty würde er sofort verdächtigen? Niemanden sonst.

Vielleicht erreichte Kitty ihn noch, bevor er jemand anrief und dann würde er ihn halt zuhause betäuben oder gleich umbringen. Die Einzelheiten konnte er vor Ort regeln. Jetzt schnell zurück über die Brücke nach Deutz. Hoffentlich war Prinke wieder zu Fuß, vielleicht sah er ihn sogar auf der Brücke.

Wegen des Nebels musste Kitty sehr langsam fahren, um auf dem Gehweg etwas zu erkennen. Es war fast niemand unterwegs. Nur einmal stoppte er kurz ab, weil er dachte Prinke erkannt zu haben, aber die Gestalt stellte sich als Frau heraus und sie ging in die falsche Richtung.

Am Ende der Brücke wollte Kitty gerade auf die linke Fahrspur wechseln, Richtung Prinkes Wohnung, als er rechts neben dem Gehweg, halb durch das Geländer verdeckt, Prinke entdeckte. Womöglich. Jedenfalls kämpften da gerade zwei Menschen miteinander. Soweit Kitty durch den Nebel erkennen konnte, hielt ein Mann eine Frau mit seinem Knie zu Boden gedrückt. Ihre Hände in wildem Abwehrkampf.

Kitty hatte nicht mehr auf die Straße geachtet und fuhr direkt auf die Mittelinsel zu. Er stieg voll in die Bremse und kam laut quietschend, schon auf dem Grün, aber doch noch vor dem ersten Baum, zum Stehen. Trotzdem konnte er von seinem Haltepunkt aus nicht mehr hinter das Geländer sehen.

Kitty stieg schnell aus und sah im nächsten Moment die Frau die Brücke hochlaufen. Offensichtlich hatte das Quietschen Prinke abgelenkt und ihr die Chance eröffnet zu fliehen. Aber da sah er auch schon Prinke, der wütend schnaubend hinter ihr her rannte.

Kitty war über zehn Meter hinter Prinke, der ihn nicht bemerkt hatte. An Einholen war nicht zu denken. Kitty war deutlich der Langsamere mit seinem schmerzenden Fuß, und er war immer noch so heiser, dass er nicht laut rufen konnte.

Prinke war verdammt schnell, hatte die Frau nun wieder eingeholt und riss sie zu Boden. Doch so langsam wie die Frau gelaufen war, so schnell trat sie jetzt zu. Ein gezielter Tritt in den Unterleib und als Prinke sich zusammenkrümmte noch einen vor den Kopf. Prinke torkelte rücklings gegen das Geländer. Überraschend flink war die Frau wieder auf den Beinen und versuchte nun Prinkes Beine zu schnappen und ihn über das Geländer zu schmeißen, doch da kam noch einmal Leben in Prinkes Arme. Er riss ihren Kopf an den Haaren hoch, so dass sie vor Schmerz schreiend seine Beine los ließ.

„Von der Brücke kannst du haben...", keuchte Prinke und mit einer mühelosen Bewegung hob er die Frau in die Höhe. Er machte einen Schritt auf das Geländer zu, die Frau schrie in Todesangst, Prinke holte Schwung, da traf ihn Kittys Tritt in die rechte Kniekehle. Prinke ging in die Knie, die Frau hatte wieder Boden unter den Füßen, befreite sich blitzschnell aus seinem Griff und rammte ihm den Ellenbogen gegen den Kopf. Diesmal prallte Prinke mit der linken Seite an das Geländer. Wieder packte die Frau seine Beine. Kitty unterstützte unterm Rücken und mit einem gemeinsamen Schwung schleuderten sie Prinke über das Brückengeländer.

So oft schon hatte Kitty die Zeit ausgerechnet bis zum Platsch, doch es kam früher als gedacht und war kein Platsch, sondern ein dumpfer Aufprall, mit einem schäbig lauten Splittern von Knochen.

Beide schauten über das Geländer. Prinkes kaputter Körper lag völlig verdreht auf einem Brückenfundament, gerade am Rand, der Kopf ragte frei über das Wasser.

Sie starrten eine Weile unverwandt auf das gruselige Bild. Nebelschwaden zogen über Prinke und deckten ihn wie ein Leichentuch zu, dann war er wieder zu sehen. Die Natur gönnte ihm noch keine Totenruhe.

„Danke", sagte die Frau zu Kitty und sah ihn unsicher an.

Kitty nickte. Er nahm an, dass er ähnlich ratlos aussah.

„Was sollen wir denn jetzt tun?" Die Frau setzte sich während der Frage auf den Boden und lehnte ihren Kopf an das Geländer. Kitty setzte sich schweigend daneben.

Gute Frage! Natürlich könnten sie einfach die Wahrheit erzählen, aber die klang so unwahrscheinlich. Er konnte ja selbst kaum fassen, was da gerade passiert war. Würde ihm irgendjemand glauben? Unwahrscheinlich. Insbesondere da Kitty keine Möglichkeit sah, Abschiedsbrief und andere jetzt sehr unpassende Requisiten unauffällig wieder zu entfernen, bevor jemand Prinkes Wohnung betrat.

Die Frau neben ihm sprang plötzlich auf und erbrach sich ausgiebig über das Geländer. Wie Kitty, der zu ihr eilte und sie festhielt, erleichtert wahrnahm, war sie ein Stück nach rechts gegangen und kotzte nun in den Rhein und nicht auf Prinke, obwohl der es eher verdient hätte, aber für die ohnehin schon schwierige Konstellation, wäre das nicht hilfreich gewesen.

Kitty starrte nach unten.

So wie Prinke da lag, mit völlig zerstörtem Körper, dürften vom vorherigen Kampf kaum Spuren zu erkennen sein. Es also doch als Selbstmord erscheinen lassen? Aber wie das der Frau hier erklären?

Sie setzten sich wieder beide an das Geländer. Die Frau holte ein Handy aus ihrer Tasche.

„Ich ruf dann mal die Polizei an", sagte sie seufzend.

„Einen Moment!"

„Ja?"

„Könnten wir nicht...? Ach..., schon gut."

Er wusste nicht, wie er sie hätte abhalten können. Er würde alles gestehen müssen. Kitty war zu erschöpft, um sich gegen das Unausweichliche zu wehren.

Doch auch die Frau schien nicht wirklich anrufen zu wollen. Seit Kitty sie beim Wählen unterbrochen hatte, starrte sie nur abwechselnd auf die Tastatur, dann wieder in den Nebel vor ihr.

Ein Fußgänger ging eiligen Schrittes an ihnen vorbei, ohne sie näher zu beachten.

Die Frau drehte sich langsam zu Kitty um.

„Meinen Sie...? Müssen wir...?"

Auch Kitty drehte sich zu ihr um und betrachtete sie das erste Mal genauer.

„Sind Sie ernsthaft verletzt? Ich meine außer dem Schock und dem kaputten Hemd?"

„Nein. Ich glaub nicht."

„Soweit ich das mitbekommen habe, hat uns eben niemand gesehen. Vielleicht gehen wir einfach und lassen es wie einen Selbstmord aussehen?"

„Selbstmord?"

„Ja."

„Aber... Selbstmord? Auf das Brückenfundament? Ein eitler kurzsichtiger Selbstmörder ohne Brille, der das Wasser nicht getroffen hat?"

„Bei dem Nebel, warum nicht? Was Besseres fällt mir nicht ein."

„Mir auch nicht. Ich glaube zwar, dass wir eine gute Tat getan haben, aber wir dürften beide viel Ärger bekommen, wenn wir..."

Auch die Frau betrachtete ihn nun das erste Mal genauer.

„Ich kenn Sie doch irgendwoher!"

Kitty zuckte die Schultern und schwieg. Die Frau runzelte die Stirn, schüttelte den Kopf und sagte lächelnd:

„Vielen Dank jedenfalls! Ich glaub, Sie haben mir das Leben gerettet."

Dann gab sie Kitty die Hand:

„Ich heiß übrigens Ute."

„Kitty."

„Kitty?!"

„Ja, gut. Mein richtiger Vorname ist Maximilian, aber den hat seit der Grundschule keiner mehr gesagt. Ich heiße Kittel mit Nachnamen und alle nennen mich Kitty."

„Kittel?!?"

„Ja, also halt..."

„Kittel! Natürlich! Ich wusste doch... Sie sind Kommissar Kittel?"

Sie sah aus, als würde sie gleich in Ohnmacht fallen.

„Ja." Was sollte er schon mehr sagen?

Ute sprang auf und schaute noch einmal auf den verdrehten Körper auf dem Beton unter ihr.

„Ist das Prinke?", flüsterte sie so leise, dass Kitty es nicht verstanden hätte, wenn er nicht auch schon wieder neben ihr gestanden hätte.

„Ja", sagte er, nicht lauter.

„Gut", sagte Ute, und ergänzte, nachdem sie sich wieder gesetzt hatten, kopfschüttelnd:

„Unglaublich..."

Dann wieder zu Kitty: „Wäre schwierig, das hier als Zufall und als Notwehr zu verkaufen, fürchte ich. Der frustrierte Kommissar, der ihn vergeblich festgenommen hat und die Geschäftsführerin des Vereins für die Rechte von Gewaltopfern, die umsonst vor Gericht ausgesagt hat, schmeißen Herrn Prinke in Notwehr von der Brücke. War zwar fast so, aber selbst wenn es genau so gewesen wäre, glauben würde uns das niemand..."

„Ja."

„Meinst du denn, dass das als Selbstmord glaubwürdig ist?"

„Ja." Kitty lächelte matt. „Zufällig glaube ich, dass das funktionieren dürfte. Wir sollten uns allerdings mal langsam hier entfernen, bevor jemand vorbeikommt der uns kennt. Soll ich dich nach Hause fahren?"

„Ja. Danke. Das wäre wirklich... Danke!"

Sie gingen zu Kittys altem graublauen Peugeot 406 und fuhren, nachdem sie ihm ihre Adresse gesagt hatte, schweigend bis zu ihrer Wohnung.

Vor dem Haus angekommen hörten sie noch kurz das Lied im Radio zu Ende, dann schaute Ute Kitty an:

„Mögen Sie..., ach was! Magst du noch einen Moment mit rein kommen? Vielleicht was trinken? Nichts Verfängliches, ich bin bloß noch... Ich..."

„Klar! Gerne. Ich könnte jetzt ein Bier gebrauchen!"

„Oh ja, ich auch! Ich werd sowieso nicht so schnell schlafen können."

Sie stiegen aus und Ute musste sich kurz am Auto festhalten, weil ihre Beine fast versagten. Kitty ging schnell zu ihr:

„Geht's? Du kannst dich auch noch Mal reinsetzen."

„Danke. Nein. Also, doch! Das geht gleich wieder. Entschuldige! Ich bin einfach völlig fertig! Das ist aber auch arg viel auf einmal: Innerhalb von ein paar Minuten das erste Mal fast vergewaltigt, das erste Mal jemand getötet und dann auch noch illegale Absprachen mit der Polizei. Ich glaub, wenn ich das die nächsten Tage irgendwann begreife, klappe ich zusammen."

„Soll ich länger bei dir bleiben? Ich habe noch vier Tage frei."

Ute sah ihn unsicher an.

„Du kannst mich jederzeit sofort und ohne Begründung rausschmeißen. Ich könnte es gut verstehen, wenn du Zeit für dich alleine brauchst", fügte Kitty hinzu.

„Danke. Ja. Ich hab keine Ahnung. Ich habe schon so oft auf der anderen Seite gesessen, versucht Opfern zu helfen. Alle reagieren unterschiedlich. Das einzig Sichere bei allen war, dass keiner mehr wirklich Kontrolle über die Gefühle und Situation hatte. Ich sag also schon mal Sorry, falls ich dich irgendwann demnächst anbrülle oder schlage."

„Ist okay."

„Danke. Ich melde mich morgen erst mal krank und dann sehen wir weiter. Ich weiß nicht, ob ich das überhaupt noch machen kann, jetzt..."

„Ich weiß, was du meinst."

Sie waren inzwischen an der Tür zu Utes Wohnung angekommen. Auch diese im ersten Stock, allerdings kleiner, moderner und deutlich aufgeräumter.

Beide tranken noch zwei Flaschen Kölsch und dann legte sich Kitty auf das Sofa im Wohnzimmer und Ute verschwand im Schlafzimmer. Die Tür blieb auf.

„Gute Nacht! Weck mich, wenn du mich brauchst."

„Danke. Vielen Dank..."

Pause. Dann kam sie noch mal im Nachthemd zu Kitty, beugte sich über ihn, gab ihm einen kurzen Kuss auf die Stirn und verschwand „Gute Nacht." murmelnd wieder im Schlafzimmer.

Kitty überlegte noch lange, ob das eine Aufforderung gewesen sein sollte und es fiel ihm auf, wie lange er nicht mehr mit einer Frau geschlafen hatte. Also, genau hätte er es nicht sagen können, aber auf jeden Fall zu lange. Die Vorstellung sehr verlockend, aber nach der versuchten Vergewaltigung vorhin, hätte er das jetzt unpassend gefunden. Er blieb liegen.

- 46 -
(c6,e8)

Beide schliefen schlecht und waren früh wach. Kitty erzählte Ute von Teddy und dass er kurz zu ihm müsse. Sie beschlossen, zusammen hin zu fahren und auf dem Weg Brötchen für das Frühstück zu holen.

Als sie bei Kittys Wohnung ankamen, sah er dort schon Nicos MX5 stehen.

Kitty wusste nicht recht, was er fühlte. *Scheiße!* War sein erster Gedanke gewesen, aber eigentlich auch Erleichterung, dass es Nico war, nicht der Chef, kein Profi und keine Presse. Nico stieg aus und kam mit ungewöhnlich ernstem Gesicht auf ihn zu. Kitty ging ihm entgegen.

„Weißt du eigentlich, wie spät es ist?! Seit fünf Stunden warte ich hier auf dich. Eigentlich sollte ich dir eins mit dem Nudelholz überziehen, aber das gehört zu den wenigen Dingen, die ich nicht in der Tasche habe."

Alles mit keifender Ehefrauenstimme vorgetragen, aber Kitty sah den wachsamen, suchenden, fragenden Blick in Nicos Augen.

Jetzt stieg auch Ute aus und ein amüsiertes Lächeln flog über Nicos Gesicht, aber auch Irritation und dann Verstehen. Aus dem Mund wie üblich Unsinn:

„Kitty! Du weißt schon, dass man seine One-Night-Stands anschließend nicht mit nach Hause bringt?", sagte er leise, so dass Ute, die langsam näher kam, es nicht hören konnte.

„Sie ist nicht, sie ist nur..."

„War ein Witz! Geht mich wirklich nichts an. Ich müsste aber mal kurz mit dir alleine sprechen."

„Ich nehme an, dass es um etwas geht, was meine Begleiterin hier auch interessieren dürfte."

Nico schaute Ute erstaunt an, nochmal Kitty, wieder Ute: „Frau Wessels, nehme ich an? Vom Opferschutzbund?"

„Ja."

„Hallo. Ich bin Nico Tessler. Gerichtsmediziner und sozusagen Kollege von Kitty. Vielleicht können wir uns kurz reinsetzen. Kitty macht einen hervorragenden Kaffee."

Teddy begrüßte Kitty euphorisch, rannte zur Küche, brachte seine Fußballdecke, schnupperte einmal an Ute, fand sie nicht interessant und machte dann Sitz bei Nico, der auch sofort ein Leckerchen aus seiner Tasche zog.

„Soll ich vielleicht den Kaffee machen?", bot Ute an und verschwand in der Küche, so dass Nico und Kitty doch kurz allein reden konnten.

„Du weißt es schon?"

„Ja."

„Hab ich mir gedacht. Sie auch?"

„Ja."

„Ihr wart dabei?!"

„Ja."

„Gesprächig wie immer unser Kommissar..."

„Ja."

„Ich kenne noch so jemanden, der eine Zeit lang immer nur ‚Ja.' gesagt hat. Auch ein feiner Kerl. Also ich würde sagen: Aktive Sterbehilfe. Ach Kitty, ich will es ja auch lieber nicht zu genau wissen. Ich war ja froh, dass es nicht meine K.-o.-Tropfen waren."

„Du hast gesagt, man kann sie nicht nachweisen."

„Man nicht, ich schon. Egal. Also: Es ist perfekt. Alle, die ihn gesehen haben, haben spontan von Selbstmord gesprochen. Brief und Lebensversicherung haben das Ganze so gefestigt, dass Pauer den Fall schon zu den Akten gelegt hat und sich diesmal wirklich Mühe gegeben hat, alles richtig zu machen. Ich habe bei uns niemanden gesehen, der zweifelt oder überhaupt ein Interesse hätte, an etwas anderes zu glauben. Dein Brief klang glaubhaft, alles wie es sich gehört, außer den Tritt- und Kratzspuren, die in dem Gematsche allerdings auch nur einem wirklich guten Gerichtsmediziner auffallen konnten... Ich will nur wissen, ob es für dich, also wohl für euch, in Ordnung ist, wenn er jetzt schnell unter Selbstmord abgeheftet und eingeäschert wird. Hätte ja sein können, dass wir noch genauere Untersuchungen brauchen, falls er noch...?", Nico schaute Richtung Küche.

„Nein. Das ist in Ordnung. Er ist zum Glück nicht sehr weit gekommen bei seinem Versuch."

„Sehr gut. Also Notwehr im weitesten Sinne?"

„Genau."

„Mit Abschiedsbrief. Kitty, wir unterschätzen dich alle! Hast du Lust morgen Abend mal ein Bier mit mir zu trinken, zwanzig Uhr, *Café Krümel*?"

„Ja."

„Klasse. Ach ja, da waren schon diverse Presseleute da. *Express* habe ich nach Hause geschickt. *Bild* und *Tageblatt* habe ich eine nicht mehr existierende Adresse im Hochschwarzwald gegeben, sollen die ruhig mal ein bisschen recherchieren..."

„Danke."

Ute kam mit dem Kaffee in das Wohnzimmer.

„Danke", sagten nun beide Männer und zum Glück für Kitty verschwand Ute noch mal kurz zur Toilette, so dass er seinen Kaffee unauffällig dopen konnte.

Als Ute zurück kam, nickte Kitty ihr zu:

„Du hast gut zugetreten, aber außer unserem Gerichtsmediziner hier hat es keiner bemerkt. Alle glauben an Selbstmord."

Nico ergänzte: „Und da zu widersprechen, würde nur unnötig Schreibkram verursachen. Außerdem bin ich ja nur ein kleiner Gerichtsmediziner und der Profi-Kommissar himself hat den Fall als abgeschlossen erklärt, wegen offensichtlichen Selbstmordes. Wer würde da etwas anderes behaupten wollen?"

„Aber was, wenn uns jemand gesehen hat? Auf der Deutzer Brücke ist doch immer was los!", fragte Ute, immer noch nicht beruhigt.

„Nein, wirklich. Ihr braucht euch keine Sorgen mehr zu machen. Bis jetzt hat sich niemand gemeldet und jeder, der jetzt noch kommt, nachdem es seit Stunden in den Nachrichten ist, wird doch als einer der üblichen Wichtigtuer abgestempelt. Nein, das Einzige, was euch noch in Bedrängnis bringen könnte, wäre ein Foto, aber geblitzt hat es doch nicht, oder?"

„Da habe ich nun wirklich nicht drauf geachtet, aber ich glaube, das wäre uns aufgefallen." Kitty schaute Ute an.

„Mit ziemlicher Sicherheit nicht."

„Gut. Es war ja auch nebelig und als Beweis hätte da schon jemand stehen bleiben und euch von Nahem fotografieren oder filmen müssen. Nein. Ich bin mir sicher, ihr habt von niemandem mehr etwas zu befürchten. Jetzt müsst ihr nur noch selber damit klarkommen. Das dürfte sowieso das Schwierigste sein."

Nico stellte die leere Tasse ab.

„Macht's gut ihr beiden. Viel Erfolg. Meinen Segen habt ihr... Und wenn ihr Hilfe braucht. Immer gerne."

„Morgen um acht im *Café Krümel*?", rief Kitty ihm nach.

„Ich werde da sein."

Die Tür fiel ins Schloss. Kitty und Ute sahen sich an.

„Es ist geschafft", sagte Kitty.

Ute begann zu schluchzen, zu weinen, es schüttelte sie. Kitty saß schon neben ihr und nahm sie in den Arm. Auch Teddy kam angerannt, hatte seine Decke mitgebracht, ließ sie aber fallen, als er sah, dass sie nichts nützte und setzte sich einfach vor Ute und legte seine Schnauze auf ihr Bein.

Der Kaffee war längst kalt und Kittys Hemd durchnässt, als sich Ute endlich beruhigt hatte. Sie richtete sich auf und streichelte Teddy über den Kopf:

„So, jetzt hat der Hund sich ein Leckerchen verdient, ich mir ein großes Taschentuch und du dir einen Kuss." Und schon hatte Kitty, ehe er sich wehren konnte, einen Kuss auf seinen Mund bekommen, kurz aber herzlich.

„Und damit ich gleich alles los bin: Mach dir keine Hoffnungen. Mehr wird nie geküsst zwischen uns. Ich bin in der

Beziehung nur an Frauen interessiert. Uffz. Jetzt ist das auch raus. Schlimm?"

„Nein. Nicht sehr, glaub ich. Hier dein Taschentuch."

Kitty war verwirrt und wusste nicht, was er fühlen sollte. Ihre Wärme eben, die angestaute Hitze der letzten Nacht, der Kuss, gerade abgehoben, schon wieder unsanft gelandet. Nein, eigentlich nicht. Eigentlich sanft gelandet, denn sie sah ihn warm an, und das war gerade ein Freundschaftsangebot gewesen, über das er sich wirklich freute.

Und die ganze Zeit schon, im Hintergrund, eigentlich schon gestern Abend, eigentlich seit sieben Wochen, bloß halt nie so klar wie jetzt, wo er merkte, dass er erleichtert war, dass diese attraktive Frau nicht mehr wollte...

Denn Kitty wollte mehr! ...aber nicht von Ute.

Ein flüchtiger Blick zur Dame auf dem Schachbrett. Ja, es war schon seit vielen Zügen klar: Er hatte keine wirkliche Chance mehr, er wollte ja auch schon lange nicht mehr gewinnen. Natürlich konnte er noch einmal mit dem König weglaufen, um noch etwas Zeit zu gewinnen. Aber wozu? Er wollte eigentlich nur möglichst bald von dieser wunderschönen Königin mit ihrem roten Hut besiegt werden, die Waffen strecken und sein Schicksal ganz in ihre Hände legen... Matt in fünf Zügen? Das konnte man ja wohl ein bisschen beschleunigen!

Bevor er Ute zwei Stunden später nach Hause fuhr, legte er, als übliches Zeichen der Kapitulation beim Schach, den König auf das Spielfeld, der Königin zu Füßen.

- 47 -

Beim Frühstück erzählte Kitty Ute von Prinkes letzten Untaten. Als sie langsam begriff, dass er noch viel schlimmer gewesen war, als sie ohnehin schon geglaubt hatte, und dass durch ihre „Freestyle-Notwehr" mit ziemlicher Sicherheit weitere Morde und Vergewaltigungen verhindert worden waren, setzte sich endgültig die Erleichterung gegen das Schuldgefühl durch.

Mochte ja sogar sein, dass es wirklich Notwehr gewesen war. Der durchtrainierte Prinke hätte sie wahrscheinlich beide nacheinander von der Brücke geschmissen, wenn sie nicht das Überraschungsmoment am Anfang ausgenutzt hätten.

Am Mittag rief Utes beste Freundin an, die, als sie von der Geschichte hörte, spontan für ein paar Tage vorbei kommen wollte. Ute ging es schon deutlich besser. Sie tranken noch einen Nachmittags-Kaffee und aßen einen großen Streifen Bienenstich.

Dann wurde Kitty sanft vor die Tür gesetzt.

Kitty fuhr auf dem Weg nach Hause noch beim Einkaufszentrum vorbei. Irgendwie hatte er das Gefühl, dass er gerade über Los gegangen sei und nun eine neue Runde in seinem Leben anfing. Da sollte man die Vorräte mal auffüllen. Hundefutter, Kaffee, Butter, Bier und ein großer Blumenstrauß für Nadine.

Die junge Dame vor ihm an der Kasse nahm die Werbung im Fernsehen offensichtlich sehr ernst. Erst legte sie fünf Dosen *Sheba* auf das Band, danach kam ein Bund Petersilie. Kitty konnte sich schon ihr enttäuschtes Gesicht vorstellen, wenn sie nachher zuhause den *Meister Propper* aufmachte und kein muskulöser Haushaltshelfer raus kam...

Als Kitty am Abend nach Hause kam, wartete wieder mal kein Teddy hinter der Tür. Gleich morgen würde Kitty eine neue Schlafzimmertür besorgen. Er war ja sowieso gerade im Kaufrausch.

Erst einmal aber ging er gespannt zum Klavier. Er hatte schon viele Vorstellungen davon, wie das Schachbrett aussehen könnte. Der König in einem Sarg, in einer Gefängniszelle oder unter einem Leichentuch?

Die letzte Idee kam der Wirklichkeit am nahesten und war doch so weit entfernt...

Der König lag unter einem Tuch, besser gesagt unter einer Decke, und mit unter der Decke die weiße Königin. Ein kleiner, aus Holz geschnitzter Nachttisch stand neben ihnen, mit dem roten Hut der Königin darauf, daneben ein Stuhl mit ihrem schwarzen Rock und rotem Oberteil. Die Königin musste unter der Decke folglich nackt sein...

Kitty hätte nie gedacht, dass ausgerechnet ein Schachbrett ein dermaßen erotischer Anblick sein könnte.

Er genoss einige Minuten das warme Kribbeln im ganzen Körper, dann beschloss er, endlich Teddy zu befreien.

Kitty öffnete die Schlafzimmertür.

Nein, Teddy war nicht im Schlafzimmer..., nur ein roter Hut auf dem Nachttisch, ein schwarzer Rock und ein rotes Top über dem Stuhl und auf dem Kopfkissen rote gelockte Haare und grüne Augen, die ihn frech, fröhlich und erwartungsvoll anfunkelten...

Schachmatt.